庫JA

〉

グイン・サーガ外伝㉖

黄金の盾

円城寺 忍
天狼プロダクション監修

早川書房

7466

THE GOLDEN GUARDIAN

by

Shinobu Enjoji

under the supervision

of

Tenro Production

2014

カバーイラスト／丹野 忍

目次

本書は書き下ろし作品です。

おまえは自分で、自分のもっているさだめに気づいておらなんだのだな。イリスの神殿が見える――そしておまえが売られたテッソスの奴隷市場も。おまえはその名が示すとおりのもの、すなわち黄金の盾なのだ。後宮の絹よりも、おまえには子をくるむ産衣が似つかわしい、クムの娘よ。

――イェライシャ

黄金の盾

プロローグ

女が見あげる空を、鈍色《にび》の厚い雲が暗くおおいつくしていた。

女が住まう宮殿は、首都を見おろすようにそびえる高い丘の上にある。風ケ丘《ウィンドワードヒル》、と通称されるその名が示すように、宮殿に広がる大庭園には今日も北から冷たい風が強く吹きつけていた。

無数に部屋のならぶ広々とした後宮には、大勢の女官が女にかしずき、身辺の世話をしてくれている。しかし、そのなかに友と呼べるものは誰ひとりとしていない。女がたったひとり愛する男もいまは不在だ。豪奢な部屋が与えられてはいるものの、そこで過ごす時間は退屈で、ただ孤独がつのるばかりだ。

そんな部屋でひとり夜を待つのが耐えきれず、こうして部屋着に黒貂《くろてん》の毛皮のガウンを羽織って外に出てきてみたが、晴れていればほのかに体を温めてくれるはずの日の光も暗い雲にさえぎられ、寒風は容赦なく体からぬくもりを奪ってゆく。まるで自分の未来を象徴しているかのようだ、と女は思い、両手で胸もとをきつくあわせた。

（あたしはやっぱり、ここにいてはいけないのかもしれない）

女の視線の先には、人なつこい笑顔を残して去ってゆく赤毛の将軍の大きな背中があった。宮殿にはあまり親しく話をする相手とていないが、かの将軍は出会えば必ずにこやかに会釈をし、何かしら親しみをこめて声をかけてくれる。だがむろん、それも世間話のたぐいにすぎぬ。あけすけと打ち明け話などできようもない。かつてなんでも話すことのできた親友は、いまは遠い異国の空のしたにある。友に会いたい、と女は切実に思い、そっとため息をもらした。

将軍の背中は少しずつ遠くなってゆく。彼がむかう先には王が執務をおこなう宮殿がきらびやかにそびえている。もしかしたら彼はこれから王と会うのかもしれない。王が信頼し、目をかけている将軍であるから、あるいは昼餉《ひるげ》をともにし、談笑しさえするのかもしれない。そう思うと、女は将軍がうらやましくてたまらなかった。

厚い雲が垂れこめる空のしたで、この北の大国の季節はすでに晩秋を過ぎ、長い冬を迎えていた。春になれば色とりどりの花々が咲き乱れるはずのこの大庭園も、すでに寒々しいイトスギを残してすべての木々が葉を落とし、すっかり殺風景になってしまった。誰もが過ぎ去った秋を惜しみ、まだ遠い緑の季節を恋い焦がれながら、じっと耐えて厳しい寒さをやりすごすしかない時期だが、それでも人々は日々の生活をたくましく生きている。その旺盛な生命力を見せつけるかのように、先ごろ未曾有の大災厄に見まわれた眼下の街では復興が進みはじめ、次第に活気も戻ってきた。住民にも笑顔が戻りつつある。

だが、女の心はいっこうに晴れなかった。まるで今日の空のように。

自分がいかに幸運であるかということは、誰よりもよく判っている。本来ならば、あのまま誰にも知られることなく、朽ち果てていてもおかしくない境遇だ。むしろ、このまま朽ち果ててしまえばいい、と自分で思っていたころもある。だが、ひょんなことからこの国の王と出会い、冒険をともにするうちに見初められ、ふと気づけば英雄の誉れ高い王の愛妾となっていた。

そのことには何も不満はない。自分でいうのもなんだが、王にはこよなく可愛がられているし、自分も王のことを心から愛している。

だが――

(あたしは、汚れきった女なんだ)

まじない小路の踊り子。

それが何を意味しているのか、この国では誰もが知っている。王は宮廷の皆に慕われているから、その愛妾のことをおもてだって悪くいうものはひとりもいないが、心のうちではどう思っているか知れたものではない。そして何よりもいま、自分自身が自分のことを汚らわしいものに思えてならないのだ。

　王の前ではつとめて明るくはしゃいでみせてはいるが、自分はここにいるべきではないという思いは強くなるばかりだ。なにしろ、これまで愛する人を失うばかりの人生を送ってきたのだ。可愛がってくれた父も、たったひとりの弟も、いつも優しく見守ってくれた養父も、幼いころから恋心を抱いてきた憧れの勇士も、姉のように面倒をみてくれた踊り子も、みな自分ひとりを残して神の御もとに召されてしまった。だからいまの幸福もいっときのこと、すぐそこにまた不幸と孤独が待っているにちがいない。そしてきっとその不幸に王も巻きこんでしまう。そんな予感がしてならないのだ。

　そしてその予感は、先ほど将軍から聞いた話で確信に近くなった。

（あたしはいったいどうすればいいの……）

　深くため息をつきながら、女はまた空を見あげた。低くたれこめた雲はますます暗さを増している。あの雲の向こうにはいま何があるのだろうか。果たしてあの悪夢の夜のような、不気味で巨大な顔が浮かんでいたりはしないだろうか。遙かな高みから首都を、宮殿を、そして王と女とを見おろしていた矮人《わいじん》の蝦蟇《がま》のような顔を思い出し、女はぶるりと身震いをした。

（どうしよう……いまのあたしにはもう王さましか……でも、このままでは……）

女はそっと顔を伏せ、きびすを返して後宮を目指した。その足取りは、まるで鉛を引きずっているかのように重かった。まだ一日は始まったばかり、昼餉でさえもこれからだ。今日も王は激務に追われているのだろう。最愛の王、彼女にとってたったひとつのよすがである王が彼女のもとを再び訪れる夜が来るまでには、まだ長い時間を待たねばならなかった。

第一話　大灰色猿《グレイ・エイプ》の日

1

「おい、お前ら、もう大灰色猿《グレイ・エイプ》、見たかよ！」

港町タイスの下町を流れる運河の土手のそばの道で、子供たちが元気な声を張りあげていた。

その頭のすぐ上を、アジサシが白い翼を広げて滑るように飛んでゆく。南の桟橋のほうからは、船の出航を告げる大きな笛の音が響いてくる。その独特の音色は、毎朝ルーアンへと向かう定期便のものに違いない。すぐそばの運河からは、グーバを漕ぐ船頭たちの「ヨーイー、ホーイー」というのんびりとしたかけ声が聞こえてくる。いまはオロイ湖に向かって吹いている風も、まもなく凪を迎えて向きを変えるだろう。さわやかな初夏の朝の涼やかな空気がなんとも心地よい。

下町の朝は早い。東の空の闇がわずかに緩み、濃い紫に色を変えはじめる夜明け前、タイスの町の南半分を占めるロイチョイ地区がようやく静けさを取り戻す。その広大な遊郭、不夜城とも云われる歓楽街が眠りにつくのと入れ替わるように、朝早い下町の人々の生活が動きだす。あちらこちらの窓にランタンの灯がともり、がらがらと鎧戸を開ける音が聞こえてくる。商売を営むものは大きな台車を引っ張って魚市場や野菜市場に一日の仕入れに出かけ、そうでないものは炊事、洗濯の水を汲みにそこかしこに設けられている井戸へと向かうのだ。遠くからは大きな商家のならす魔除けの弓の音がびぃーん、びぃーんと響いてくるのもいかにもタイスらしい。しばらくして夜がすっかり明けて、朝の日差しがタイスの町を照らしだすころには、ほとんどの人々が起きだして、米を炊き、パンを焼く甘い香りが路地という路地からただよってくる。

冷えこみ厳しい冬であれば、さすがにこんな時分から外で遊ぶ子供もないが、もうあとひと月もすれば真夏を迎えようかという季節だ。日が昇るのも早いから、子供たちが朝飯を食べ終わってからみなで寺子屋へと向かうまでには少しの間ができる。元気をもてあましている子供たちは、その時間も惜しむように近所の広場に集まっては、わいわいとにぎやかにはしゃぎながら鬼ごっこなどに興じている。そんなタイスの子供たちの話題をこのところ独占しているのが大灰色猿、なのである。

「大灰色猿な！　見てえんだけどなあ。父ちゃんに連れてってくれって頼んでるんだけど、なかなか忙しくって連れてってくれねえ」

「おれ、きのう見てきたぜ！」

　ひとりの子供が得意そうに小鼻をふくらませ、自慢げに高らかに宣言した。まわりの子供たちからはいっせいに羨望の声があがった。

「ええっ、ロン、いいなあ！　見てきたのかよ！　どんなだった？　教えてくれよ」

「どんなってなあ。とにかくすげーぞ」

　ロンと呼ばれた少年は、仲間たちの注目を一身にあつめた興奮からか、顔を真っ赤に染めた。

「とにかくよお、でかくてよお、強くてよお、こーんなキバが生えててよお、手にも足にもでっかい爪が生えててよお、胸がぶあつくてよお、腕がぶっとくてよお、とにかくでかいんだよ！」

「でかいって、どんくらいでかいんだよ！」

　髪に寝癖がついたままのはしっこそうな小柄な少年がじれったそうに叫んだ。

「ヤンの兄ちゃんよりでかいのか？」

　いまはパン屋での修業に精を出している若いヤンは、いっときはその体格を見こまれて剣闘士を目指したこともある、このへんでは有名な大男である。ロンは首をぶんぶんと勢いよくふった。

「ああ、そりゃもう、ヤン兄ちゃんでもくらべもんになんねえよ。とにかくでけえ」

「もしかして、あの大闘王ガンダルよりもでかいのか？」

ひときわ体の大きな少年が目を丸くして叫んだ。ロンは胸を張った。

「あたぼうよ！　ガンダルなんかよりもずっとでっけえ――っても」

ロンはにやりとして鼻の横を人さし指でぽりぽりと掻いた。

「おれ、ガンダルは遠くからちらっとしかみたことねえからよくわかんねえけど」

「なんでえ！　しょってらあ！」

わあっと少年たちからはやしたてるような笑い声があがった。ちょっと照れていたロンもいっしょになって腹を抱えて笑った。そんな子供たちの笑顔が朝日に照らされて、その影が石畳に長くのびている。

大灰色猿に夢中なのは子供たちだけではない。大人たちまでもが寄ると触ると大灰色猿の話題で持ちきりだ。いまや「大灰色猿、見たかい？」というのが、タイスっ子たちの挨拶がわりになっているというくらいなものなのだ。

まださほど科学も進んでおらぬこの時代である。タイスほどの大きな街であれば、それなりに教育のしくみもととのえられ、誰でも寺子屋に通って読み書き算術くらいは習うのが当たり前になっているが、高等教育を受けようと思えばクリスタルやサイロンなど、世界でも有数の大都市に留学しなければならない。だからたとえば物理だの化学だの生物学だの、と云ってみたところで、その意味を理解しているものはおろか、その言葉を耳にしたことのあるものすらほとんどいなかったであろう。

　そんな時代であったから、人々にとっての世界は、自分たちが実際に目にすることができる、ごく小さな範囲に限られていた。タイスの住民であれば、豊かな幸をもたらしてくれる《中原の海》オロイ湖がそばにあり、湖から街を隔てた反対側にはゆるやかな丘陵が広がり、郊外には果樹や穀物の実る牧歌的な田園がひらけ、街なかには脂粉と阿片の香りただよう遊郭があり、闘技場では剣闘士たちの命をかけた闘いが日々行われている、それこそが彼らにとっての当たり前の世界であり、そのすべてであったのだ。生涯に一度もタイスから外へ出ることのないものも珍しくないというのだから、それも無理ないことだろう。むろん彼らも頭では、タイスの外には自分たちのそれとはまるで違う世界が広がっており、自分たちとは異なる風変わりな習慣を持った人々が暮らしているということは判っているが、それを実感する機会が訪れることなどはほとんどないのだ。

　そんな彼らが、それを少しでも実感することができる数少ない機会のひとつが、世界中を巡業して回っている曲芸団がやってきたときだ。北方の燃える赤毛の大きなタルーアン人や、黒檀のような美しい肌の南方の黒人たちが、その素材すらも判らないようなごつい衣装や派手な衣装を着て、見たこともないような奇妙なダンスを踊り、聞いたこともないような音楽を奏でてみせたりする。大きな団になると見せ物小屋なども開き、氷雪の国ヨッンヘイムのこびとの頭蓋骨だの、ノスフェラスのセムのこどもだの、コーセアの海に住むという人魚のミイラだの、本物だかどうかも判らぬあやしげなものを見せびらかしてゆく。

なにしろ中原一の歓楽の街として知られるタイスである。ロイチョイなどには常打ちの芸小屋などもいくつもあり、住民たちもさまざまな芸を見慣れているから、そうそう生半可な芸ではタイスで大当たりを取ることはできない。わざわざ遠くからやってきた曲芸団に対しても、その芸が少しでもつまらなければ、観客から容赦なく罵声が飛んでくる。芸を見る目には厳しいそんな土地柄だ。だが、だからこそ、いったんタイスで大当たりを取ったとなれば、それだけでその曲芸団にはなにがしかの箔が付き、その評判はたちまち近隣の町へと広がってゆく。だから、タイスへはひっきりなしに、野心に燃える大小さまざまな曲芸団がやってきてはそれぞれに得意の芸を披露するのだ。

そんなタイスで比較的人気を集めやすい芸といえば、豹や熊など猛獣を使った芸であろう。動物園など、中原じゅうを探してもせいぜい二、三の大都市くらいにしかない時代であるから、タイスに暮らす人々がそんな猛獣を目にすることなどほとんどない。だからちょっと珍しい猛獣がいるというだけで、子供たちのみならず、大人たちも興味津々でその芸を見に集まってくる。何年か前に南方の巨大な象《エルハン》を二頭も引き連れた曲芸団がやってきた時には、長い鼻を使って人を持ちあげたり、前脚だけで逆立ちしたりしてみせるエルハンの芸達者ぶりに人々はみな仰天して喝采《かっさい》し、評判が評判を呼んで見世物小屋のまわりには連日人だかりができたものだ。

　そしていま、タイスを訪れている曲芸団は、それ以来といってもよい大当たりを取っていた。その目玉となっているのが、中原の南部に位置するパロの国、その南に広がるガブールの大森林にのみ棲息するといわれる大灰色猿である、というわけだ。身の丈は三タールにも達し、全身が白っぽい灰色の毛で覆われ、腕も脚も胴まわりも太く、とてつもない膂力《りょりょく》を持つというその猛獣が、いまやタイスの人々を虜にしているのだ。

「でもよ、とにかく大灰色猿はでけえ。ガンダルはまあ、よくわかんねえけど、あんなにでけえ人間がいるわけがねえ」

「ふーん」

　子供たちはみな一様に感心しているようすだ。

「それでよ、ロン。大灰色猿って、どのぐらい強《つえ》えんだ？」

「いや、そりゃもう、つえぇよ。とにかくつえぇよ！」

　ロンは勢いこんで、つばを飛ばしながら大声で云った。

「こう、猛獣使いがよお、こんな俺らの腕くらいもある鉄の棒を大灰色猿にわたしたんだよ。そしたらアイツ、両手でぐいっと、いとも簡単に折り曲げやがった。もう、あっという間にこんなぶっといい鉄棒を、あめ細工かなんかみたいにぐにゃぐにゃにしちまったんだぜ！」

「えー、すげーっ！」

「こえーっ！」

「おっかねーっ！」

それを聞いた子供たちから、歓声と悲鳴があがった。

「まあ、大灰色猿のほんとの凄さは、お前たちも実際にみてみねえとわかんねえよ」

ロンは、得意そうに鼻を指でこすりながら云った。

「たぶん、この世で大灰色猿がいっちばんつえーんじゃねえかな！」

「ガンダルよりもか！」

また体の大きな少年が叫んだ。ロンはちょっとうんざりしたように肩をすくめて云った。

「だからよお、マオ。さっきからいってるように俺は、ガンダルはよく見たことねえからわかんねえけどよ」

ロンは小馬鹿にしたように、鼻でふんと笑った。

「でも、きっと大灰色猿にはかなわねえよ。とにかく、もンのすごくでっかくて強えんだから」

「ガンダルだって強えぞ！」

マオはくってかかった。見ると背中には大平剣を模したおもちゃの剣をしょっている。あるいはガンダルのような剣闘士に憧れているのかもしれない。

「ガンダルはなあ、世界一の剣闘士なんだぞ！　俺は去年の水神祭りでガンダルが闘うところを見たんだ。どの試合も相手をあっという間に叩きふせて優勝したんだぞ。中には闘う前からひれ伏して降参してる相手もいた。決勝の相手でさえ、二、三回打ち合ったら剣を飛ばされて終わりだ。五タルザンともたなかったんだぜ！　これでガンダルはもう、五年も誰にも負けてねえんだぞ！　父ちゃんもいってた。ガンダルはつええ。まさに大闘王の名にふさわしいってな！　あんなにつええヤツはこれまで見たことねえし、これからも出てくるとは思えねえって」

マオはぐいっと上からロンを見下ろした。ロンはちょっと気圧されたように首をすくめた。

「ガンダルは負けねえ。大灰色猿だろうとなんだろうと負けねえ！」

ガンダルびいきのマオがたたきつけるように云った。ロンもむっとした顔をして負けじと云いかえした。

「そんなのわかんねえだろ！　大灰色猿をなめんな！」

「お前こそ、ガンダルをなめんな！」

マオとロンが口をとがらせ、鼻をつきあわせるようににらみあった。子供たちがそれを見て、やれやれっ、とばかりにやんやとはやしたてた。

「だいたい、お前は生意気なんだよ！　ちびのくせに」

「なんだと！　うるせえ！」

　ロンは両手で思いっきりマオの胸を突き飛ばした。思わぬ不意打ちによろけたマオは、よほど頭に血がのぼったのだろう。背中にしょっていたおもちゃの剣を抜くと、「このやろう！」と叫びながら高々と振りあげた。おもしろがって騒いでいたまわりの子供たちが一瞬静まりかえった。

「おい、やめろよ！　ひきょうだぞ！」

　ロンは目を丸くしてあとずさり、マオを押しとどめるように両手をのばした。まわりの子供たちもマオを止めようとするが、子供にしては大きなマオの体と迫力におされたのか、おろおろとするばかりだ。

　マオも勢いにまかせておもちゃの剣を振りあげてはみたものの、さすがにどうしたものか迷ったのだろう、ためらうように目を泳がせた。それを見て、よせばいいのにロンがまた悪態をついた。

「へん！　結局なにもできないのかよ、弱虫！」

　マオの顔が真っ赤になった。

「うるせえ！　もうゆるさねえ！」

マオは剣をもう一度さらに大きく振りあげた。ロンはびくっとしてしゃがみこみ、両手で頭を抱えた。マオは鬼のような形相になり、歯を食いしばって剣を思い切りたたきつけようとした。だが不思議なことに、その腕は何かに引き止められ、一タルスたりとも動かすことができなかった。ふと気づくと、マオ以外の子供たちはみな目を丸くし、口をぽかんと開けてマオの後ろを見やっていた。

（おっと、これはいかん）

子供たちのようすを土手に座ってながめていたフロルスは、にわかに小競り合いが始まったのを見て慌てて腰を浮かした。

フロルスは、タイスでも名の知られた剣闘士だ。毎朝、運河沿いの土手の上を十モータッドほども走るのを日課にしている。剣闘士の基本は下半身にある、と信じているフロルスは、足腰を鍛えるためにとにかくよく走る。他の剣闘士、特に昔かたぎの剣闘士のなかには、剣闘士たるもの、その肉体も精神も道場での稽古によって鍛錬すべきものであると考えるものも多く、フロルスのように長い距離を走って足腰を鍛えるやり方には批判も根強い。しかしフロルスはそんな声には耳も貸さず、若いころからひたすら走って自らを鍛えてきた。

数年前に足首を怪我してからは少しスピードも衰えてしまったが、それまではフロルスのステップの早さについてこられる剣闘士はほとんどいなかったのだ。十年ほど前には、大闘技会の大平剣の部で優勝し、大闘王の地位についたこともある。それ以来、フロルスの練習法に対する批判の声もだいぶ弱まり、彼と同じように走ることによって下半身を鍛える剣闘士もずいぶんと増えてきた。今朝もフロルスはいつものように土手を走り、途中で少し休憩しながら、楽しそうな子供たちを微笑ましく眺めていたというわけだ。

フロルスは、そうして鍛えあげた自慢の健脚をいかし、一気に土手を駆けおりると、おもちゃの剣を振りあげたマオの腕をがっしりとつかみとめた。

「こらっ！　なにしている！」

フロルスは低い声で叱責した。マオは必死に手を振りはらおうとしたが、フロルスのたくましい腕は、子供の力ごときでは当然ながらびくとも動かなかった。

「なにすんだよ！」

マオはむっとしたように叫んで後ろを振りかえったが、フロルスを見あげると他の子供たちと同じように目を丸くし、口をあんぐりと開けた。何しろフロルスは、身長二タールにも及ぼうかという大男である。首は大木の根のように太く、肩はがっちりとして広く、腕にはまるでなわのようによじれた筋肉が盛りあがっている。薄いシャツに覆われた胸は、はちきれんばかりの分厚さだ。黒いぴったりとした足どおしから伸びる太腿の太さときたら、普通の女性の腰ほどもある。もう二十年以上も剣闘士として鍛えあげてきた自慢の肉体だ。マオが目を丸くするのも無理はない。驚いて声も出ないようすのマオに、フロルスはさとすように話しかけた。

「どうやら、大灰色猿とガンダルとどっちが強い、なんてことで喧嘩していたようだが」

フロルスは努めて表情を崩さずに厳しい声で云った。

「そんなくだらないことで喧嘩するもんじゃない。ましてや、何も持っていない相手に木剣で殴りかかろうとするなんてのは言語道断だ。そういうのを男の風上にもおけない、っていうんだ。そんなことをしていると、いずれトートの矢が折れて、サールの餌食になってしまうぞ――っと、これはお前たちにはちょっと下品なたとえだったかな」

フロルスはちょっとひやりとして心の中で自分を戒めたが、幸い、子供たちにはそのたとえはあまり通じなかったようだ。フロルスはほんの少しだけ口もとを緩めてしゃがみこみ、うなだれてしまったマオの顔をじっと見つめてその肩に手を置いた。

「こんな剣を持っているってことは、お前は剣闘士になりたいのか？」

フロルスはマオが力なくぶらさげている剣に向けてかるくあごをしゃくった。マオはしょんぼりとうなずいた。フロルスはマオに優しく微笑みかけ、その頭をくしゃくしゃとなでた。

「剣闘士っていうのはな、ただ強いだけじゃダメなんだ。相手に敬意を持って、ルールを守って、正々堂々と闘う。そして勝っても相手を馬鹿にせず、負けても相手を恨まず、お互いにたたえ合う。そういう誇り高い男たちしか剣闘士にはなれないんだ。残念ながら、そうではないやつもいるにはいるが、そんなやつはろくなもんじゃない。剣闘士などとは名ばかりの、ただのやくざみたいなもんだ。そういうやつは決して強くはなれないのさ。真の剣闘士は誇り高くなければならない。少なくとも俺はそう思って剣闘士をやっているし、俺の仲間たちだってそうだ。もちろん、あのガンダルもな」

マオは目を見はった。

「おじさん、剣闘士なの？　ガンダルとも知り合いなの？」

「まあな。こう見えても、俺もけっこう強い剣闘士なんだぜ。ずいぶん前だが、大闘技会で優勝したこともある。ガンダルと闘ったことだって何度もあるし、よくいっしょに稽古だってしているんだ」

フロルスはにやりと笑った。マオは尊敬の目でフロルスを見つめた。まわりの子供たちもざわざわとして顔を見あわせた。

「とにかく、お前も剣闘士になりたいんだったら、そうやって剣をやたらと振りまわすのはやめろ。真の剣闘士にとって、剣は鍛錬のあかしであり、魂なんだ。おのれの鍛えた技を表現するためのものであって、決して気に入らない相手を叩きふせるために使うものじゃない。だから、さっきみたいなことをしていると、闘神マヌにそっぽを向かれてしまうぞ。わかったか？」

マオはまたうなずいた。フロルスはマオの頭をぽんぽんと軽く叩いた。

「お前は体も大きいから、これからしっかりと食べて、もっと体を大きくして、一生懸命に鍛えれば剣闘士になることも夢じゃないだろう。そしていずれもし、本当に剣闘士になりたいと思ったら、そのときには俺のところを訪ねてくるといい。マヌ神殿のそばにあるピュロス道場は知っているか？」

マオはもうしわけなさそうに首を横に振った。フロルスはにっこりと笑った。

「そうか。さすがにまだ小さいお前には判らないか。まあ大きな道場だし、門の前には闘神マヌの大きな像が立っているから、行ってみればすぐに判るだろう。そこを訪れて、フロルスに会いたいと門番にいえばすぐに通じるはずだ。俺はたいがいそこにいる」

「……フロルス？」

マオは目を見はってフロルスを見つめた。

「フロルスって、あのフロルス？　おじさんって、去年の水神祭りの決勝でガンダルに負けた、あのフロルスなの？」

「おいおい」

フロルスは苦笑した。

「確かに俺はそのフロルスだが、ガンダルに負けたってところばかり強調するなよ。水神祭りで惜しくも準優勝だった、とか、いくらでも言い方はあるだろう――まあ、お前もさっき云っていたが、あんまり惜しいってほどの闘いじゃなかったけどな、決勝戦は。こてんぱんにやられた、ってやつだ。お前のいうとおり、ガンダルは本当に強いな」

フロルスは笑いながらマオの頭を軽くなでた。マオは照れたように頭をかきながら笑いかえした。

「とにかく、剣闘士がどのようなものか見てみたかったら、一度道場に来てみるといい。ガンダルも毎日のように稽古に来てるから、会えるかもしれないぞ」

「ほんと!?」

マオの表情がぱっと輝いた。まわりの子供たちからもわあっと歓声があがり、わらわらとフロルスのまわりにいっせいに群がった。

「ぼくも行っていい？」

「ぼくも行きたい！」

「ぼくも、ぼくも！」

目を輝かせる子供たちをみて、フロルスは嬉しくなって声をたてて笑った。

「ああ、いいとも」

フロルスは子供たちの顔を見まわし、頭をひとりずつなでてやりながら、にこりとして云った。

「うちの道場は、見学はいつでも大歓迎なんだ。特に子供たちはな。ただし、勝手に来ちゃ駄目だぞ。ちゃんと親の許しをもらってから来るようにな。それから、道場に来たら、道場の決まりをちゃんと守ること。みんな真剣に稽古しているから、決まりを守らないと大けがのもとだ。わかったな」

「はーい」

　子供たちが笑いながら、これも彼らの憧れの職業である湖水警備隊の敬礼のまねごとをして素直に応えた。それを見てフロルスはまた大声で笑った。

「それから、お前たち」

　フロルスはマオとロンを交互にみた。

「もうつまらんことで喧嘩はするなよ。それから、大灰色猿とガンダルとどっちが強いか、なんてことはあんまり云ってほしくないな。俺たちは大灰色猿と闘うために毎日苦しい稽古を積んでいるんじゃないんだ。そんなふうに曲芸団の見せ物と同じように云われたら、あまりいい気分はしないな。特にガンダルは誇り高い男だから、そんなことをお前たちが話しているのを聞いたら、機嫌を損ねるぞ。そして、機嫌を損ねたときのガンダルの怖さときたら……」

　フロルスは思わせぶりに目をむいてみせた。マオとロンはびくりとして顔を見あわせた。フロルスはそれをみてふっと笑い、おどけた口調で云った。

「——まあ、機嫌がいいときでも、ガンダルは怖いんだけどな」

子供たちのあいだからくすくすと笑い声がもれた。フロルスは両手でマオとロンの頭をもう一度ぽんと叩くと、立ちあがった。

「さて、そろそろ俺も道場に帰って稽古にもどらないとな。お前たちもそろそろ寺子屋が始まる時間じゃないのか？」

フロルスがそう云ったまさにそのとき、澄んだ鐘の音が大きく街じゅうに響きわたった。先ほどまで石畳に長くのびていた子供たちの影も、いつの間にか日が高くなってだいぶ短くなっている。子供たちはいっせいにはっとなった。

「やべえ、朝の二点鐘だ！」

「寺子屋はじまるぞ！」

「いそがなきゃ、先生に叱られる！」

子供たちはみんなそのへんに放り出していた読み書きの道具の入った袋をそれぞれに拾いあげ、路地をいっせいに寺子屋に向かって走り出していった。フロルスはそのようすをにこにことしてみつめていた。

「おう、お前たち、気をつけていけよ！　しっかり勉強するんだぞ！」

「はーい！」

「フロルスさん、またね！」

「道場に行くね！」

　かけてゆく子供たちから元気な声で返事が返ってくる。フロルスは腰に両手を当てて仁王立ちになり、笑みを浮かべて彼らをしばらく見送っていたが、やがてきびすをかえすと表情を引き締めて運河の土手をかけあがり、土手の上の道を南に向かって再び走りはじめた。

　軽快なリズムを刻んで走る彼を二羽のツバメが追い越してゆく。運河では水面を滑ってゆくグーバの影に驚いたのか、大きな魚がはねてぴしゃりと音を立てている。いつのまにか凪が終わって風向きが変わり、オロイ湖の方から初夏の朝の風がさわやかに吹き抜けて、フロルスの髪をかるく乱してゆく。下町の生活もいよいよ本格的に動きはじめたようだ。人の行き交うざわめきや馬のひづめの音、石畳を引かれてゆく荷車のがらがらという音があちらこちらから響いてくる。ふりそそぐ日差し、遠くからかすかに聞こえる湖岸に打ち寄せる波の音、物売りたちのよく通る声。それはいつもとまるで変わらぬ、平和でのどかなタイスの一日の始まりであった。

2

「——などということが先ほどあってな」

朝の稽古を終え、道場の控室に戻ったフロルスは、全身を滝のように流れる汗をぬぐいながら云った。

「まあ、ガブールの大灰色猿もものすごい人気だが、お前の人気も相当のものだな、ガンダル」

「…………」

ガンダルは苦笑しながらも迷惑そうに少し顔をしかめたが、何も云おうとはせず、こちらも全身の汗をぬぐっている。そうしている間にも、稽古を終えた剣闘士たちが次々と控室に入ってきては、仲の良いもの同士で談笑しながら稽古着を脱ぎ、たくましい上半身をさらしている。脂っぽい汗と安っぽい麝香《じゃこう》が混ざりあったようないかにも男くさい独特の匂いが立ちこめて、とても爽やかな光景であるとはいえない。人によっては敬遠したくもなる場所だと思うが、フロルスにとっては若いころから慣れ親しんだ、もっとも落ち着く空間のひとつだ。

　フロルスがいまでも毎日のように通っているピュロス道場は、タイス中心部のやや南、遊郭の街として知られるロイチョイ地区の入口にほど近いフェイザン地区にある。この地区には、クム独特の宗教であるヴァーナ教の半陰陽の闘神、剣闘士たちの守り神たるマヌを奉った神殿がある。そのためフロルスやガンダルも含め、験を担いでここで暮らす剣闘士も多い。そんな土地柄であるから、このあたりには剣闘士たちが集う大小さまざまな道場がたちならんでいる。その中でも名剣士を数多く輩出したとして最も人気が高く、最も多くの弟子を集めているのがこのピュロス道場なのだ。

　三十年ほど前、名剣闘士として名をはせたピュロスが引退し、当時のタイス伯爵タイ・リー・ローの後ろ盾を得てこの道場を立ちあげた。以来、朝になると道場の前庭で若い剣闘士たちが素振りを繰りかえす気合いの声や、闘技場を模した広い稽古場で木剣や防具がぶつかりあう甲高い音が響きわたるのが、このあたりの名物ともなっている。

「それにしても――」

　フロルスは、自分よりも頭ひとつ以上も大きなガンダルの巨体を頭のてっぺんから足の先まで眺めて慨嘆した。

「お前にはすっかり歯が立たなくなってしまったなあ。さっきの稽古でも、こっちが必死に突こうが打ちかかろうが何をしようが、お前を闘技場のまんなかから動かすことすらできないんだから、イヤになってしまうよ。このごろじゃあ、お前と稽古をしていると、自分が熊《バル》のまわりをうるさく飛びまわっているハエにでもなったような気分になってくる」

「…………」

「お前もまだうちに来たころは力まかせに剣を振りまわすばかりで、体じゅう隙だらけ。こっちのやりたい放題だったもんだがなあ」

「そんな俺がこんな風になれたのも、フロルスさんのおかげですよ」

ガンダルはわずかに口もとを緩ませた。

「——と俺に云わせたいんでしょう」

「ばれたか」

フロルスは破顔一笑した。

「まあ、今となっては、お前の素質を最初に見出したのが俺だ、ということくらいしか、お前のまえで自慢できることはなくなっちまったからなあ」

「そんなことないですよ」

ガンダルはまじめな顔をして小さく首を振った。

「フロルスさんの剣さばき、足さばきの滑らかさは、俺にはどうしても真似ができない。まだまだフロルスさんからは教わらなければならないことが山ほどあるし、いまでも超えられない俺の目標ですよ、ほんとうに」

「お、ありがたいね。まだ俺も、大闘王にそんなふうに云ってもらえるか」

フロルスは微笑んで、ガンダルの肩をぴしゃりと叩いた。ガンダルは低く笑った。上級剣闘士である二人には数人の見習剣闘士が付き人として従い、甲斐甲斐しく二人の世話をしている。そんな彼らも楽しげな二人のようすを見てどこか嬉しそうだ。

「あれ？　ということは、ガンダルさんって、もしかしてフロルスさんに誘われて剣闘士になったんですか？」

フロルス付きの見習剣闘士のひとり、エルロイ・ハンが意外そうな顔をしてたずねた。まだ道場に入って半年あまりしかたっていない、顔じゅうににきびが残る伸び盛りの少年である。体はまださほど大きくないが非常に敏捷《びんしょう》であり、性格も素直で朗らかだが気はめっぽう強く、稽古では気迫を体じゅうからにじませて決して手を抜くことがない。フロルスがひそかに期待している若手だ。

「そうよ。俺がこの大闘技会五連覇中の大闘王、ガンダルさまをこの道に誘ったのさ。あれは俺が大闘技会で優勝した時のことだから……何年前だったっけか？　ガンダル」

「あれは俺が二十六の時だから、もう十年前ですね」

ガンダルの言葉に、フロルスはそのときのことをしみじみと思い出した。

「そうか、十年か。ルーアンの裏町でお前と初めて出会ってから、もうそんなになるか。

はやいなあ……」

「そうですね」

ガンダルも感慨深げにうなずいた。

「あのとき、フロルスさんとピュロス先生に出会っていなかったら、俺は今ごろどうなっていたんだろう、と思うと心底ぞっとしますよ」

「あのとき初めてお前を見たときには、こんなにでかい人間がこの世にいるものか、と思ったけれどもな。がたいのでかい男など、闘技会でさんざん見てきたと思っていたが、まあ、お前のでかさには度肝を抜かれた。もっとも、あの頃も背は高かったが、まだまだ細身の印象も強かったが……」

一瞬、遠くを見つめるようにその頃を振りかえったフロルスは、改めてガンダルの鍛えあげられた体をほれぼれと眺めた。

「あれから十年か。いつのまにやらこんな怪物になっちまってなあ。いま思うと、あのときはよくもまあ、ああもあっさりお前を投げ飛ばすことができたと思うよ」

「えっ？　フロルスさんがガンダルさんを投げ飛ばしたんですか？　逆じゃなくて？」

ハンが驚きのあまりだろう、ついうっかりと口を滑らせた。すぐに気づいて慌てて口を押さえたがもう遅い。フロルスは苦笑いしてハンの頭をこぶしで軽くこづいた。ハンは首を縮めて、小さな声でもごもごと謝った。

「失礼なヤツだな、まったく。まあ、俺もいまとなっては信じられない気分だからな。お前が驚くのも無理はないが」

「あのときは本当にあっさりと投げ飛ばされましたからね。こんなに強い男がいるのかと思いましたよ。それまで力で人に負けたことなどなかったから、完全に鼻っ柱をへし折られましたね」

　ガンダルが懐かしそうに云った。フロルスも目もとをほころばせた。

「自分でいうのもなんだが、俺もあのときはいちばん脂がのりきった時期だったからな。正直、誰にも負ける気はしなかったし、俺もいい気になっていたんだな。あとでピュロス先生にこっぴどく叱られたのを思い出すよ。大闘王ともあろうものが、そんな軽々しいことをしてはいかん、ってな。おおいに反省したものだが、まあ、そのおかげでガンダルに出会ったわけだから、人生なにが幸いするかわからんな」

「――ということは、そのときがフロルスさんとガンダルさんの初対戦だった、ということですか？　あれ？　でもそうしたら、なんでピュロス先生が怒るんだろう。それに、ルーアンの裏町――？」

　懲りないハンが首をかしげてぶつぶつとつぶやいた。フロルスはまた苦笑して、ハンの頭を軽くはたいた。

「余計な詮索をするな、バカ」

「――俺はな、そのころはごろつきだったのだよ、ハン。ごろつきの用心棒、といった方が正しいかな」

ガンダルが静かに云った。ハンも他の付き人たちも、驚いたようにガンダルを見あげた。

「俺は闘技士だった父を早くに亡くして、母の手ひとつで育てられたのだが、その母がやっかいごとに巻きこまれてな。それから母を助けるために、そのころルーアンの闇社会を仕切っていた顔役に用心棒として仕えたのだ」

「仕えさせられた、だろ」

フロルスが云った。ガンダルは肩をすくめた。

「どうでしょうね。むりやり仕えさせられた、といいたいところですが、あまり自信はないな……命じられるままに顔役と対立する勢力と闘わされたり、時には闇で開かれているいかがわしい闘技会に出させられたりしましたが、そうやって云われるがままに相手をぶちのめすことに快感を覚えていなかったというと嘘になりそうだ」

ガンダルの思わぬ告白に、見習剣闘士たちはみな声を失ったかのように沈黙してしまった。ふと気づくと、まわりで着替えていた他の剣闘士たちもだまってガンダルの話に耳を傾けている。

「そんなガンダルと俺が出会ったのが、俺が当時の大闘王としてピュロス先生とルーアンへわたったときだった」

　フロルスが話を引き継いだ。

「そのとき、クムの大公さまに初めて謁見したりして、俺も舞いあがってしまってな。普段はあまりやらんのだが、夜の町にくりだして、ばくちなんぞに出かけたのさ。まあ、別に悪いこととは思わんが、そのときはちょいとはめを外しすぎたのだな。ささいなことがきっかけで、そこの胴元ともめごとになっちまった。その胴元ってのが、ガンダルが仕えさせられていた顔役ってやつでな。それで腹立ちまぎれに何人かをぶちのめして賭場を出て、宿舎へ戻ろうとした途中、人気《ひとけ》のなくなったところで俺の前にぬっと現れたのがガンダルだ。顔役に命じられて、俺に仕返しにきたというわけさ——ハン、ちょっと水をくれないか」

　ハンがあわてて水筒を差し出した。フロルスは庭の井戸から汲んできたばかりらしい冷たい水をのどに流しこんだ。きんと冷えた水が渇いた体を潤し、胃に心地よくしみ通ってゆく。一息ついてフロルスは続けた。

「ガンダルを一目見て、やべえと思ったよ。とにかくこんなにでかいヤツは見たことがない。おまけに向こうは剣を持っているし、こっちは丸腰だ。本当ならピュロス先生の教えにしたがって、無用なあらそいはできるだけ避けるところだが、こっちも賭場でのもめごとのあとで頭に来てたしな。大闘王として、相手に背を向けることも俺の誇りが許さねえと、まともに立ち向かっちまった。ま、だからあとで先生に怒られたんだけれどもな。お前の誇りは間違っていると。剣闘士の誇り、大闘王の誇りはそんなちっぽけなものじゃないってな」

「でも……それにしても、ガンダルさんが剣を持っていて、フロルスさんが丸腰で、それで──フロルスさんが……？」

ハンがまだ信じられないといった風にぼそぼそと云った。フロルスはみたび苦笑した。

「そんなに俺がガンダルに勝ったのが信じられないのか、ハン」

「い、いえ、そんなことは」

慌てて手を振って否定するハンを、笑いながらひとにらみしてフロルスは続けた。

「まあ、そんときはな。ガンダルは何といってもまともに闘技や剣闘を学んだことはなかったし、こっちは子供のころからピュロス先生にみっちり基本からたたきこまれてきた身だ。ガンダルの力も体のバネも確かにそのころから尋常なものじゃなかったが、それでも俺だってそんなに負けたもんじゃない。というか、なかった。そのころはな。まあ、よく心技体というが、体はともかく、心と技では俺がまだまだ上回っていた、ということだよ」

「とにかく、あのときは驚きました」

ガンダルが口を開いた。

「相手は丸腰、こっちは剣を持っている。体だってこっちがでかい。負けるわけがないと高をくっていたにもかかわらず、気がついたら体が宙を飛んで背中から地面にたたきつけられていた。信じられませんでしたよ。おまけに持っていたはずの剣がいつの間にか相手にわたって、それを喉もとに突きつけられていたのだから。地面の上に大の字になったまま呆然として何も考えられなかった。フロルスさんがいつの間にかどこかにいなくなったのにも気づきませんでしたからね」

「――とまあ、それで俺も気がすんで、ガンダルから剣を奪って意気揚々と帰ってきて、そこを先生に見つかってこっぴどく叱られたわけだが」

フロルスは頭をかいた。

「ただ、ガンダルのことが忘れられなくてなあ。あれだけの体と力を持った男だ。あんな裏町で汚い稼業をやらせてくすぶらせておくのはどう考えてももったいない。それで先生とも話し合って、とりあえずガンダルにもう一度会いに行くことにした。といっても、前の晩にもめごとを起こしたばかりだったし、いろいろとキナくさいことや、めんどくさいしがらみなんかもあったんだけれどもな。まあ、そこは先生があちらこちらを奔走してくださって、すべてうまく話をつけてくださった。それで晴れてガンダルをうちの道場に迎える、ということになったわけさ」

「俺もフロルスさんにこっぴどくやられたことが忘れられなかった。なんだか、初めて目が覚めたような気がしましたよ。いままでいい気になっていた俺は何だったのかと、本気で強くなりたい、と思ったのがあのときでしたね。だからフロルスさんと先生が誘いに来てくれたときには、すぐにでもタイスにわたりたいと思いましたが、母のことだけが心配だった。顔役に人質に取られているようなものでしたからね。でも、それを先生がうまく解決してくださって、こうしてまっとうな道に戻ることができた。フロルスさんと先生には本当に頭があがりませんよ」

「へへへ、もうよせよ」

ガンダルの言葉にフロルスは照れた。

「とはいえ、まさかここまで強くなるとはなあ。こんなにあっさりと抜かれちまうとわかっていたら、お前のことを連れてくるんじゃなかった、と思うこともなきにしもあらずだな」

フロルスはおどけてガンダルの肩や腕をぽんぽんと叩いた。

「お前と出会う前は、そんなことを考えたこともなかったが、俺もこんな体が欲しかったなあ。その体を見てしまうと、子供たちならずとも、もうガンダルを倒すには人間じゃ無理だ、いっそのこと大灰色猿と闘わせてみたらどっちが強いんだろうか、なんてことを考えたくはなるわな」

フロルスはからかい気味に云った。ガンダルは顔をしかめた。

「よしてくださいよ。俺はもう、そんな見せ物みたいなことをするために剣闘士をやっているんじゃないんですから」

「と、俺も子供たちに云ったんだがね」

フロルスはにやりとした。

「まあ、気持ちはわからないでもない、ということさ」

ガンダルはしょうもない、といいたげに首を小さく振った。見習剣闘士たちからも笑い声がもれた。陽気な先輩のフロルスと、どちらかといえば真面目で口数の少ない後輩のガンダル。キャリアの長さこそ違うが、年齢は二歳しか違わず、今では兄弟のように仲の良い二人の会話は、いつもこんな調子である。

二人が話しながら控室を出ようとしたとき、まるでそのタイミングを見計らっていたかのように若い剣闘士のワン・チェン・リーが声をかけた。

「フロルスさん、ガンダルさん。食事の準備ができました」

「おう、すぐに行く」

ピュロス道場では朝稽古の後、弟子たちみなで朝食を取るのが決まりになっている。といっても人数が多いから、全員で一度に食卓を囲むことはできない。まずはフロルスやガンダルたち上級剣闘士がピュロス師とともに食事を取る。その後、中級剣闘士、下級剣闘士、という具合に順番に食卓につくのだ。見習剣闘士たちは、自分たちの朝食の前に、まずは彼らの給仕をせねばならない。稽古の後で腹を減らしている食べ盛りの若い彼らにとってはなかなかに辛くもある時間だが、それもまた強くなりたいという意欲をかきたてる要素のひとつであることは間違いない。またその際にピュロス師や先輩たちからアドバイスなどをもらうことも多く、彼らにとっては貴重な時間でもある。

食堂にはクム独特の香辛料を効かせた料理の匂いがただよっていた。その片隅には、何種類かの料理がそれぞれに大皿に盛られている。剣闘士たちはそこから自由に料理を選び、自分の皿に盛りつけて食卓につくのだ。今朝は大人でも抱えきれないような大鍋に炊かれた米やふんわりとした白いパン、野菜やキノコをたっぷりと入れた具だくさんのスープ、山羊《ゴルト》や水牛の乳から作るチーズ、にんにくをきかせて焼いた羊肉の分厚いステーキ、赤くて辛いヤクの粉をまぶした薄切りの生の牛肉を野菜と混ぜたサラダ、オロイ湖で採れる大きなチンジェ魚の塩蒸し焼きなどが並んでいる。とても普通の人間なら朝にはのどを通りそうもないメニューだが、毎日朝からひたすら体を鍛えている剣闘士にとっては当たり前の食事だ。

フロルスもガンダルも、いつものように食事を山のように皿に盛り、すでに円卓についているピュロス師に一礼すると、その両隣に座った。かつての名剣士であるピュロスも齢七十に近づき、その体力にこそ衰えが見られるものの、背筋はぴんとして姿勢が崩れることはない。白髪と長い眉の下からのぞく眼光は炯々《けいけい》として鋭く、名うての剣闘士たちにも自然と敬意を抱かせずにはいられない威厳を備えている。

「——先ほどのお前たち二人の稽古をみておったが」

食事を始めたフロルスとガンダルに、ピュロスはおだやかな口調で話しかけた。二人は師の言葉にいったん食事の手を止めようとしたが、ピュロスは手を振って食事を続けるように促した。二人とも黙礼して皿に盛った馳走を再び口に運ぶ。

「実に見事であった。二人ともまことにもって隙がない。剣すじ、足さばき、いずれを取っても無駄な動きひとつない。若い者にとっては実によい手本となったであろう。ガンダルはむろんのこと、フロルス。お前もずいぶんと動きが戻ってきたのではないか？数年前に脚の腱を切る大怪我をしたときには、さすがのお前ももう駄目かと内心思っておったが、もう以前と遜色ないようにも思える。地道な努力のたまものじゃの」

「ありがとうございます」

フロルスはにこりとして礼を云うとサラダをほおばった。オルムの実から取れる風味豊かな油にカンの果汁と魚醤を合わせて肉と野菜を和えたサラダは彼の大好物だ。特にカンの酸味が食欲を倍増させる。ガンダルは羊肉のステーキを黙々と口に運んでいる。肉は食べても脂身はよけて決して口にせぬのが彼のこだわりである。

「ところで、話は変わるが」

ピュロスは皺《しわ》ぶかい顔を少しほころばせて云った。

「お前たちは、もう大灰色猿とやらは見たのか？」

フロルスはむせてサラダを吹き出しそうになった。あやういところでこらえてあわて て水で流しこんで難を逃れる。ガンダルのほうをちらりと見ると、彼もまた肉をのどに 詰まらせたのか、さかんにむせている。どうにか事なきを得た二人は、思わず顔を見あ わせた。胸の奥から笑いがこみあげてくる。フロルスが耐えきれずに吹き出すと、ガン ダルも含み笑いをもらした。そしてとうとう二人は大きな声で笑いはじめた。ピュロス は怪訝そうな顔をした。

「どうした。わしは何か変なことを云ったか？」

「いえ、先生、失礼いたしました。実は今朝、同じ言葉を聞いたばかりだったのです」

フロルスは笑いながら、今朝の子供たちとのやりとりをピュロスに話して聞かせた。 ピュロスも笑い出した。

「そうか、そうか。なるほどのお。やはり子供たちのあいだでは、大灰色猿はそれほど に話題になっておるか」

ピュロスは得心したようにうなずき、いたずらっぽい笑みを浮かべた。

「それにしてもガンダル、お前の人気もたいしたものよのお。大灰色猿とおぬしとの闘 いか。それはわしも見てみたいと思わないでもないな」

「やめてくださいよ、先生まで」

ガンダルは情けない顔をした。ピュロスは笑いながら手を振った。

「いや、すまん。ただの冗談だ。許せ」

「それで先生、なぜ大灰色猿のことを？」

フロルスはたずねた。

「うむ。実はしばらく前から、リー・メイが大灰色猿を観に行きたいとうるさくせがんできてな」

「ああ、リー・メイちゃんが」

フロルスの脳裏に幼い少女の愛らしい笑顔が浮かんだ。

リー・メイは、ピュロスの六歳になったばかりの孫娘である。剣闘士は常に命がけで闘わねばならぬ職業だ。それゆえ、フロルスやガンダルもまだ独身を貫いているように、みな総じて晩婚である。ピュロスが身を固めたのも剣闘士を引退して道場を興してからのことであった。それで六十をだいぶ超えてから長女のところに初めて生まれた孫がリー・メイで、ピュロスはそれこそ目に入れても痛くないほどの可愛がりようなのだ。道場にもたまにやってきて、稽古を終えた剣闘士たちに遊んでもらっているマスコット的な存在である。特にフロルスにはよく懐いており、しょっちゅうまとわりついている。

「あまりにうるさくせがむので、近々連れていってやろうと思ってな。そうしたら、このあいだ、道場にタン・タル伯がおいでになったのだ」

「タイス伯が、ですか？」

「うむ。お前たちも知ってのとおり、剣闘に対する造詣の深いお方だ。まだ先代がお元気で、タン・タルさまが子爵でいらしたころはずいぶんと道場に足をお運びくださったものだが、伯爵になられてからはお忙しくてな。そういうことも久しくなかったが、このあいだ久しぶりにお立ち寄りくださったのだよ。そのときに大灰色猿の話も出たので、リー・メイが見たがっているという話をしたのだ。そうしたら、近々伯爵さまも大灰色猿の芸を観に行かれるそうで、その際にはご一家や懇意の貴族の方々のための特別席を設けさせるというのだ。それでその席にわしと孫娘を招待してくださるというのだよ」

「それはよかったですね。リー・メイちゃんも大喜びでしょう」

「うむ。飛びあがって、手を叩いて喜んでおった。伯爵さまのおかげで祖父の面目を保てたの」

ピュロスは口もとをゆるませた。

「それでな、伯爵さまは他にも二、三人であれば連れてきてよいとおっしゃってくださったのだ。最初はリー・メイもいることでもあるし、娘夫婦を連れてゆこうかとも思ったのだが、娘はまだ下の子が生まれたばかりで手が離せんでな。それでフロルスとガンダル、お前たちがもし興味があれば一緒にどうかと思ってな。お前たちならリー・メイもよく懐いていることであるしの。どうじゃ」

「ありがとうございます」

フロルスはにこりとして云った。

「私もやはりこれだけ話題になっている以上、一度は見ておきたいものだと思っておりました。ぜひお供させていただきます」

「そうか。それはよかった。ガンダルはどうじゃ」

「私もありがたくお供させていただきます」

ガンダルも濃い口ひげの下の口もとをほころばせた。

「畜生とはいえ、僭越ながらこの大闘王たるガンダルと比べられようかというもの。やはりぜひとも見ておかねばなりませんでしょう。なかなか私を見下ろすほどに大きな生き物など、目にする機会はございませんから」

「おお、いいおる、いいおる」

ピュロスは嬉しそうに手をたたいた。

「よし、ならばよかった。みなで大灰色猿を観に行くとしようぞ。五日後の正午だそうだが、問題ないか」

師の問いかけに、フロルスもガンダルもうなずいた。

「うむ。では伯爵さまにそのようにお伝えしておこう。お前たちが来るとなれば、伯爵さまも喜ばれるであろうよ。なにせ去年の大闘技会の決勝で闘った、伯爵さまお気に入りの二人であるからの。馬車を手配してくださるとおっしゃっていたから、朝の稽古が終わったら、そのまま道場で待っておるとよい。いやはや、たかが動物ごときにいい歳をした年寄りがはしゃぐとは、などと云われそうだが、楽しみだの」

3

その五日はあっという間に過ぎた。

宙を見あげるフロルスの頭上高く、ショームとジャランボンが奏でる軽快な音楽のリズムに合わせてブランコ《バンチア》が勢いよく大きく揺れた。バンチアから思い切りよく手を離した軽業《アイヨー》芸人が鳥のように高々と軽やかに舞い、くるくると優雅に体を回転させた。観客からは、わあっと大きな歓声があがった。そのまま緩やかな放物線を描いて落下しかけたその芸人の腕を、反対側から揺れてきたバンチアに逆さにぶら下がったもうひとりの軽業芸人の手がしっかりとつかむ。観客からはおおっというどよめきがもれ、それがまた歓声に変わった。小さなリー・メイもフロルスの膝の上で目を丸くして口をぽかりと開けたまま、わーわーと叫んで何度も何度も手を叩き、飛びあがらんばかりの大はしゃぎだ。

「大灰色猿、来たる！」の大看板を掲げたカン・ファン一座の大テントは、今日も押すな押すなの大盛況である。目玉はむろん大灰色猿だが、それだけに芸人たちのあいだには、猿ごときに負けていられるかという意気込みが満ちあふれているようだ。ましてや今日はタイス伯爵の御前である。余計に気合いが入っているのだろう。その芸はどれも超一流としかいいようがなく、これまで小さなミスのひとつもない。さすが、数々のコンテストで優勝したこともあるという大きな一座である。

公演が始まったばかりのころには、お前らの芸はいいから早く大灰色猿を見せろ、などという心ないヤジも飛んでいたが、いまではその芸術的な技を讃える拍手と歓声、指笛だけが響いていた。

「いやあ、これは思った以上にすごいものだな」

フロルスは耳がおかしくなりそうなほどに凄まじい歓声に負けじと声を張って、隣に座るガンダルに話しかけた。

「ほんの小さな子供のころに、死んだ親父に連れていってもらったときのことを思い出すよ。俺もアイヨーはずいぶん見てきたつもりだが、ここまで見事なものはなかなか見たことがないなあ」

ガンダルは太い腕を組んだまま大きくうなずいた。その巨大な体は観客席にいてもよく目立つが、さすがに今日はガンダルに注目するものはほとんどいないようだ。

芸人のなかにはまだ幼い男の子と女の子もいて、可愛らしいしぐさで観客に愛嬌をふりまきながら、たくましい大男の芸人の肩の上でくるりととんぼを切ってみせたり、細いロープの上を一輪車でわたってみせたり、大きなシーソー《バタコン》をつかって高々と跳んでみせたり、大人顔負けの離れ業を披露している。二人とも整った顔立ちがとてもよく似ているから、おそらくはきょうだいなのだろう。もしかしたら双児かもしれない。いまのところ、観客たちから一番の人気を集めているのはその小さな二人のようだ。リー・メイも自分と同い年くらいの二人がお気に入りらしく、登場するたびにきゃあきゃあと声をあげて立ちあがり、小さな手で精一杯の拍手を送っている。その様子を慈愛に満ちたまなざしで見つめるピュロスも実に嬉しそうだ。

綱渡り、火の輪くぐり、美しい剣舞。そのひとつひとつの華麗な技に観客たちは快哉を叫んだ。美しい半裸の女を板に縛りつけ、十タッドも離れたところからその体ぎりぎりに刀子《とうす》を投げて人型に抜いてみせるという芸には誰もが手に汗を握り、続く道化芝居ではは じけるような笑いがテントにあふれた。リー・メイもおなかを抱えて笑っている。ピュロスは顔をしわくちゃにして笑い、フロルスもあごが痛くなるほど笑いながら涙をぬぐった。隣からはガンダルの吼えるような高笑いも聞こえてくる。

そうして楽しい時間はまたたくまに過ぎ、あとはいよいよ大灰色猿の登場を待つばかり――そんな期待がテントを次第に濃密に満たしはじめていた。

（なんだろう……すっごく大きなひと……）

テントの端に設けられた一座の小さな控え室の入口から、ヴァルーサはそっと客席を見つめていた。

（まるで大灰色猿のガボンみたいに大きいわ。あんなに大きなひと、初めて見た……）

「どうしたの、ヴァルーサ。何を見ているの？」

あめ玉を口いっぱいにほおばった双児の弟のヴィマルが後ろから不思議そうに話しかけてきた。

「なんでもないわ」

ヴァルーサは客席を見つめたまま、手をひらひらと振っていい加減にこたえた。ヴィマルはヴァルーサの下から無理やり顔を出し、きょろきょろとあたりを見まわしているが、ヴァルーサが何を見ているかは判らないようだ。

カン・ファン一座の出しものも、もう終わりに近くなってきた。残すは目玉の大灰色猿の見世物だけだ。まわりではその準備が慌ただしく進められており、その一方で出番を終えた座員たちが化粧を落とし、片付けをはじめている。小さなヴァルーサとヴィマルも今日のところはお役ごめんだ。一輪車でもパタコンでもひとつも失敗しなかったし、観客から拍手もたくさんもらえたから、座長もとても機嫌よく、いつもよりもご褒美のあめ玉を奮発してくれた。

（それにあの隣のひと……死んだ父さんに似てる……）

そう思ったとたん、ヴァルーサの鼻の奥がつんと痛くなった。

ヴァルーサの視線の先にあったのは、むろんガンダルとフロルスの二人だったが、ヴァルーサはその二人のことは何も知らない。ただ、その二人のなかにもう会うことができない父のおもかげを思い出して、なんだか寂しくなっただけだ。

ヴァルーサとヴィマルの父はとても体が大きく、力が強いのが自慢だった。四角いがっしりとした顎と鋭い目の持ち主で、ちょっと見は子供が泣き出してしまうほどに怖そうだったが、二人にはとても優しく、暇さえあればいつも肩や膝に二人を乗せたり、腕にぶら下がらせたりして遊んでくれた。

客席に座っている父に似たひとは、膝の上にヴァルーサと同じくらいの女の子を乗せて、楽しそうに舞台を見つめている。女の子もその人に甘えるように抱きついたり、飛び跳ねたりしている。ヴァルーサはその女の子がうらやましく、死んだ父が懐かしくて仕方なかった。

ふと気づいて舞台を見まわすと、大灰色猿の出番がすっかり整っていた。舞台を囲んでいたたいまつが、花道を照らすひとつを残してすべて消えていた。花道の奥のほうからは南の国の黒い人たちがたたく太鼓の音が鳴りひびき、ゆったりとした不思議な歌声が流れはじめた。残された炎がゆらゆらとあやしくゆらめき、まるで眠りをさそうような音のしらべとあわさって、まるでこの世のものではないかのような空気がただよってきた。

この場面になると、ヴァルーサはまるで別の世界に入りこんでしまったような気分になる。さっきまで歓声をあげていた大勢の客も、いつのまにかしんと静まりかえってしまっていた。父に似たひとも、その膝の上の女の子も、その隣にいるとてつもなく大きなひとも、その不思議な空間にのまれてしまったかのように身動きひとつしていないようだ。

そして太鼓がひときわ大きな音を打ち鳴らし、そのリズムがとまった瞬間――

花道の奥から、恐ろしいうなり声が響いてきた！

ヴァルーサはびくっと体を震わせた。その声を聞くと、ヴァルーサはいつもその場を逃げ出したくなる。弟のヴィマルも最初は一緒に怖がっていたくせに、いまではもう平気な顔をして、ヴァルーサが怖がっているとしょっちゅうからかってくる。それがヴァルーサには悔しくて、怖がったそぶりを見せまいとするのだが、どうしても怖くて耳をふさぎたくなってしまう。

それなのに観客たちは怖がるようすなどこれっぽっちもなく、いっせいに立ちあがり、また大きな歓声をあげて手や足を打ちならしていた。

「大灰色猿《グレイ・エイプ》だ！」

「きたぞ！」

「いよっ、待ってました！」

わああと大きな声で叫んでいる観客にこたえるように、花道からずしん、ずしん、という足音が響いてきた。そして太い鞭と鉄の鎖を両手にささげ持った猛獣使いのうしろから、巨大な影がみえてきた。その姿がゆらめくたいまつの炎に照らしだされた。それを見た観客からは、またまた耳が痛くなるほどの大きな歓声があがった。

ヴィマルがヴァルーサの隣に来て、手をそっと握ってきた。今日は座長に褒められて機嫌がいいのか、ヴァルーサをからかうつもりはなく、励ましてくれているらしい。ヴァルーサは少し安心して、ヴィマルの手を握りかえした。その手のひらが汗でじっとりと濡れている。もしかしたらヴィマルも平気なふりをしているだけで、本当はまだ怖くて手に汗をかいているのかもしれない。そう思ってヴァルーサはくすりと笑い、怪物のようすをそっとうかがった。

（大灰色猿のガボン……）

ガボンというのは、座長が大灰色猿につけた名前だ。サリュトヴァーナ女神のそばに仕えている、猿の姿をした小さな可愛らしい神のことだが、なんでこんなに恐ろしい生き物に、そんな名前を付けるのか、ヴァルーサにはちっとも判らない。ガボンが本当に小さな猿だったらいいのに、といつも思う。

普段のガボンは頑丈な檻のなかに閉じこめられているから、そんなに怖さは感じないが、こうして檻から出されてきたところを見ると、小さなヴァルーサにはやっぱり恐ろしい。馴れているから大丈夫、と大人たちは笑っていう。でも、もしあの太い腕がこっちに向かって振りまわされたら。あの太い脚に踏まれてしまったら。そう思っただけでヴァルーサは身がすくんでしまう。それでも父がいたころは、父にしがみついていさえすれば安心していられたのだが。

(どうか、何も起こりませんように……父さん、どうか私たちをお守りください……)

ヴァルーサは無意識のうちに小さな両手を胸の前で組み、いつものように父に祈りながら、大灰色猿の大きな後ろ姿を見つめていた。

(なんと……これが大灰色猿か……)

フロルスは背中にぞくりとするものを覚え、つばをごくりと飲みこんだ。

舞台の入口に現れたそれは、初めて見るものには、それではこのようなものが本当に世に存在するのだという驚愕を、改めて見るものには、やはりあの日見たものは悪夢ではなかったのだという畏怖を与えた。異形、という意味であれば、数年前にやってきた巨大なエルハンのほうがはるかに上回っていただろう。しかし今回のそれのほうが、そのかたちがあまりにも人間に似すぎていたために、エルハンよりもかえって人々に異形を感じさせ、本能的な恐怖を呼び覚ますものであったかもしれぬ。

普通の大人の二倍、いや三倍はあろうかというその巨大な体、全身をみっしりと覆う針のようにごわごわとした灰色の毛、赤く凶暴に光る小さな目、おそろしく盛りあがった肩、膝よりも長く、地面に届きそうな太い腕。太く短く、外側に湾曲した両脚。それはまるで、単なる動物というよりは、人という存在を冒瀆する悪魔《セトー》の使者のように見えた。

大灰色猿の両足首には頑丈な鉄の環がはめられ、そこから延びる長く太い鎖の先には巨大な鉄球がつけられていた。それをずずっ、ずずっと引きずりながら、一歩ずつゆっくりと歩む姿は、サリュトヴァーナ女神に愛されながらもそれを裏切り、その罰としてこの世の果てにある天山ウルスナの頂上に巨大な岩を永遠に運びあげ続けているという巨人ゴーグを思い起こさせた。つい先ほど、その登場に沸きかえった観衆も、その重々しい歩みに圧倒されたかのように次第に静かになっていった。

大灰色猿は首につながれた鎖を猛獣使いにひかれ、その巧みな鞭さばきにあやつられながら、ついに舞台の中央へとたどり着いた。もはや誰も言葉を発するものもなく、観衆たちはただ固唾をのんでその姿を見つめていた。大灰色猿は、まるで自分が主役であることを理解しているかのように堂々と直立すると、天井を仰ぎ、大きく膨らませた胸を両手で激しく叩きながら、口をかっと開いて鋭い牙をむきだし、再び身の毛のよだつような咆吼《ほうこう》をあげた。

それは地獄の底から響いてくるかのような恐ろしい声であった。特別席でタイス伯爵と並んで芸を楽しんでいた貴婦人の中には、その声を聞いて恐怖のあまり失神するものもいた。リー・メイもフロルスの腕にしっかりとしがみつき、半分泣きそうな顔で、それでも魅入られたように大灰色猿を見つめていた。

大灰色猿は舞台のまんなかでゆっくりと観客席を見わたした。そしてまたしても胸をたたき、すさまじい咆吼をあげた――

その、ときだった。

突然、どーん、という大きな衝撃が、突きあげるようにテントを襲った。

と同時に、地面の奥底から、ごごごごご――という不気味な鳴動が、まるで大灰色猿の咆吼に呼応するかのように響いてきたのだ。

(――なんだっ)

フロルスはびくっとして体を硬くした。まわりの人々もいっせいに動きを止め、腰を浮かせて不安げにあたりを見まわしていた。するといきなり、これまで誰も経験したことのないほどに大きな激しい揺れが襲ってきた！

「じ、地震だ！」

あちらこちらから悲鳴があがり、人々はたちまちパニックになった。

「うわあああああっ！」

「きゃあああっ！」

「テ、テントが崩れるぞ！　逃げろおっ！」

テント内はたちまち大混乱となった。テントの柱がぎしぎしと揺らぎ、布が大きくはためいて恐怖心をさらに煽った。なかにはよろめきながらあわてて出口に殺到し、転んで下じきになるものや、決して低いとはいえぬ観客席から舞台へ飛び降りて、そのまま動けなくなるものもいた。

タイスに暮らす人々のなかには、もともと地震に対して強い恐怖心を抱いているものが多い。タイスの地下には広大な地下水路が広がっていることが知られており、いずれとてつもなく大きな地震がくれば、タイスはすべてその巨大な暗渠の中に崩れ落ちてしまうのだ、というまことしやかな噂が常に流れているのだ。

いつもの地震であればすぐに収まるはずの揺れは、収まるどころか次第に強さを増していった。人々のあいだにパニックが広がり、あちらこちらから悲痛な声があがった。

「ああ、もうだめだ！」

「タイスが崩れてしまう！」

「サリュトヴァーナよ！　エイサーヌーよ！　ラングートよ！　タイスを守りたまえ！」

フロルスもリー・メイやピュロスを気づかいながらも、何の役にもたたぬ椅子にしがみつき、揺れに身をまかせていることしかできなかった。そのとき、フロルスのすぐ近くでどーんと激しい音がした。フロルスははっとして音がした方を振りかえった。すると、貴族用に組まれた特別席の真ん中あたりが崩れ落ち、ぽっかりと大きな穴が空いていた。穴の底では何人もが折り重なりあって倒れ、うめき声や泣き声をあげている。フロルスは思わず目をそむけ、ピュロスに向かって叫ぶようにいった。

「先生！　このままだとここも崩れるかもしれない！　何とかして舞台におりましょう！」

フロルスはリー・メイを抱きかかえ、ガンダルを促してピュロスをかばいながら、右往左往する人々のあいだを縫うように舞台へと向かった。特別席から舞台までは三タールほどの高さがあったが、長身のガンダルやフロルスにはさほどの高さではない。揺れが弱まってきたころを見はからい、まずはガンダルが慎重に舞台に飛び降り、フロルスからリー・メイの小さな体を受けとった。続いて老ピュロスもフロルスとガンダルの手を借りながら舞台へ降り、最後にフロルスが剣闘士の正装ともいうべきマントをひるがえして身軽に飛び降りた。

そのころになってようやく揺れがおさまった。フロルスも少しほっとしたが、まだまわりではぎしぎしと何かがきしむ音がしており、上からもぱらぱらと何かが落ちてくる。いつテントが崩れてもおかしくなさそうだ。フロルスはもういちどリー・メイをガンダルから受けとると、腕のなかにしっかりとかばい、上から落ちてくる木ぎれなどを払いのけながら云った。

「とにかく、ここにいては危ない。はやく外へ出ましょう」

だが、ひとつしかない出口には、恐慌をきたした人々が殺到しており、いつ将棋倒しになってもおかしくない危険な状態だ。とてもすぐには出られそうもない。フロルスは繰り返しやってくる余震に警戒しながら、ともかく何かがあれば、自分の身は犠牲にしてでもピュロスとリー・メイを守る覚悟を固めた。ガンダルも思いは同じなのだろう。しっかりと二人のそばに寄り添って、周囲に鋭く目を配っている。

と、そのとき――

フロルスたちの背後から、ひときわ大きな咆吼が響きわたり、ずしん、ずしんという振動が床から伝わってきた。フロルスははっとなり、ぎょっとして振りかえった。その視線の先には、長い腕を振りまわして暴れる大灰色猿の姿があった。

（あ、あ、あ……）

ヴァルーサは、おそれていた悪夢が目の前に現われてゆくのを、ただなすすべもなく見つめていた。

（ガボンが……ガボンが！）

先ほどの地震で恐怖におそわれたのは、ひとだけではなかったのだ。大灰色猿のガボンもまた怯え、舞台に出てきたときの落ち着きをすっかり失っていた。まわりでは猛獣使いのハムザたちが必死になだめようとしていたが、ガボンは目をかっと見開き、口から泡を吹き、足を踏みならして暴れまわっていた。そのようすに気づいた観客たちからも大きな悲鳴があがり、みな慌ててそこらじゅうをあちらこちらへ逃げはじめた。それを見てハムザも焦ったのだろう。ガボンを大きな声でしかりながら、鞭を二度、三度と強くふるった。

だが、それがかえって大灰色猿を怒らせてしまったのかもしれない。

ガボンはテントをふるわせるような雄叫びをあげた。そして胸を激しく両手で叩くと、鋭い牙をむきだし、ハムザに襲いかかった。ハムザも慌てて逃げようとしたが、もう遅かった。大灰色猿は、まるで両足に鉄球など繋がれていないかのようにたくましい手足をつかい、あっという間にハムザを追いつめると、太い腕でその頭を横殴りにした。ぐしゃり、と嫌な音がしてハムザが倒れ、ぴくりとも動かなくなった。ガボンは吼えながら猛獣使いの体を片手で持ちあげると、巨大な牙でそののど笛にかみついた。

「ハムザおじさん！」

ヴァルーサは悲鳴をあげた。

「ハムザおじさんが……いやあああああっ！」

あまりの恐怖にヴァルーサは凍りついた。胸がどきどきして、息が苦しくなった。体は激しくふるえ、逃げるどころか立っていることすらできず、その場にへなへなとしゃがみこんでしまった。ほかの座員たちは蜘蛛の子を散らすようにいっせいにいなくなり、テントの中には大勢のひとたちのわめき声がこだました。誰もが大灰色猿から少しでも離れようと、いっせいにばらばらに逃げはじめていた。

だが、大混乱とパニックに包まれたテントのなかに逃げ場所などは残っていなかったのだ。ガボンはさらに激しく、狂ったように暴れはじめていた。あるいは口にしてしまった人の血の味が、その野性を呼びおこしたのかもしれぬ。大灰色猿は、のどを食いちぎられ、ぼろきれのようになった猛獣使いを投げ捨てると、出口の近くに集まっていた人々に、その巨体からは想像もつかないような速さで襲いかかった。観客も座員も、貴族も庶民も、男も女もみな恐怖にかられ、この世の悪魔のような大灰色猿から逃げまどった。しかしガボンはしつこく人々をおいかけまわし、手の届くかぎりのものを次々となぎはらい、倒れているものを巨大な足で容赦なく踏みつけた。

（いや……もういや……怖い……父さん、お願い、助けて……）

ヴァルーサは涙と鼻水でぐしゃぐしゃになった顔で、天国にいるはずの父に呼びかけながら、その地獄のような光景をぼうぜんと見つめていた。あたりには吐き気をもよおすような血の臭いが立ちこめ、大勢のうめき声と泣き声がただよっていた。そのなかからひときわ大きな泣き声が聞こえていたが、それが自分のものであることにヴァルーサは気づいていなかった。

そのとき、彼女の肩が誰かに激しく揺さぶられた。

「――ヴァルーサ！　ヴァルーサってば！　しっかりして！」

ヴァルーサの耳もとで彼女の名を叫ぶ声がした。ヴァルーサはのろのろと、その声の主を見た。それは弟のヴィマルであった。

「こんなところでなにしてるの！　早くぼくたちも逃げなくっちゃ！」

いうが早いか、ヴィマルはヴァルーサの腕をつかみ、容赦なくぐいぐいと引っぱった。ヴァルーサはようやく少し我にかえり、よろよろと立ちあがるとヴィマルのあとをついて小走りに走り出した。

だが、小さな二人にとって、それは簡単なことではなかった。まわりの誰もが大地震と大灰色猿の二重の恐怖におそわれ、その足もとでちょろちょろしている双児たちを気にかけるものなどはひとりもいなかったのだ。二人はどこかへ向かって逃げるどころか、ばらばらに駆けまわっている大人たちの体をよけるのに精いっぱいだった。

「ああ、どうしよう！　出口がどっちかもわからない！」

ヴィマルが半泣きになりながら、きょろきょろとあたりを見まわした。

「やだよ！　このままじゃ、ぼくたちもガボンに食べられちゃうよ！」

そのとき、ヴィマルは後ろから悲鳴をあげながら走ってきた女に激しく突き飛ばされた。小さなヴィマルの体は大きくはじき飛ばされ、床に強くたたきつけられた。

「あぶない！　ヴィマル、大丈夫！」

ヴァルーサはあわててヴィマルに駆けよろうとした。ヴィマルは痛そうにべそをかきながら手をついて起きあがろうとした。が、今度は別の男に背中を蹴とばされ、また床に叩きつけられてしまった。

「ヴィマル！」

ヴァルーサは悲鳴をあげた。ヴィマルは床にうつぶせになったまま、ぴくりとも動かなくなった。ヴァルーサの背中に冷たいものが流れた。ヴァルーサは急いでヴィマルのそばに駆けより、震える手でその小さな体を揺さぶったが、弟はゆっくりと目を閉じ、ぐったりとして気を失ってしまった。

（ああ、どうしよう！　ヴィマルが！）

ヴァルーサは助けを求めてまわりを見わたしたが、大人たちはやはりみな自分たちのことに必死で、ヴァルーサたちのことなど見向きもしてくれない。身の毛のよだつようなガボンのうなり声も、大勢の人たちがあげる悲鳴も、まだすぐそばから聞こえてくる。ヴァルーサも怖くてしかたなかったが、いまはヴィマルのことのほうが心配だった。少女は唇をきゅっと噛み、涙があふれてくるのをぐっとこらえた。

（とにかく、ここから逃げなくちゃ）

ヴァルーサは、ただそのことだけを思いながら、倒れたままのヴィマルの手を一生懸命に引っぱってその場を離れようとした。

そのころ、フロルスもまた大混乱のなかで必死に逃げ場を探していた。

（せめて先生とリー・メイだけでも、なんとかしてここから逃がさなければ――）

フロルスは歯を食いしばり、すばやくあたりのようすをうかがった。

だが、テントのなかには人々が過密にあふれ、鍛えあげた肉体を誇るフロルスとガンダルの力をもってしても、二人を出口へ連れてゆくことなどとうていできそうもなかった。しかも、大灰色猿は相変わらず恐ろしい雄叫びをあげながら暴れまわっており、その動きに合わせて人々があちらこちらへと動くものだから、自分がいまどこにいるのかを把握することすら難しい。少しでも気を抜けば、ピュロスやリー・メイともたちまち離ればなれになってしまいそうな混乱ぶりであった。

（ちくしょうっ！　何か手はないものか……）

フロルスは、必死に活路を求めてあたりを見渡した。そのときフロルスの目に、舞台の隅に倒れている小さな子供の姿がうつった。

（あれは――）

フロルスははっとなった。

その派手な衣装には確かに見覚えがあった。先ほどまで一座で芸を披露して人気を集めていた男の子に違いない。死んでしまったのか、それとも気を失っているのか、ぴくりとも動かない。その横には一緒に芸を披露していた女の子がうずくまり、必死に男の子の手を引いて逃がそうとしている。しかし、小さな子供の力では男の子を動かせようもない。まわりには大人たちもいるが、みな自分のことで精いっぱいで、その子たちにかまっている余裕はないようだ。

大灰色猿はなおも咆吼をあげ、ときおり胸を叩きながら、舞台の上を走りまわっていた。このままでは、あの子たちが大灰色猿に踏みつぶされるか、あるいはその牙の餌食になるかは、時間の問題のように思える。フロルスの脳裏にその凄惨な光景がまざまざと浮かんだ。子供好きなフロルスには、とても耐えられない光景だ。

（えい、くそっ！）

フロルスは一瞬ためらった後、腕に抱えていたリー・メイをガンダルに差し出した。

「ガンダル！」

フロルスは叫んだ。

「リー・メイと先生を頼む！」

「えっ？」

ガンダルは面食らったようにリー・メイを受け取りながら云った。

「フロルスさん、どこへ――？」

「あの子たちを助ける！」

叫ぶなり、フロルスは人々をかきわけ、子供たちめがけて走りだした。倒れている男の子はいっこうに動かず、そばで女の子が必死に声をかけ、揺さぶっているがまったく反応がない。フロルスは駆けよって声をかけた。

「おい！　大丈夫か、どうした！」

フロルスの声に女の子がびくっとして振りかえった。フロルスを見あげる可愛らしい顔が涙でぐっしょり濡れていた。その面差しには、幼かったころにいつもフロルスの後ろをついて歩いていた妹をどこか思わせるところがあった。フロルスの胸がずきりと痛んだ。

「怪我したのか！」

「……わからない」

女の子はべそをかきながら首を振った。

「さっき、逃げようとしたときに、ヴィマルがおとなの人とぶつかって蹴られちゃったの。そしたら倒れたままうごかなくなっちゃって……どうしよう」

「ヴィマルというのはこの子のことか」

フロルスはぐったりとしたままの男の子を抱きあげた。その胸に耳を押し当て、心臓が動いているのを確認する。女の子はうなずいた。

「うん」

「お前の名は？」

「ヴァルーサ」

「ヴィマルとヴァルーサ」

フロルスは思わずにやりとした。

「剣と盾か――よし。いいか、ヴァルーサ。俺がヴィマルを抱いていくから、お前はついてこい。遅れないように、俺のマントをしっかり握っているんだぞ」

ヴァルーサはうなずいた。が、その目がいきなり怯えたように丸くなった。

「おじさん、危ない。うしろ！」

ヴァルーサが叫ぶと同時に、フロルスは背後からうなじがちりちりとするような凄まじい殺気を感じた。フロルスはとっさにヴィマルとヴァルーサを抱きかかえると、横に体を投げ出した。と、それまでフロルスがいた場所に大灰色猿の巨大なこぶしが突き刺さった。フロルスは二人を後ろにかばい、素早く体勢を立て直そうとした。が、一瞬遅く、右足首を大灰色猿につかまれてしまった。フロルスは高々と持ちあげられ、逆さづりになった。大灰色猿の凄まじい握力に、フロルスの足首はぎしぎしときしみ、めきめきと悲鳴をあげた。フロルスは激しい苦痛に顔をゆがめた。

「ガボン、ガボン、やめて！　おじさんを離して！」

ヴァルーサの悲痛な泣き声がフロルスの耳に届いた。

だが、フロルスは慌てなかった。素早くタイミングをはかり、左足の硬いかかとで大灰色猿の鼻の下を思いっきり蹴りあげたのだ。急所への強烈なふいうちに、大灰色猿はギャッと短く吼え、フロルスを放り投げるようにして顔をおさえた。床に投げ出されたフロルスはにじりながらヴァルーサたちのもとへ戻り、二人を背中にかばった。大灰色猿につかまれた右の足首が激しく痛んでいる。足の先の方はあまり感覚もないようだ。

（くそっ、古傷をやられたか）

フロルスはぎりぎりと歯ぎしりした。

「おじさん、大丈夫？」

ヴァルーサが心配そうに尋ねた。

「ああ、大丈夫だ」

フロルスはそれでもにやりと笑ってみせた。

「とにかく、俺のうしろに隠れていろ。とりあえずはそこが一番安全だ」

ヴァルーサがこくりとうなずいた。フロルスは、そばに崩れ落ちていた太い木の棒を拾いあげると、ゆっくりと立ちあがった。が、右足の状態は相当悪そうだ。体重をかけると激痛がずきりと脳天まで走る。

（さあて、こいつはちとやばいことになったぞ）

　フロルスは木の棒を剣のようにかまえ、大灰色猿に対峙した。大灰色猿は目を真っ赤に血走らせ、牙をむいて威嚇しながら、二タッドほど離れたあたりをうろついている。

（でかいな、ちきしょう。やっぱり、ガンダルなんかよりもはるかにでかい）

　フロルスはこみあげてくる恐怖を必死に押さえこんだ。

（この化け物相手に、こんな木ぎれ一本で闘わなきゃならんのか。しかも右足はどうやら使い物にならんときている。こいつぁ……）

　フロルスののどに酸いものがこみあげ、こめかみから脂汗がだらだらと流れはじめた。

と、大灰色猿がいきなり襲いかかってきた。フロルスは身を素早くかがめて踏みこむと、手に持った棒で大灰色猿ののどもとを強烈に突いた。大灰色猿はのどをおさえて一瞬大きくのけぞったが、思ったほどのダメージをあたえることはできなかったようだ。

大灰色猿は怒りに満ちた雄叫びをあげ、フロルスの頭めがけて太い腕を振り下ろした。

フロルスは紙一重でそれをかわすと体を入れ替え、棒でそのひじを殴りつけた。相当の手応えはあったが、大灰色猿はさほど痛がるそぶりも見せず、さらに二度、三度と頭を狙って腕を振りまわしてきた。フロルスは棒をふるってそれをすべて受けとめたが、その力はあまりにも強く、その衝撃に手が次第にしびれてきた。

（くそっ、こいつ、力が強すぎる……）

そして何度目かに大灰色猿の攻撃を受けとめたとき、ついに棒がぽきりと折れてしまった。

（ああ、くそっ！）

フロルスは手の中に残った短い木ぎれを床にたたきつけた。すばやくまわりを見まわしたが、武器になりそうな木ぎれは近くには落ちていない。もはやフロルスにはおのれの肉体しか武器は残されていなかった。しかも右足の痛みはさらに増している。フロルスは心の中に忍びこんでくる恐怖と闘いながら、ついに覚悟を決めた。

「ヴァルーサ、いいか。これから俺が大灰色猿の気をそらす。そのあいだにお前は全力で逃げろ」

「えっ？」

ヴァルーサは目を丸くした。

「でも……でもおじさんは？　それにヴィマルが……」

「ヴィマルは俺が絶対に守る」

フロルスは声を励まして云った。

「だからお前は逃げるんだ。わかったな」

「――うん」

ヴァルーサはためらいがちにうなずいた。フロルスはかすかに笑みを浮かべた。

「よし。では、俺が合図したらとにかく走れ。ゆくぞ——よし、行け！」

フロルスは叫んだ。そしてヴァルーサが走りだしたのを横目でちらりと確認し、左足で思い切り床を蹴り、大灰色猿のふところに飛びこんだ。踏みこんだ右足から気の遠くなるような激痛がはしった。だがフロルスは歯を食いしばってそれをこらえると、素早く大灰色猿の左腕を取り、渾身の力で手首を固め、ひじを極《き》めた。さらに体を投げ出すように左足を大灰色猿の首に絡め、右足を左の足首にかけて大灰色猿の太い首を挟みこみ、あらんかぎりの力でぐいっと締めあげた。大灰色猿の首が奇妙なかたちにねじれた。普通の人間であれば頭への血の流れが止まり、そのまま失神してしまうこともある強烈な技だ。さすがの大灰色猿もぐふっ、と苦しげな声をあげた。

（よしっ！）

フロルスは十分な手応えを感じた。大灰色猿のひじがみしりと不気味な音を立て、その体がぐらりと揺れた。

だが、大灰色猿はやはり怪物であった。大灰色猿は、体重百スコーンは軽く超えようかというフロルスの体ごと、極められた左腕を大きく振りあげると、床にフロルスを真っ逆さまにたたきつけたのだ。フロルスは肩から背中を強く打ち、いっしゅん息ができなくなった。大灰色猿の首を極めていた足が外れ、フロルスは床に大の字になった。頭がふらふらとし、見あげる天井がぐらぐらと揺れていた。フロルスは朦朧《もうろう》とする意識のなかで、なんとか起きあがろうとした。が、膝にはほとんど力が入らず、目の前も二重三重にぼやけてみえた。

（……くそっ、化け物め――！）

フロルスは、目の前で大灰色猿が勝ち誇ったように右手で胸を叩き、雄叫びをあげるのをぼおっとした頭で見つめていた。そして大灰色猿の指がおのれの肩に食いこみ、その牙がのど笛にせまるのを感じた。フロルスは両手を大灰色猿ののどにあててそれを防ごうとしたが、大灰色猿の力はやはりあまりにも強く、フロルスの強靭な腕力をもってしても迫りくる牙を押しとどめることはできなかった。

（――これまでかっ）

フロルスが観念の目を閉じ、大灰色猿の牙がのどに食いこむのを覚悟したとき――

突然、何かがすさまじい勢いで飛んできて、大灰色猿をフロルスの目の前から吹き飛ばした！

4

（あのひと、やっぱり父さんに似てた）

ヴァルーサは舞台の上を必死に駆けながら、自分を助けてくれた人のことを思ってい
た。

（それにあのひとの背中、父さんとおんなじいい匂いがした）

一座で大きな剣を振りまわし、剣舞や芸を披露していた父は、出番の前になると必ず全身に油を塗っていた。その油はマンネンロウのいい匂いがして、ヴァルーサはそれがとても好きだった。ヴァルーサが父を思い出すときには、いつもその匂いがどこからか漂ってくるような気がする。あの人の背中からは、それとまったく同じ匂いがした。だからヴァルーサは、まるで懐かしい父にもう一度会えたような気がしたのだ。ヴァルーサはなんだか切なくなって、鼻をクスンと鳴らした。もしかしたら、あのひとはほんとうに天国から助けに来てくれた父だったのかもしれない、という気さえしてくる。

テントではまだ大勢の人たちがうろうろしているが、それでも混乱はだいぶ落ち着き

はじめていた。やはりフロルスが大灰色猿の気を引きつけたことがよかったのだろう。小さなヴァルーサにも、まわりのようすがだいぶ見えるようになってきた。

（こんどはあたしがあの人を助けなくっちゃ。でも、どうすればいいんだろう……）

父がかつて使っていたような剣があれば、とヴァルーサは思ったが、父が事故で死んでからは、あんな大きな剣を振りまわすことができるものは一座にいなくなってしまった。あの剣はどこかにまだあるのかもしれないが、あったとしても誰がどこにしまっているのか、ヴァルーサには判らない。

（でも、とにかく楽屋に行ってみよう）

ヴァルーサは、テントの隅の楽屋に駆けこんだ。

もう座員もみなテントの外に逃げ出したのだろう。楽屋には誰もいなかった。普段はそれなりに整然としているが、あの大地震と混乱のあとである。化粧道具や衣装、芸で使う小物があちらこちらに散乱して、足の踏み場もほとんどない。それでもヴァルーサは何か武器になりそうなものがないか、散らばったものをかき分けながら必死に探しはじめた。

（投げ輪……一輪車……だめ、どれも役に立たない……そうだ、猛獣使いの鞭！）

ヴァルーサは鞭を求めてあたりを探したが、どこにも見あたらない。考えてみれば地震が起きたとき、ガボンの見世物をやっていたのである。猛獣使いも舞台に出ていたのだから楽屋にあるはずもない。ヴァルーサは困って口をとがらせた。

そのとき、楽屋の隅に置かれている小さな木箱に目がとまった。

(――そうだ！　あれだ！)

ヴァルーサは一目散に木箱にかけよると、ふたを開けた。

(あった！)

ヴァルーサは思わず手をぱちぱちと叩いた。そしてその小さな箱ごと胸に抱えあげると、フロルスのもとへ急ぎ、走り戻っていった。


もはやこれまで――

と、フロルスが覚悟を決めた瞬間だった。

どごおっ、という重い音が鈍く響き、フロルスの目の前から大灰色猿の姿がいきなり消えたのだ。

(な……なんだっ)

フロルスは、ひじをついて上体を半ば起こしながら、自らを怪物のあぎとから救ったものを信じられぬ思いで見つめていた。

地面すれすれまで重心を低くし、まさに獲物を狙う獅子のごとくに全身のあらゆる筋肉を駆使し、全体重を浴びせて大灰色猿の脇腹に肩からぶちあたり、自分よりもはるかに巨大なその体を弾き飛ばした男。その男がフロルスを間一髪のところで救ったのだ。フロルスはおおきくあえいだ。

（――ガンダル！）

フロルスの目の前では、二つの巨大な肉体が対峙していた。かたや、史上最大にして最強の剣闘士との誉れ高く、ノスフェラスの幻の民ラゴンにも匹敵するような屈強にしてしなやかな筋肉のよろいを全身にまとった男。そしてかたや、体じゅうをこわい灰色の毛で覆われ、その高さ、幅ともその男をはるかに凌駕《りょうが》する、鋭い牙をもつ地上最大の類人猿。

それは、時と場所さえととのえられたものであれば、間違いなく夢の対決と呼ばれたであろう闘いであった。フロルスは、ぐったりしたままのヴィマルをかばいながら、魅入られたようにその両者を見つめていた。

ガンダルは大灰色猿から少し距離をとり、そのまわりをゆっくりと右にまわっていた。有名な話だが、ガンダルは右腕のほうが左腕よりもやや長い。そのため、組み手の時にはまず右から攻めるのが彼の常道である。大灰色猿は、さきほどガンダルに体当たりで飛ばされたこともあって警戒しているのだろう。大きくはりだした眉の下から小さな赤い目で狷介《けんかい》にガンダルの動きをうかがっている。その両足につながれた鎖がじゃりじゃりと音をたてる。その体が発する獣の臭いが周囲に充満している。ガンダルは慎重にタイミングを計っているようだ。

　そして、そのときはふいに訪れた。

　大灰色猿が短くガッと吼え、両腕をぐいと伸ばしてガンダルにつかみかかった。ガンダルはそれを待っていたのだろう。すばやく体を沈みこませると、右から大灰色猿のふところに飛びこみ、するするっとその背後にまわりこんで抱きついた。あわてて振り向こうとして暴れる大灰色猿をガンダルは足を使って巧みにコントロールすると、その左腕をとり、厳しく攻めた。やはり先ほどのフロルスとの闘いで、大灰色猿は少なからず左腕を痛めていたようだ。大灰色猿ののどから苦悶の呻きがもれた。ガンダルはなおも左腕を攻め、そのひじをがっちりと極めてねじりあげた。大灰色猿は凄絶な雄叫びをあげ、その攻撃から逃れようと体をねじりながら、どおっと倒れこんだ。ガンダルはなおも左腕を極めあげると、容赦なく全体重をかけて腕をねじった。するとばきんっ、とすさまじい音がして、大灰色猿のひじが反対向きにぐにゃりと折れた。大灰色猿はギャアッとわめきながら、長い右腕を背後にまわしてガンダルの腕をつかみ、体ごと巻きこむように投げた。ガンダルは素早く巧みに腕を外すとくるりと受け身を取り、敏捷に立ちあがった。大灰色猿も立ちあがり、左腕をだらりと垂らしたまま、恐ろしい表情で牙をむきだしてガンダルを威嚇した。ガンダルは落ち着いた表情で大灰色猿を見つめている。

（――よしっ）

フロルスは思わずこぶしを握り、つぶやいた。そのとき、後ろからマントを引っ張るものがいた。フロルスは振り向いた。そこには小さな箱を抱えたヴァルーサが立っていた。

「ヴァルーサ！」

フロルスは驚いて叱責した。

「逃げろといっただろう！　なんで戻ってきた」

「おじさん、これ」

ヴァルーサは必死の表情を浮かべ、胸に抱えていたものを差し出した。それは芸で使う刀子の入った箱だった。

「これ、みつけてきたの」

「おっ、これは――」

フロルスは、叱ったものか褒めたものか一瞬迷ったが、思いなおして表情をやわらげ、ヴァルーサの頭をなでた。

「よく気づいたな、ヴァルーサ。だが、もう危ないまねはするなよ」

ヴァルーサは肩をすくめて恥ずかしそうに笑った。フロルスはヴァルーサに笑みを返すと、刀子を手に取り、その重さを確かめながら大灰色猿の様子をうかがった。ガンダルと大灰色猿のあいだには、ピンと張りつめた空気がただよっている。それを少しでも乱そうものなら、この緊迫した闘いにどんな影響を与えるかわかったものではない。フロルスは、そっと気配を殺して立ちあがろうとした。しかし、右足に体重をかけた瞬間に電流のような激しい痛みが走り、思わずまたうずくまってしまった。

（くそっ）

フロルスは毒づいた。目の前では、ガンダルと大灰色猿とがにらみ合いを続けながら、互いにじりじりとまわり合い、また相手を牽制してはときおり位置を素早く入れ替えている。フロルスは息を殺しながら、油断なくタイミングをはかった。そしてガンダルが何度目かのフェイントをかけた瞬間、大灰色猿の巨大な背中がフロルスの正面を向いた。

（いまだっ！）

フロルスはそのチャンスを逃さず、手にした刀子を大灰色猿の背中に狙いを定めて思いっきり投げつけた。刀子は一直線に飛んでゆき、大灰色猿の肩胛骨《けんこうこつ》のあいだに深々と突きささった。大灰色猿は驚いたようにギャッと叫び、フロルスのほうへ振りむきながら右手を背中に伸ばし、突きささった刀子を抜こうとした。その隙をガンダルは逃さなかった。

「おう！」

ガンダルは瞬時にして全身に殺気をみなぎらせると、大灰色猿の背中に飛びつき、両足をその太い胴にまわしてがっちりと固めた。そのまま太い右腕を大灰色猿の首にまわして左腕にからめ、左手でその後頭部を押さえつけるようにして、その首をぎりぎりと締めあげた。大灰色猿の顔が醜くゆがみ、その首の骨がねじれてぎしぎしと不気味な音を立てた。大灰色猿の呼吸が激しくなり、獣の臭いがいちだんと強くたちこめた。大灰色猿はガンダルを振り落とそうと激しく暴れまわり、ガンダルの右腕をつかんで引きはがそうとした。ガンダルは引きはがされまいと必死に抵抗した。その筋肉が縄のようによじれ、その全身が真っ赤に染まった。その肌には滝のような汗が流れている。

（ガンダルっ！）

足の痛みに耐えながら見守るフロルスのこぶしにも力が入った。だが、大灰色猿の膂力はやはり尋常なものではなかった。しばしの抵抗もむなしく、ガンダルの腕はあっさりと引きはがされてしまった。大灰色猿は怒りにまかせ、ガンダルの腕をつかんだまま、まるで闘技の背負い投げのように床に激しくたたきつけた。ガンダルは背中を強く打ちつけ、うっ、とうめき声をあげた。その動きが一瞬だけ止まった。が、ガンダルはぐっと歯を食いしばり、素早く立ちあがった。その右手にはいつの間にか刀子が握られていた。それは、先ほどフロルスが大灰色猿に投げつけた刀子だった。

ガンダルは再び体勢を低くすると、大灰色猿のふところに飛びこんだ。大灰色猿は奇声をあげながら、右腕をガンダルの胴にまわしてぐいと引き寄せ、その怪力で強烈に締めあげた。ガンダルの上半身が鬱血したようにみるみる朱に染まってゆく。大灰色猿はだらだらとよだれを流し、巨大な牙でガンダルに襲いかかった。

「あっ、あぶない！」

ヴァルーサが悲鳴をあげた。だが、フロルスはガンダルの意図に気づいていた。

（よしっ！）

左腕をへし折られていた大灰色猿は、残る右腕でガンダルを捕まえたために、急所である喉もとを守るすべがなく、そこががらあきになっていたのだ。ガンダルはその状況を作り出すために、あえて自らの体を投げだしたのである。そしていまや、大灰色猿の急所はガンダルの目の前にあった。怒りに狂った大灰色猿の牙がガンダルに迫る一瞬、ガンダルは落ち着きはらって右手をふるい、手にした刀子で大灰色猿ののどを横一文字にきれいに切り裂いた。

大灰色猿ののどから真っ赤な血が勢いよく噴き出し、周囲にかなくさい血の臭いが充満した。大灰色猿はガンダルの体をはなし、のけぞりながら右手をのどにあて、口をぱくぱくとさせた。しかし、もはやその喉から、あの恐ろしい咆吼があがることはなかった。大灰色猿の巨体から、まるで風船の空気が抜けてゆくかのように急速に力が失われてゆき、どおっと激しい音を立てて床に倒れこんだ。その体はしばらくのあいだ、ぴくぴくと痙攣《けいれん》していたが、やがてそれもとまり、赤く血走った目から光が消えていった。

ガンダルは大量の返り血で全身を深紅に染めたまま、目の前に横たわる大灰色猿を静かに見おろしていた。その手が死者を送る印を小さく結ぶのをフロルスは見た。離れたところからこの闘いを見つめていた人々から拍手と歓声が起こったが、ガンダルはそれに応えようとはしなかった。

「――ガンダル」

フロルスはそっとねぎらうようにガンダルに声をかけた。ガンダルは振り向いた。その顔はどこか暗く沈んでいるようにもみえた。ガンダルは無言でフロルスに歩み寄った。

「助かったよ、ガンダル。ありがとう。けがはないか」

ガンダルは静かに首を横に振って云った。

「大丈夫です。フロルスさんは？　足を痛めていたようにみえましたが」

「ああ、情けないことにな。どうやら古傷をやっちまったらしい」

フロルスは右足に体重をかけないように気をつけながら、ガンダルの手を借りてそろそろと立ちあがった。

「先生とリー・メイは？」

「大丈夫――だと思います」

「思います、だと？　どういうことだ」

フロルスはむっとしてガンダルを見た。ガンダルは肩をすくめ、かすかに笑みを浮かべた。

「先生に叱られましたよ。老いたりといえどもこのピュロス、自分と孫のめんどうくらい自分でみられる。お前はさっさとフロルスを助けに行け。あまり師を見くびるでない、ってね。というわけで、先生とリー・メイのことは先生におまかせして、私はこちらへ」

「――そうか」

フロルスは苦笑して頭をかいた。

「そういうことか。これは先生にはかえって失礼なことをしてしまったな」

云いながらフロルスは、改めてガンダルをしみじみとみあげた。

「――しかし、ガンダル。お前はやっぱり化け物だな。こうもあっさりこの怪物を倒してしまうとは……」

「まあ確かに、体のでかさでは少々かなわない相手でしたがね」

ガンダルはにやりとして云った。

「フロルスさん流に云えば、心と技では――ってところですよ」

「ふん、云いやがったな。それじゃあ、大灰色猿にあっけなくやられちまった俺の立つ瀬がないじゃねえか」

フロルスは口をゆがめて小さく笑った。ガンダルはかぶりをふった。

「いや……正直にいえば、フロルスさんが左腕を痛めつけておいてくれなければ、そうとうにしんどい相手でしたよ。それに刀子も投げてもらいましたしね」

「おっと、あいかわらず謙虚だな、大闘王」

フロルスはガンダルの肩をぽんと叩いた。

「俺にはそうも見えなかったがね。あれがなくても、お前は間違いなく大灰色猿を倒していたと俺は思うぜ。むろん、多少の時間はかかっただろうが。とにかく助かったよ。ありがとう。恩に着る」

フロルスはガンダルに頭を下げた。ガンダルはとんでもない、といいたげに首をわずかに横に振った。


小さなヴァルーサは、ガンダルがガボンを倒したのをみると、すぐさまヴィマルの横にひざまずき、その体を抱きかかえた。

「ヴィマル！　しっかりして！」

ヴァルーサは、目を閉じたままの弟に必死に呼びかけた。

「おねがい、ヴィマル！　目を覚まして。おねがい！」

するとヴィマルがわずかに身じろぎし、うっすらと目を開け、ヴァルーサの顔をぼんやりと見た。ヴァルーサの胸がどくん、と大きく鳴った。ヴァルーサは大声でフロルスに呼びかけた。

「おじさん、ヴィマルが！」

フロルスははっとしたように振りかえり、ヴァルーサの腕に抱えられているヴィマルを見た。

「おお、気がついたか！」

フロルスは足を引きずりながら近寄ると、しゃがみこんでヴィマルに話しかけた。

「大丈夫か。ここがどこだか判るか」

だがヴィマルはぼんやりとした目でフロルスを力なく見つめるだけで、またすぐに目を閉じてしまった。フロルスはもう一度、ヴィマルの胸に耳を当てた。

「――脈はしっかりしているようだが、なにやら妙な音も聞こえるようだな……」

フロルスは難しい顔をしてつぶやいた。ヴァルーサはしゃがみこんだまま、フロルスとヴィマルのようすをじっとうかがった。それに気づいたフロルスは表情を和らげ、ヴァルーサに目を向けた。

「お前たちはきょうだいか？」

フロルスはたずねた。ヴァルーサはうなずいた。

「うん。ふたご」

「親は？」

「いない」

ヴァルーサはかぶりをふった。

「ふたりともしんじゃった」

「じゃあ、普段は誰がお前たちのめんどうを見ているんだ？　座員の誰かか？」

「――うん」

ヴァルーサはちょっとためらったあと、うなずいた。フロルスがいぶかしげに見つめているのが判ったが、ヴァルーサは何もいうことができなかった。フロルスはしばらくヴァルーサの様子をうかがっていたようだったが、やがてふっと息をついて云った。

「――よし」

フロルスは右足をかばうようにそろそろと立ちあがり、ヴィマルを抱きあげようとした。それをガンダルが制止し、代わってヴィマルを抱きあげた。

「本来なら座員を探しだして、お前たちを預けるべきなのかもしれんが、この状況ではそうもいってられないな。とりあえず、ヴィマルを病院に連れて行こう。といってもさっきの地震のあとだ。どの病院もいっぱいかもしれないが……ヴァルーサ、お前も一緒に来い」

フロルスの言葉にヴァルーサはうなずいた。フロルスの目が、血の海のなかに横たわる大灰色猿のガボンに向けられた。フロルスはため息混じりにつぶやいた。

「こいつも可哀相にな。そもそも獣に罪などあろうはずがないものを――などといっては、助けてくれたガンダルには申し訳ないが」

　ガンダルはかぶりをふった。

「いえ、私もそう思いますよ。憎くもない相手と時に命のやりとりをせねばならぬ剣闘士などというものをたつきにしていればこそ、無駄な命は奪いたくない、と強く思うのです。むろん、こいつのこともできれば殺したくなどなかった。それはフロルスさんも同じでしょうけれど」

「そうだな」

　フロルスは小さくうなずいた。

「とにかく、大灰色猿の魂よ安かれ、だ。猿の神がなにかは知らんが、ともあれ闘神マヌのみもとへ召されますように、だな」

　フロルスは印を結び、頭を垂れた。ガンダルもそれにならった。ヴァルーサも目を閉じ、大きな二人にはさまれるようにしながら、胸のまえで小さな手を組んだ。

（ガボン……）

　ヴァルーサの目から涙があふれた。あれほど恐ろしかったガボンだが、それでも一座の仲間としてあちらこちらを旅してきたのだ。こうしてぴくりとも動かない姿を見ていると、おさな心にガボンに対して後ろめたいような、切ないような気持ちがあふれてくる。

（ガボン……ガボンもきっと怖かっただけなんだよね……）

巨大な二人の剣闘士と曲芸団の小さな娘は、横たわる大灰色猿を前にしてしばらく祈りを捧げていた。それは少し奇妙な、しかし見る者を厳粛な気持ちにさせずにはおかない光景であった。

5

大地震はタイスに大きな被害をもたらした。

多くの人が心配していたようにタイスの町そのものが地下に崩れ落ちることはなかったが、倒壊した建物は多く、ロイチョイでは西の遊郭を中心にかなり大きな火事も発生したため、数多くの犠牲者が出た。それでも井戸が涸《か》れるといったような異変は起こらず、また港の被害も比較的少なく、ルーアンなどから救援物資が次々と届けられたことから、地震の規模のわりにはその後の混乱は小さかった。あれから一旬ほどが過ぎた街なかでは、早くも復興に向けた工事が順調に進んでいた。ピュロス道場には幸い大きな被害はなく、家具などは倒れたものの、建物自体は丸屋根を葺《ふ》いていた石板が何枚か落ちた程度ですんでいた。老ピュロスとリー・メイもけがひとつなく、あれからまもなくテントを抜け出して無事であった。

（――あの子たちは、無事だっただろうか）

フロルスは、ヴァルーサを連れて病院から道場へと戻る途中、まだ大量のがれきが残る街の様子を眺めながら、しばらく前に大灰色猿とガンダルのことでけんかをしていた子供たちのことを思い出していた。皮肉なことに、そのとき子供たちが騒いでいた二者の対決は、はからずも思わぬかたちで実現してしまったわけだが、その顚末はフロルスやガンダルにとってあまり後味の良いものとは云えなかった。

だが、ガンダルが大灰色猿と闘い、それを倒したということは、そのときにテントの中にいたものたちから口づてで噂が広がっていったらしく、この大災害の中にあっても好奇心旺盛なタイスの人々の耳目を集めていた。さっそく商魂たくましい読売りが、あることないこと、さんざんに尾ひれを付けてその闘いのことを書き立てたものだから、人々のあいだではガンダルの人気がまた妙なかたちで高まっているようだ。しかし、ガンダル本人はいたって迷惑そうに、その話題には触れようともせず、また触れられるのをいやがっていた。

「あ、おかえりなさい。どうでした？」

杖をつきながら道場へ帰ってきたフロルスに、仲間の見習剣闘士とともに庭の片づけをしていたハンが声をかけた。だが、フロルスの沈鬱な表情と、フロルスに手を引かれながら泣きじゃくっているヴァルーサの様子をみて、すぐに何が起こったか悟ったらしい。たちまち表情を曇らせたハンに、フロルスは首を振って云った。

「だめだったよ。助からなかった」

ヴィマルは結局、あれから二度と目を覚ますことはなかった。街じゅうが混乱するなか、フロルスたちがようやく病院に運びこんだときには、ヴィマルはもう完全に意識を失っていた。医者の話では、おそらくは誰かに蹴られたときに胸の骨が折れてしまい、それが肺に突きささっていたらしい。そのまま長らく昏睡が続いていたが、先ほど見舞いに訪れたフロルスとヴァルーサの目の前でとうとう息を引き取ってしまったのだ。

フロルスも早くに両親を亡くし、遠い親戚に引き取られて育った経験があるだけに、たったひとりの家族だった弟を亡くして泣きじゃくるヴァルーサの気持ちが痛いほどわかった。しかしそれだけにかける言葉もなく、ただそっと抱きしめて、頭をなでてやることしかできなかった。

ヴァルーサは、あれからピュロス道場で暮らしていた。地震でカン・ファン一座のテントの特別席が崩れ落ちたとき、何人もの貴族がその事故に巻きこまれたが、その中にタン・タル伯もいた。カン・ファン一座はその責任を問われ、座長をはじめ、ほぼ全員がタイスの護民官に捕らえられ、幽閉されてしまった。そのため、ヴァルーサは帰るところを失ってしまったのだ。フロルスたちもヴァルーサをどうしたらよいものか迷ったが、彼女がフロルスにとてもよく懐き、またリー・メイともすぐに仲良くなったのを見て、とりあえずヴァルーサを手もとにとどめておくことに決めたのだった。

タン・タル伯は重傷であった。事故からだいぶ時間が経って救出されたときには意識がなく、その後の懸命の治療のかいがあって目は覚ましたものの、全身に麻痺がのこり、寝たきりの状態が続いているという。とりあえず、伯爵の甥であり、義理の息子でもあるタイ・ソン子爵が摂政としてまつりごとにあたっているが、おそらくタン・タル伯はこのまま隠居して身を引かざるを得ないだろうというのが大方の見方らしい。

カン・ファン一座の何人かは行方がわからないようだが、タイ・ソンの命令によりその捜索が続いているという。タイ・ソンはかなり冷酷で執拗な男であるという噂もある。その捜索も、一座の罪を徹底して厳しく問うためのものらしい。フロルスはその手が小さなヴァルーサにもおよぶのではないかと密かに危ぶんでいた。ピュロスもそれを危惧し、今日は朝からタン・タル伯の見舞いをかねて、その居城である紅鶴城《べにづるじょう》の動向をそれとなく探りに行っていた。

「――先生は、まだ紅鶴城に？」

フロルスはハンに尋ねた。ハンは痛ましげにヴァルーサを見つめ、その頭をなでてやりながら云った。

「いえ、先ほど、お戻りになりました。いまはたぶん、お部屋にいらっしゃると思います」

「そうか」

フロルスは、ヴァルーサを連れて道場に入った。食堂で奥に声をかけ、まかないを手伝ってくれている近所のミン婆さんに事情を話すとヴァルーサを預け、奥にあるピュロスの書斎へと向かった。書斎の扉は開いており、ピュロスが机に向かってなにやら考え事をしている様子が見えた。フロルスは部屋の外から声をかけた。

「先生、フロルスです。よろしいでしょうか？」

「おお、入れ」

ピュロスは大きな机の向こうに腰掛け、机の上で手を組み、あまり浮かない顔をしていた。

「ヴィマルはどうだった？」

ピュロスは尋ねた。フロルスは首を横に振った。

「だめでした。先ほど息を引き取りました。」

「そうか……」

ピュロスの表情がさらに沈みこんだ。

「ヴァルーサは？」

「ずっと泣きっぱなしです。いまはとりあえずミン婆さんに預けていますが、もう少ししたら、またそばにいってやらないと……」

「そうか。無理もない。可哀相にのお」

ピュロスが深いため息をついた。その顔にきざまれた皺がいちだんと深くなったようにみえた。

「それで先生。紅鶴城のほうはどのような具合なのでしょうか？」

「――うむ」

ピュロスは背もたれに寄りかかると、難しい顔をして腕を組んだ。

「タン・タル伯にはお会いできなんだ。まだ医者の許可が下りていないということでな。お付きの方にうかがったところでは、目は覚ましておられるし、お話もどうにかできるそうだが、お身体はほとんど動かすことがおできにならないらしい。お気の毒なことだが……」

「そうですか……」

「そのあとでタイ・ソン子爵にもお目にかかったのだが、たいそう厳しく叱責されてしまった。あの場所にいながら、なぜ伯爵をお助け申し上げなかったのか、と仰せでな。当分の間、登城まかりならん、謹慎せよとのことだ。これまでの数々の実績に免じ、今回はそれで許すが、本来ならば、このままただちに捕らえて投獄するところであると、激しいお怒りであった」

「しかし、それは、あの混乱した状況では……」

フロルスは思わず抗議しかけたが、ピュロスは右手をあげてそれを制した。

「いや、確かに子爵のおっしゃることもごもっともだ。なにしろ、あの場にわしらを招いてくださったのは伯爵だったのだからな。まずは何をおいてもご救助に向かうべきであった。正直にいえば、あのときはリー・メイを守ることに必死で、それ以外のことには頭がまわらなんだ。だが、これまで伯爵に長らくお世話になってきたことを思うと、わしもタイスの民のひとりとして、なすべきことをなしておらなんだ、と悔やまれてならん」

「しかし、それは私やガンダルとて同じこと――というよりも、あの場にいた者は誰もがそうだったでありませんか。先生だけなのですか？　そのような沙汰が下されたのは」

「判らん。が、ともかくお前たちについては、その件は不問だそうだ」

ピュロスは弱々しく微笑んで云った。

「確かに、子爵はお前たちについても同じように叱責されたのだがな。だがお前とガンダルは、暴れ出した大灰色猿と身ひとつで闘ってそれを倒し、多くの貴族や民を救ったのであると――決して伯爵をお見捨てし、逃げ出したわけではないのだと申し上げたら、どうにか怒りをおさめてくださった」

「しかし、ガンダルとて先生の一言があればこそ闘ったのですよ」

フロルスの胸には、承伏しかねる不満が渦巻いていた。その思いは表情にもでたのだろう。ピュロスは苦笑して云った。

「まあ、そう怒るな。わしももうこの年齢《とし》だ。隠居と思うて、しばしおとなしくしておるよ。——ところで、ヴァルーサのことだがな」

「——はい」

「懇意にしている護民官に頼みこんでな。一座の座長とひそかに面会させてもろうて話を聞いてきた。あの子は、あの一座におった座員同士のあいだに生まれた子らしい。だが、母はヴィマルとヴァルーサを産んですぐに亡くなり、父も数ヶ月前に公演中の事故で亡くなったそうだ」

「…………」

「あの子の父は、もともとは剣闘士だったらしくてな。剣闘士としてはあまり活躍せなんだようだが、それでも根っから剣闘が好きだったようで、一座に入ってからも熱心に稽古を積んでいたらしい」

「ああ、それで子供たちにヴィマルとヴァルーサという名を」

フロルスは合点していった。ピュロスはうなずいた。

「そういうことであろうな」

ヴィマルとヴァルーサとは、もともとは闘神マヌの父と母の名である。神話では、成長したマヌがサリュトヴァーナ女神の命で黄泉の国へ悪霊退治に出かけた際、その無事を願った二人がそれぞれ白銀の剣と黄金の盾に姿を変え、マヌとともに冒険に赴き、息子を悪霊から守ったと伝えられている。剣闘士にとってはマヌと並ぶ守り神だ。

「父が亡くなってからは、やはり一座にいた母の従妹が主にふたりの世話をしていたらしいのだが、そのいとこというのがどうもあまり子供が好きなたちではなかったらしくてな。影でずいぶんと理不尽な折檻をしていたような節もあったらしい。座長にとっては、ヴァルーサたちは一座の人気者でもあるし、ずいぶんとそのあたりを気にかけていたようだが」

「そうでしたか」

フロルスは小さくうなずいた。

「実は医者にいわれたのですが、ヴィマルの体には今回の事故とは関係ない、鞭をふるわれたようなあとが残っていたそうなのですよ。ずいぶんとひどい扱いを受けていたのではないか、ともいわれましてね。ヴァルーサも、本来であれば一座のことを懐かしみそうなものですが、あれからほとんど一座のことは口にしませんから。そういうことがあったのではないかと思っていました」

「そうか……」

ピュロスはため息をついた。

「それで、そのヴァルーサの面倒を見ていた女というのは、いま獄中に？」

「いや」

ピュロスは首を振った。

「行方知れずらしい。地震に巻きこまれて命を落としたか、それとも逃亡したのかは判らないようだが……ともあれ、これで一座も終わりであろうし、たとえその女が生きていたとしても、その女と暮らすことがヴァルーサにとってよいこととは思わない——というのが、座長のカン・ファンの話であったな」

「………」

「さて、どうするかのお」

ピュロスは腕を組んで考えこんだ。

「可哀相だが、やはり孤児院に送るしかないか……」

「——そのことなのですが、先生」

フロルスは、長らく胸のうちであたためていた思いを口に出した。

「俺にヴァルーサの面倒をみさせていただけないでしょうか」

「なに？」

ピュロスが驚いてフロルスを見た。

「私も早くに両親を亡くしましたからね。あの子の気持ちがよくわかるのですよ。あのときの胸が張り裂けそうな、世界のすべてから見捨てられてしまったような、まるで冷たい暗闇に閉じこめられてしまったような思いが。いまのあの子を孤児院に送ってしまうなどということは、あまりにも可哀相で私にはできません」

「——しかし」

ピュロスは反論した。

「おぬしはまだ独り身であろうが。子供の面倒などみたことなかろう」

「いや、妹がいましたから、その世話はしていましたよ。もっとも妹も、親父が亡くなってまもなく別の家に引き取られていって生き別れてしまいましたが」

「それとはまったく話が違う」

ピュロスはあきれたように云った。

「兄が妹の世話をするのと、親が子供を育てるというのとは、まったく違う。おぬしが子供好きなのも、子供に好かれるたちであるのもよく知っておるが、それでも子供を遊ばせるのと、子供を育てるのとは、まったく意味が違うぞ。そのくらいは判っておろう」

「ええ、判っています」

フロルスは強い意志をこめてピュロスを見つめた。

「それでも私はヴァルーサを手もとにおいておきたいのです。あの子は……」

フロルスは唇をかんだ。ピュロスは机の上で手を組み、じっとフロルスを見つめている。

「こんなことをいうと笑われるかもしれませんが、あの子は幼かった妹にどことなく似ているのですよ。面差しも、しぐさも、ときおり見せる笑顔も。だから、どうも私には他人とは思えないところがあるのです。まるで妹が帰ってきたような気がして——それに」

フロルスはふっと笑った。

「ヴァルーサという名前……闘神マヌの母たる黄金の盾、ですからね。剣闘士である私にはどう考えても吉兆だ。——まあ、私はあまり信心深いほうではありませんが、それでもヴァルーサは、マヌが私に遣わしてくれた運命の子なのではないか、と思われてならないのです」

「うーむ」

ピュロスはあごをなで、しばし考えこんだ。

「うーむ……確かに、こういうものも縁であろうとは思う。リー・メイもあの子とはすっかり仲良くなっておるし、わしとてこうしてそばで暮らしておれば情もうつる。あれだけ素直で、健気な子でもあるしな。いまさら遠くへやるのは忍びないという気持ちはあるが……」

ピュロスは自らを納得させるように何度か小さくうなずいた。

「まあ、お前があくまでそういうのであれば、わしにそれを止める権利はない。ディタの思案よりマヌの行動、ともいうしな。やってみればよい。わしもできるだけ協力しよう。困ったことがあれば、娘に手伝わせよう。父のわしがいうのもなんだが、あやつも気立てのよい、情の深いやつだ。いやとはいうまい」

「ありがとうございます」

フロルスは頭を下げた。

「だが、これだけはいうておくぞ」

ピュロスは、フロルスを厳しいまなざしでみつめた。

「ここで大事なのはヴァルーサの幸せじゃ。お前もいったとおり、あの子はいま内なる闇のなかで、孤独や絶望と闘っていることだろう。それをあの子に二度と味わわせてはならん。そのことと、お前が剣闘士であるということを、よく考えなければならんぞ。お前はまだ剣闘士をやめるつもりはないのだろう？　その足のけががはだいぶひどいようだが」

「――ええ、ありません。また一からやり直しかもしれませんが、必ず闘技場に戻るつもりでいます」

「うむ。むろん、お前の師としてそのことを止めはせん。厳しい道のりではあろうが、それはお前自身のほうがわしよりも心得ておろうし、道のりが厳しいことをもってその道をあきらめるというのは、剣闘士の魂にも反することだ。わしもお前がまた一線に復帰できるよう、全力で手助けするつもりでおる。だがな、たとえその怪我を治し、闘技場に戻ることができたとしてもだ。剣闘士を続けるということは、これからも常に死と隣りあわせに生きねばならぬということでもある。いまさら云うまでもないがな。そして、お前に何かあれば、ヴァルーサはまたいまと同じような悲しみを味わわなければならないのだ。そのことをよく考えよ。そしてお前にとって、剣闘士であるということはどういうことなのか、ということをな」

「…………」

その言葉は、フロルスの胸に深く突きささった。思わずうつむいてしまったフロルスに、ピュロスは微笑みかけた。

「まあ、そんな顔をするな。わしはな、実は楽しみでもあるのだ。大きな怪我を負い、その上に養女を育てるという——そういう、われわれ剣闘士にとってはなかなかに難しい立場に置かれることが、お前にどのような道標を示すのかということをな。あるいはそうすることで、お前は凡百の剣闘士では達しえないような高みに達することができるやもしれぬ。そして、それを成し遂げるものがいるとすれば、お前しかいないのではないか、とも思うのだ。心技体に優れ、自らに厳しく、剣技、闘技の道に妥協することなく常に困難を乗り越えてきた、しかも弱きものへの情にあふれるお前でなくてはな。その怪我とヴァルーサのこと、このことが、お前が剣闘士としてのさらなる高み、強さだけでは決して得ることができぬ高みへと到達するきっかけになってくれるのではないか、とわしはおおいに期待しておるのだよ」

「先生……」

フロルスは顔をあげて師の顔を見た。慈しみに満ちた深いまなざしが彼を優しく見つめていた。

「ともかく、まずはその傷を治せ。そうでなくては、何も始まらん。わしも八方手をつくして良い医者を探すでな。そしていつかもう一度、ガンダルとお前との決勝戦を大闘技会でわしに見せてくれ。よいな」

「はい」

フロルスは師に向かって深々と頭を垂れた。ピュロスはうなずいた。

「さあ、フロルス。そろそろヴァルーサのところへ戻ってやれ。そして安心させてやれ。おそらくは不安と哀しみでいっぱいであろう、お前の新しい娘のことをな」

ヴァルーサは食堂の大きな椅子にちょこんと腰かけ、ミン婆さんが用意してくれたアンズ水をうつむきながらすすっていた。

ずしんと重いものに胸を押しつぶされてしまったようなヴァルーサの気分とはうらはらに、外はとてもよく晴れていた。初夏から夏へと向かいつつある日差しは強く、病院からの道のりでヴァルーサもすっかり汗をかいてしまった。のどもとても渇いていたから、いつもなら甘酸っぱいアンズ水が体じゅうに染みわたってゆくように感じられるはずだ。それなのに今日はちっともおいしくない。まるで生ぬるくてヘンな臭いのする水をすすっているみたいだ。

「おなかはすいていないかい？　なんでも好きなものを作ってあげるよ」

ミン婆さんがそっと優しく話しかけてくれたが、ヴァルーサは目を伏せたまま黙って首を横にふった。いまは哀しくて、寂しくて、心細くて、胸がはりさけそうで、もう何ものどを通りそうになかったのだ。

（父さんが死んで……ヴィマルが死んで……あたしはひとりぼっち……これからどうなるんだろう……）

親戚といえば、同じ一座にいたバンチア乗りのクマーラ叔母しかいない。いちおう、父の死後はクマーラがヴィマルとヴァルーサの面倒を見てくれていたが、彼女はとても短気なかんしゃく持ちで、ちょっと気に入らないことがあるとヴィマルやヴァルーサにいつも辛くあたっていた。平手で顔を叩かれることなどしょっちゅうだったし、男の子のヴィマルなどは鞭で叩かれることもあったのだ

座長は二人には優しく、時々ご褒美だといって飴などをくれたものだが、それも機嫌の悪いときのクマーラに見つかると、何かと難癖をつけられて、折檻の種になってしま

った。そういう時の座長はいつも見て見ぬふりをしてしまうので、ヴィマルもヴァルーサもクマーラの気が済むまで泣きながら謝りつづけるしかなかった。クマーラは美人で客からの人気が高いから、座長もあの人には何もいえないんだよ、と他の座員が話していたのを聞いたことがある。父だけでなく、ヴィマルもいなくなってしまったいま、一座に戻り、こんどは一人でクマーラと暮らすことになったらと思うと、ヴァルーサはおそろしくて身震いがした。

（フロルスおじさんが父さんだったらいいのに）

大きくて、強くて、優しかった父。ヴィマルとヴァルーサをいっぺんに両肩に乗せて遊んでくれた父。フロルスと一緒にいると、いつも懐かしい父のことを思い出す。その体温も。その匂いも。そのぬくもりに包まれているだけで、ヴァルーサはなんだかほっとする。どんなに暗く、オオカミの遠吠えが聞こえてくるような夜も、ヴィマルと二人、父と同じ布団に潜りこんでいれば何も怖いものなどなかった。そんなあのころに戻れるような気がするのだ。

「――ヴァルーサ」

飲みかけのアンズ水を両手で持ったまま、ぼおっとしていたヴァルーサは、その声にはっとして顔をあげた。視線の先、食堂の入口には、松葉杖をついたフロルスの姿があった。フロルスはヴァルーサを見てほほえむと、ゆっくりと彼女のそばにやってきて、横の椅子に腰かけた。その優しげな顔を見ているだけで、ヴァルーサはまた寂しくなって涙がこみあげてきた。

「おお、ヴァルーサ。泣くな、泣くな」

フロルスはヴァルーサをそっと抱きあげ、膝に乗せて優しく抱きしめてくれた。ヴァルーサはフロルスの硬い胸に顔を埋めてしゃくりあげた。フロルスはそっと髪を撫でてくれた。

「ヴァルーサ、いいか。大事な話があるんだ」

フロルスの声に、ヴァルーサは顔を埋めたままうなずいた。幼いヴァルーサにも、それがどんな話かはもう見当がついていた。自分は一座に戻されるのだろう。だからもう、フロルスと別れなければならない。仲良くなったリー・メイとも、優しいピュロス先生とも、怖いガボンから助けてくれたとても強いガンダルともきっともう会えなくなる。そう思うとヴァルーサはどうしても涙を止めることができなかった。

「ヴァルーサ、あのな。俺の……おじさんの子供になってくれないか？」

「――え？」

ヴァルーサはびっくりして目を丸くし、口をぽかんと開けて顔をあげた。その目からまた涙がとめどなく流れてきた。フロルスは慌てたように云った。

「あ、いや……その、なんだ。ヴァルーサがいやなら、いいんだ。ただ、その、お前も本当なら一座に帰りたいだろうが、実はお前のいた一座がなくなってしまってな。それで、おじさんもいまはひとりで寂しいし、お前も寂しいだろうし、もしおじさんの子供になってくれたら、とても嬉し……」

「フロルスおじさん！」

ヴァルーサはわっと泣き出すと、いきなりフロルスの首にかじりつき、その頰にキスをした。

「ほんと？　ほんとなの？　いいの？　あたし、おじさんの子供になってもいいの？」

「……ああ、いいとも。というか、なってほしいんだ、おじさんは」

「じゃあ、おじさんと別れなくていいの？　リー・メイとも、ピュロス先生とも、ガンダルおじさんとも、これからも一緒にいられるの？」

「そう、そうだ。ずっと一緒だ」

ヴァルーサをぎゅっと抱きしめ、頰ずりをするフロルスの声にほんの少し涙が混じった。フロルスはヴァルーサの頰にキスを返した。

「これからはおじさんのうちで一緒に暮らすんだ、ヴァルーサ」

「嬉しい！」

ヴァルーサはまたぎゅっとフロルスの首にしがみついた。いつものマンネンロウの匂いがふんわりと漂ってきた。ヴァルーサが大好きな、父の匂いだ。

「そしたらね、フロルスおじさん。ひとつお願いがあるの」

「なんだ」

「あのね、あたし、夜にときどき暗くてとても怖くなっちゃうことがあるの」

「ああ」

「だからね、そのときはおじさんと一緒のおふとんで寝てもいい？」

「ああ、いいとも」

フロルスは大声で笑いながら云った。

「だけど、あれだぞ。頼むから、俺のふとんでおねしょはするなよ」

「おねしょなんかしないよお。そんな子供じゃないもん」

ヴァルーサはふくれてみせた。フロルスはまた大声で笑いながら、ヴァルーサをきゅっと抱きしめた。ヴァルーサもあははは、と大きく笑った。笑ったとたん、ヴァルーサのおなかが、ぐうっと大きく鳴った。

「なんだ、ヴァルーサ、おなかがすいたのか」

フロルスはヴァルーサの体を高く持ちあげて、その顔を笑いながら見つめて云った。

ヴァルーサは照れて、えへへ、と笑った。

「あたし、へんなの。さっきまで悲しくて何にも食べたくなかったのに、急におなかがすいちゃったみたい」

「そうか、そうか。そうこなくっちゃな。子供はいつでもたくさん食べて、大きくならなくちゃいけないいんだ。——おーい、ミン婆さん！」

　フロルスは首だけ台所に向け、大声で呼んだ。そして何ごとか、と慌てたように出てきたミン婆さんに笑いかけて云った。

「何か、食べるものはないかな。俺の娘が腹を空かせているみたいなんだ」

　フロルスの肩越しに見えるミン婆さんは、最初きょとんとしていたようだったが、やがて合点がいったようににっこりと笑うと、エプロンのすそでそっと涙をぬぐった。

「そうですか。フロルスさんとこのヴァルーサ嬢ちゃん、やっとおなかがすいたのね。じゃあ、あたしがとびっきり美味しいパンケーキを焼いてあげましょうかね」

　ミン婆さんはエプロンを目頭にあてながら台所へと入っていった。そのいかにも優しげな後ろ姿が、ヴァルーサには涙で少しだけぼやけてみえた。

第二話　闘技場の邪謀

1

「――はじめ！」

　審判の高らかなかけ声とともに、陽炎ゆらめく大闘技場を歓声がつつみこんだ。

　晴れわたった真夏の空には灼熱の太陽《ルアー》がぎらぎらと燃え、闘技場はまるで地獄のように煮えたぎっている。観客席の石畳は火にかけた鉄板のように熱く、なにやら焦げくさい臭いまでがただよってくる。

　二人の剣闘士が相対している白砂の闘技場も、凄まじい暑さにみまわれているはずだ。ときおり吹き抜ける風もねっとりと熱く、とても涼をもたらしてくれるようなものではない。その猛暑に大地がたまりかねたかのように小さなつむじ風が起こり、剣を構えてにらみあう剣闘士たちのあいだをざっと砂塵が通り抜けた。巻きあげられた砂が観客席に舞いこみ、そこかしこから小さな悲鳴があがる。

だが、剣闘士たちはそれを気にするそぶりも見せなかった。東方、黒髪の剣闘士は微動だにすることなく、剣先を相手の眉間にぴたりと合わせたまま、足もとの砂からの照りかえしを避けるように目を少し細めている。その姿はまるで闘技場の入口に刻まれた白亜の剣闘士の像のようだ。対する赤毛の剣闘士は、もしゃもしゃと赤いひげが生えた醜い顔を挑発するようにゆがめ、小刻みに剣を動かし、ときおり大きく踏みこむそぶりを見せては相手のすきをうかがっている。黒髪の男は、その挑発に乗ることもなく、ただじっと相手を見据えている。その様子は、何も考えていないようにも、逆に相手を見くだして挑発しているようにもみえる。そしてその構えは、隙だらけのようでもあり、隙がまったくないようでもある。二人とも全身には汗が光っているが、その量は赤毛の男のほうが明らかに多いようだ。

「フロルス！」

「ガドス！　赤のガドス！　攻めろ！」

ぎっしりと人で埋めつくされた観客席からじれたような声がいくつも飛びはじめた。早く剣を交えろ、と促すかのような手拍子もわいている。今年の大闘技会もいよいよ準決勝、これに勝ったほうが大闘王ガンダルへの挑戦権がかかった決勝へと進出するという試合だ。剣闘士たちへの賭け金の額も、トーナメントが進むにつれてうなぎ登りである。観客たちの熱気もそれにあわせて最高潮に達しようとしていた。

ガンダルは、その闘いを観客席から見おろしていた。強烈な日差しにさらされた額からしたたる汗が、がっちりと組まれたその太い腕にぽたりと落ちた。ちらりと隣を見やると、ヴァルーサが胸の前で両手を組み、身を乗り出して祈るように養父の闘いを見つめている。

初めて出会ってから十年が経ち、ヴァルーサもすっかり娘らしくなった。ことにガンダルが故郷ルーアンへと戻り、年に一度、水神祭りの時くらいにしか会わなくなってからは、見るたびに女性らしく、美しくなってゆく彼女の成長ぶりには驚かされるばかりだ。そのつやつやとした黒髪、長いまつげにふちどられた大きな黒い瞳、かたちよく通った鼻筋、ぷっくりとした唇は、まるで最高の工芸師が作りあげた人形のような可憐さである。幼いころから養父に習っていた剣技もなかなかのもののようだが、最近では舞踊にも才能を発揮しており、今回の祭りではマイヨーナ神殿で行われた舞踊大会に出場し、初出場にして三位になったのだと得意げに話してくれた。幼いころは曲芸団にいただけあって、もともと身体能力には優れたものがあるのだろう。

それにしても子供が大人になってゆくのは早いものだ、とガンダルはしみじみと思った。美姫の多いことで知られるタイスだが、それでもヴァルーサが近いうちに大勢の男たちを騒がせる存在になることは間違いない。養女を溺愛してきたフロルスも気が気ではないだろう。いずれヴァルーサに恋人が現われれば、少なからずうろたえて不機嫌になるに違いない。そんな親友のさまを思い浮かべて、ガンダルはかすかに口もとをゆるませた。

闘技場ではなおも膠着した状態が続いていた。あいかわらずフロルスはほとんど動こうとせず、ガドスも挑発するようにさかんに動きまわってはいるが、なかなか攻めようとはしない。観客からの不満の声も大きくなってきた。あちらこちらからぶーぶーと揶《や》揄《ゆ》するような声が飛んでいる。

「かかれ！」

剣を交えぬ二人にじれたように審判が声をかけた。太陽に小さな雲がかかり、闘技場にわずかに影が差した。と、それに反応したかのようにガドスがするするっと間合いを詰め、「きえぇぇぃっ！」と奇声を発してフロルスに鋭く突きかかった。

「おうっ！」

フロルスは落ち着いて身をわずかに開き、最初の攻撃をかわした。剣と剣がぶつかり合い、キィンと鋭い音を立てた。二人の位置がくるりと入れ替わった。ガドスは素早くきびすを返すと、剣をふるう手を休めることなく、フロルスを猛然と攻め立てた。その息をもつかせぬ激しい攻撃に、たちまちフロルスは防戦一方となった。ガドスは自慢の怪力をふるい、長さ一・四タールという巨大な大平剣をフロルスに叩きつけ、突きまくった。フロルスも自らの愛剣をふるってガドスの剣を払い、紙一重のところでその攻撃をかわし続けた。しかし、ガドスの鋭い剣は何度となくフロルスの体をかすめ、その度に観客席からどよめきが起こった。ガドスに賭けた観客たちは立ちあがって熱狂し、こぶしを振りあげて声援を送っている。

そしてついにガドスの剣がフロルスの脇腹をとらえた。隣でヴァルーサがはっと息をのむ音が聞こえ、観客席がわっと沸いた。フロルスはまるで何も起こっていないかのように表情ひとつ変えていないが、その脇腹からは確かに赤い血が流れている。それを目にした観客から怒号のような歓声が沸きあがった。ガドスが大粒の汗を流しながら、乱杭歯をむき出してにやりと笑ったのが見えた。

「ああ、もうだめ！」

ヴァルーサが悲鳴をあげ、もう見ていられないとばかりに両手で目を覆った。ガンダルはふっと笑い、ヴァルーサの肩にそっと手をおいた。

「ヴァルーサ、大丈夫だ」

ガンダルの落ち着いた声に、ヴァルーサは顔をあげた。

「確かにガドスが優勢であるように見える。が、よくみろ。フロルスどのは攻められながらも一歩も下がっておらん。むしろ押しこまれているのはガドスだ。どうやらガドスはフロルスどのの老獪《ろうかい》な術中に見事にはまっているようだな」

「……ほんと？」

ヴァルーサは目を見張ってガンダルをちらりと見た。ガンダルはうなずいた。

「ああ。二人の足もとを見れば判る」

ガンダルの云うとおり、闘技場の砂に残された足跡は、一方的に攻められているように見えるフロルスがじりじりと前へ進み、逆に攻めまくっているはずのガドスがずるずると下がっていることをはっきりと示していた。みれば剣をふりまわすガドスの呼吸は激しく乱れており、顔は赤みを通り越して黒みを帯び、太刀の鋭さは明らかに失われはじめている。対するフロルスは、ガドスの攻撃をひとつひとつ確実に跳ねかえしながら、ほとんど呼吸も乱さず、足さばき、剣さばきにも緩みは見られない。観客にもそれが判ったのだろう。周囲のざわめきが徐々に大きくなった。いっときは静まりかえっていたフロルスびいきの観客たちの声が勢いを取り戻し、一方のガドスを応援する声は少し力を失いかけている。

（それにしても……）

フロルスの闘いかたはがらりと変わったな、とガンダルは改めて感嘆した。

全盛期のころ、つまりはガンダルと出会ったころのフロルスは、人並み外れたスピードと体の柔らかさを存分に活かし、時として剣闘の常識を覆すようなアクロバティックな技を繰りだすなどして常に先手を取り、相手を翻弄して圧倒する闘いぶりであった。ガンダルもピュロス道場に入門したころは、その動きについて行くことができず、まったく歯が立たなかったものだ。

だが二度にわたって足首に負った大きな怪我が、フロルスの最大の武器であったしなやかなステップを奪った。特に十年前の大地震のおり、大灰色猿からヴァルーサを守るために負った怪我は、ほとんどの医者から再起不能を宣告されたばかりか、日常生活に支障をきたすおそれがあると云われるほどに、剣闘士としては致命的なものであった。

それでもフロルスはあきらめることなく地道に鍛錬と加養を続け、これまでの何もかもを捨てて一から新しいスタイルを身につけたのだ。すなわち、基本的にはあくまでも防御に徹し、相手に存分に攻撃をさせておきながら、そこにできる一瞬の隙を突くという、堅守速攻を是とする戦法である。現在の剣闘界において主流であるのはあくまで先手必勝を目指す戦術であり、トーナメントで上位に来るような剣闘士でフロルスのような戦術を得手とするものは他にひとりとしていない。なぜなら、明らかに力の劣る相手ならばいざしらず、力の拮抗する相手にこの戦術で対抗するということは、相手の動きを肌でとらえる研ぎすまされた感覚と、その動きに瞬時に対応する極めて高度な反応力なくては到底なしえないものであるからだ。

さすがのフロルスも、おいそれとこの戦術を身につけることはかなわず、それを自らのものにするまでには十年の歳月を費やした。だが、その選択が誤りではなかったことは、十年ぶりの出場となったこの大闘技会でのフロルスの快進撃が見事に証明していた。

ガンダルがにらんだとおり、ガドスはそのフロルスの戦術にまんまとはまっているようだった。時が進むにつれて、ガドスとフロルスに残された体力の差は、誰の目にも歴然としはじめた。ガドスは肩で大きく息をつき、剣を構える位置が徐々に下がってきた。その剣はあきらかに鈍り、精度を欠き、フロルスをしっかりととらえることができなくなってきた。一方、フロルスは試合の始まったときとまるで変わらず、相手の眉間に剣先をぴたりと合わせ、涼しい顔で平然としてゆったりとかまえていた。ガドスの攻撃をかわすその剣には、いまでは余裕さえもが感じられる。

もはや形勢が逆転したことは誰の目にも明らかであった。フロルスびいきの観客からの声援がますます勢いを増した。ヴァルーサもとうとう椅子から立ちあがり、ぴょんぴょんと飛び跳ねながら父に向かって大声で叫びはじめた。ガンダルは笑みを浮かべてその様子をちらりとみやると、闘技場に視線を戻した。そのとたん、勝負が決するときが近いことをガンダルは直感した。

その直後だった。がに股に開いたガドスの短い足がいっしゅん砂に取られたか、わずかにもつれるようによろめいたのだ。その隙をフロルスが見逃すはずはなかった。

「――――！」

瞬間、フロルスが声にならぬ気合いを発したように見えた。フロルスはすっと身を沈めると右足を大きく踏みこみ、ガドスの手首に愛剣を叩きつけた。剣の刃はガドスの分厚い革の小手に阻まれたものの、その衝撃は強烈であった。ガドスはうっ、とうめき声を漏らし、手首を押さえてたまらず剣を取り落とした。フロルスはその剣をすばやく遠くへ蹴り飛ばすと、ガドスの喉もとに剣を突きつけた。

「――まいった」

ガドスはがっくりと闘技場の砂に膝と両手をついた。フロルスは静かに剣をひいた。審判が高らかにフロルスの勝利を宣言した。

「勝者、東方、タイスのフロルス！」

その声に観客からはうねりのようなどよめきと歓声、拍手がわき起こった。ヴァルーサも椅子の上に立ちあがり、両手を突きあげて父に向かって叫んだ。

「やったー！　勝ったー！　父さんすごい！」

飛びあがって喜ぶヴァルーサの声に気づいたか、フロルスが観客席を見あげ、愛娘に向かって軽く手を挙げた。ヴァルーサは父に向かってちぎれんばかりに手を振った。ガンダルもフロルスの視線をとらえて片手を挙げた。フロルスがうなずきかえした。まわりの観客からは大きな声援が飛んでいる。

「いいぞ、フロルス！　帰ってきたタイスの英雄！」

「次も頼むぞ！」

「今度こそ、ガンダルを倒すのはお前だ！」

フロルスは、次々と浴びせられる観客の熱狂的な声に手をふって応えながら闘技場をあとにし、控室へと続く東の扉をくぐっていった。

ヴァルーサは大きく手を振ってそれを見送っていたが、父の姿が見えなくなると急にがっくりと力が抜けたようになり、椅子にしゃがみこんでその背に寄りかかった。ガンダルはその様子をみて口もとをゆるませた。

「疲れたか」

「うん。思った以上に疲れた。血が出たときにはもうだめかと思ったもの。はー、本当に心臓に悪いわね」

ヴァルーサはため息をついた。

「あたし、小さいころから道場で育ったようなものでしょう。剣闘なんて見飽きるほど見たし、試合なんか見たってもうどうってこともないと思ってたけど、父さんの試合は全然違う。ほら、胸のどきどきがまだとまらない」

ヴァルーサはガンダルの手を取って自分の胸に当てさせた。ヴァルーサもまだ十五歳とはいえ、もうだいぶ成熟した体つきだ。広い襟ぐりからのぞく小麦色の鎖骨から胸もとのラインはすでに少女のそれを超えて艶めかしい。柔らかく弾むような手触りの若い肌から、激しい鼓動と高めの体温が手のひらに直接伝わってくる。思わぬふいうちに、ガンダルの鼓動がひとつ大きく音をたてた。

える。
「ね、すごいでしょ？」
ヴァルーサが無邪気に笑いかけた。が、その目にはなんとなくいたずらっぽい色がみ
（――ヴァルーサめ）
ガンダルは、心のうちで苦笑した。
（こいつ、生意気に俺をからかったのか。だんだん、タイスの女らしくなりおって）
ガンダルにとって親友の娘であるヴァルーサは、いわば姪のようなものだ。子供のこ
ろに男の子たちに混じってフロルスに剣技をならい、小さな模擬剣を勇ましく振りまわ
していたころの印象がいまも強い。もっとも確かに去年あたりから急に大人っぽくなり、
いかにも若い女らしい健康的な艶っぽさがにじみでてはきたが、ガンダルにとってはや
はりまだまだ子供としか思えぬ。
そんなヴァルーサに、一瞬とはいえどきりとさせられた自分もまだまだだな、と自嘲
しながら、ガンダルはあえて平然を装っていった。
「ああ、そうだな」
普段と変わらぬガンダルの口調に、ヴァルーサが一瞬がっかりした表情を見せた。ヴ
ァルーサはそっと目をそらして云った。
「ああ、もう、どうしよう。準決勝でさえこうなんだもの。明日も父さんが勝って、ガ

ンダルおじさんと闘うことになったら、あたし、どうなっちゃうんだろう。だいたい、そうなったら父さんとおじさんとどっちを応援すればいいの？　ねえ、どうしたらいいと思う？」

「そんなこと、俺に聞くな。答えられるわけがないだろう」

ガンダルは笑った。

「そうだよねえ。うーん、どうしよ。もう、いまから頭がどうにかなっちゃいそう」

「馬鹿だな、お前は」

ガンダルはヴァルーサをなだめるように云った。

「とにかく、そんなことを考えるのは明日の試合が終わってからでいいだろう。まあ、今日の試合をみるかぎり、フロルスどのが不覚を取るとも思えんがな。あのガドスもそうとうにできる奴だが、それを相手にあの闘いぶりだ。円熟、というのはああいうことをいうのだろう。俺とて油断ならんな、いまのフロルスどのが相手となれば」

「——そういいながら、本当は自信満々のくせに。絶対に自分が勝つと思ってるんでしょ」

ヴァルーサが上目でガンダルをにらんだ。ガンダルは口もとをゆるませた。

「まあな。お前にはすまんが、たとえ恩人のフロルスどのといえども、十五年間守り続けた大闘王の座を明けわたすつもりは金輪際ない」

「ほらね。いーだ、にくたらしい」

ヴァルーサがガンダルに向かって顔を思いっきりしかめてみせた。

「やっぱり、父さんのこと応援する。おじさんなんか、ぜーったい応援してあげない」

頬を膨らませてぷいっと横を向いてしまったヴァルーサに、ガンダルは苦笑するばかりだ。そういうところは、小さなころからまったく変わらない。

「――ところで、フロルスどのに会いにはいかんのか？　そろそろ控室から出てくるころではないかと思うが」

「そうだ！　もう行かないと父さんを待たせちゃうね。おじさんも行く？」

「ああ」

「うん、じゃあ、一緒にいきましょ」

ヴァルーサはにこりとして席を立ち、通路の階段を軽やかに下りていった。ガンダルも立ちあがってそれに続いた。その巨体に、周囲の観客のみならず、闘技場の離れた場所からも視線が向けられるのをガンダルは感じた。彼が闘技場へ姿を現したときにはいつものことだが、湖水をさざめく波のように闘技場全体からざわめきが伝わってくる。

そこには、昨年ついに十五連覇を果たして永世大闘王の称号を手にし、大公から剣闘士としては異例となる武将の地位を与えられた彼への畏敬と、七年前にタイスを離れてルーアンへ戻った彼への反感とがないまぜになっていた。彼がルーアンに戻ったのには、巷間云われているようにクムの君主たるタリオ大公からの再三にわたる熱心な勧誘を受けたということだけではなく、ルーアンでひとり暮らしていた母が老い、病がちになったというよんどころない事情があったのだが、それでも彼がかつてはタイス最大の英雄であったがゆえに、それ以降も毎年やってきては大闘王位をルーアンにさらってゆく彼の存在は、一部のタイス市民にとっては裏切り者にも等しいものとして扱われていると聞く。

通路の階段を降りた先にある東方の控室の前では、ちょうど身支度をととのえたフロルスが待っていた。といっても、裸の上半身にマントをまとっただけの軽装だ。先ほどガドスに斬りつけられた脇腹には包帯が巻かれているが、いたって元気そうだ。

「父さん！」

ヴァルーサがフロルスにかけより、飛びつくように抱きつくと、その頬にキスをした。そばにいる若い付け人のマオが、ヴァルーサをちらりと見て頬を赤らめたが、ガンダルに気づくとあわてて背筋を伸ばし、右手を胸に当てて剣闘士の礼をした。その表情には強い尊敬と憧憬の念が見てとれる。マオがフロルスに弟子入りしたのはガンダルがルーアンに戻ったあとのことだが、もともとはガンダルに憧れてこの世界に入ったのだとフロルスから聞いたことがある。ガンダルは鷹揚にマオにうなずきかけた。マオの表情がぱっと輝いた。

「父さん、怪我は大丈夫？　痛くない？」

ヴァルーサの問いに、フロルスは笑って首を横にふった。

「ああ、大丈夫だ。こんなものは、剣闘士にとっては怪我のうちにもはいらんよ」

フロルスはヴァルーサをそっと離すと、ガンダルに向きなおった。

「――ガンダル。一年ぶりだな」

「ええ、ご無沙汰しています」

「来たぜ、ようやく。ここまで」

「ええ」

ガンダルはうなずいた。

「待っていましたよ、十年間。約束通りにね」

「ああ、長いこと待たせたな」

フロルスがひたとガンダルの目を見た。ガンダルも強い思いをこめてその目を見返した。その胸に、この十年間の幾多の出来事が去来していった。

十年前、フロルスはピュロスの勧めもあり、怪我の治療のためルーアンに渡った。そこでパロの王立学問所で医学を学んだというクム屈指の名医ホァンの執刀を受け、ほとんどちぎれていた足首の腱をつなぎなおし、骨を整復した。そしてタイスへと戻ってきたとき、フロルスはガンダルにこう宣言したのだった。

「俺は必ず剣闘士としてもう一度闘技場に戻る。そして今度こそ、お前を大闘王の座から引きずり下ろしてやる。だからそれまで、お前は誰にもその座を明け渡すんじゃないぞ」

――と。

そしてフロルスは、その言葉どおり、十年目にして奇蹟の、と人々が口々に讃えはじめた復活を果たした。またガンダルもその間、フロルスとの約束を違えることなく大闘王位を守り続け、ついに十五連覇という前人未踏の金字塔を打ち立てた。それはガンダルがルーアンへと戻り、そして二人の師ピュロスが三年前に病没してからもなお、変わることなく続いた二人の強い友情のあかしでもあった。

「あとひとつだ。あとひとつ、必ず勝ってお前と同じ闘技場に立つ」

フロルスの目がぎらりと輝いた。ガンダルは力強くうなずきかえした。

「ええ。楽しみにしています」

そんな二人を、ヴァルーサは笑みを浮かべながら嬉しそうにみつめていた。そのとき、彼女はふいに何かに気づいたように伸びあがると、ガンダルの背後を見て大きく手を振って叫んだ。

「あ、リー・メイだ！　リー・メイ、こっち、こっち！」

「ヴァルーサ！」

　ガンダルは振りかえった。通路の向こうから若い女が手を振りながら急ぎ足でやってくる。それは先年亡くなった二人の師、ピュロスの孫のリー・メイだった。ヴァルーサとは十年前の大地震の時に出会って以来、ほとんど姉妹のように一緒に育ってきた彼女もすでに十六歳になり、昨年、大きな商家の跡取り息子に見初められて嫁いでいった。子供のころは長い黒髪を二つに結んでいることが多かったが、いまはその髪をひっつめて丸め、クム風のゆったりとした装束をまとっている。その姿はすっかり落ち着いて、いかにも商家の奥さま然としている。嫁いでからすぐに子を宿し、まもなく臨月を迎えようとしていると聞いた。見れば腹がまるく膨らんで、いつ生まれてもおかしくなさそうだ。

「リー・メイ、おそいよぉ。こないのかと思った」

「ごめん、いろいろあって遅くなっちゃった。フロルスさんの試合に間に合わなかったね。ああ、残念」

　リー・メイは軽く息を弾ませながら、フロルスに微笑みかけ、頭を下げた。

「フロルスさん、勝利おめでとうございます」

「ああ、ありがとう、リー・メイ」

「ガンダルさんもご無沙汰しています。お元気？」

「うむ」

ガンダルは口もとをほころばせた。

「リー・メイも元気そうだな。もう間もなくか？」

「ええ。来月には生まれる予定です」

リー・メイははにかむように笑った。

「いいよね、リー・メイは。いっつも幸せそうで。あたしは会うたびにあてられてばっかりだわ」

ヴァルーサが口をとがらせた。

「なにいってるの。ヴァルーサだって、その気になればすぐに恋人くらいできるでしょ。そんなにきれいでセクシーなんだから。ねえ、マオさん、そう思わない？」

ぼおっとしてヴァルーサを見つめていたマオは、急に話を振られて狼狽し、うなずくでも首を横にふるでもなく、あたふたとした様子で顔を赤らめてしまった。リー・メイはくすりと笑った。

「でもね、ヴァルーサには、ほんとはずっと好きな人がいるんだよね」

リー・メイはひじで軽くヴァルーサをつつきながら、いたずらっぽく云った。マオはどきりとしたように目を見開き、その鼻孔がわずかに広がった。ヴァルーサの頬がぽっと赤くなった。

「なに？　そうなのか？　誰だ、それは」

フロルスが急きこんでリー・メイにたずねた。

「あれ、フロルスさん、知らないの？　ヒントはね……強いひと」

リー・メイは片目をつぶって人さし指を振りながら云った。

「――強いひと？」

フロルスが眉を寄せて首をひねった。マオは何を思ったか、自分の腕の筋肉をさかんに確かめている。ヴァルーサは慌てたようにリー・メイをつついた。

「ちょっとやめてよ、リー・メイ」

「知ってるはずだけどなあ、フロルスさん。ほら、すぐ近くに……」

リー・メイはなおもからかうように云った。マオの鼻孔がさらに膨らんだ。ヴァルーサは顔をますます赤くして、リー・メイの口を手でふさいだ。

「もう、やめてってば！　リー・メイ」

「わかった、わかった。もうやめる」

リー・メイは笑ってヴァルーサから逃れた。

「まったく、もう」

ヴァルーサはふくれっつらをした。

「ごめんね、ヴァルーサ。からかいすぎちゃった。どっかに甘いものでも食べにいこ。お詫びにごちそうする」

「──わかった。それで許す」

ヴァルーサは仏頂面でうなずいた。リー・メイはフロルスに向きなおった。

「じゃあ、フロルスさん。明日の試合も頑張ってくださいね」

「ああ、わかった。ありがとう」

「ガンダルさんも。フロルスさんとの闘王位決定戦、楽しみにしています」

「ああ」

「じゃあ、また」

リー・メイは二人に軽く会釈をして、ヴァルーサと仲良く手を繋いで去っていった。

フロルスは、ガンダルをちらりと見た。

「──思い出したよ」

「何をです？」

「ヴァルーサが好きな男さ」

フロルスはガンダルに向きなおった。

「あれは、お前だ」

「──俺？」

ガンダルは面食らった。ヴァルーサをうっとりと見送っていたマオがショックを受けたように振りかえった。

「覚えていないか？　昔、お前がルーアンに帰ると決めたときに、ヴァルーサがだだをこねて泣いたことを。あたしもガンダルおじさんと一緒に行く、あたしはガンダルおじさんのお嫁さんになるんだ、なんていってさ」

「――ああ、ありましたね」

ガンダルは苦笑した。

「でも、あれはまあ、要するに子供の云うことでしょう」

「そうだと俺も思っていたんだがね」

フロルスはにやりとした。

「さっきの様子だと、どうもそれだけではないかもしれん、と思えてきたよ」

「――いやあ、冗談でしょう。第一、俺はあなたと二歳しか違わないんですよ。ヴァルーサとは三倍も年齢《とし》が違う」

そういいながらもガンダルは、先ほどヴァルーサが自分の胸に彼の手をあてさせたこと、そしてそのときの自分の軽い動揺を思い出して、内心狼狽した。むろん、大闘技会十五連覇の大闘王であり、クム最大の英雄でもある彼に云いよってくる女はうんざりするほどいる。しかし、剣闘にすべてを捧げているガンダルは強固な意志で禁欲を貫いている。そもそもが色恋沙汰は面倒くさいたちであるし、酒場女を抱くなどというのもまっぴらごめんだ。とはいえ、このところ確かに大人としての美しさを急速に身につけてきた、幼いころからよく知っている、しかも親友の娘が相手となると、ずいぶんと勝手が違ってみえる。ましてやこれまで子供としか見えていなかったヴァルーサが、自分に対してそのような思いを持っているのかもしれぬ、と思うと、なかなかにどうしてよいか判らぬような気分になる。

　そんなガンダルの動揺が顔に出たのかもしれぬ。フロルスは面白そうに横目でガンダルをちらりとみた。

「恋はくせもの、夜にまぎれて、流れ矢のように心を射抜く、さ」

　フロルスは歌うようにいった。

「なんですか？　それ」

「さあ、なんだったかな。オルフェオの詩編、だったかな。とにかく、恋に落ちるに理由はない、年齢も何も関係ない、ということだろうよ」

「――妙なことを知っていますね」

　ガンダルはあきれて云った。

「まあな」

　フロルスは肩をすくめた。

「ともあれ、これでヴァルーサの父親としては、意地でもお前に負けられない理由がもうひとつできた、ってことだ。――お前、間違っても娘に手なんかだすんじゃないぞ」

フロルスがガンダルをにらみつけた。口もとには笑みが浮かんでいるが、目には真剣な光がやどっている。

「出しませんよ。ガンダルは内心どきりとしながらもかぶりを振った。俺が決して女を抱かないのは知っているでしょう。だいたい、なんといってもヴァルーサはまだ子供だ」

「何をいいやがる。いまさっき、リー・メイの腹をみたところだろうが。ヴァルーサは、そのリー・メイと一歳しか違わんのだぞ。そもそも、あのときお前は、ヴァルーサが二十歳になったら嫁さんにしてやるとかなんとか云ってたような気がするな」

「いや、それはヴァルーサをなだめるためにいっただけのことで……」

「そんなこたあ、俺は判っているが、ヴァルーサはどうかな。あんがい本気にしているかもしれんぞ」

「…………」

ガンダルは困惑して黙りこんでしまった。フロルスは片眉をあげて面白そうにガンダルを見た。

「まあ、そんなことは今はどうでもいい」

フロルスは白い歯を見せた。

「明日も試合を見にきてくれるのか？」

「いえ、申し訳ないのですが、明日は大公殿下の供をして、どこぞへ出かけなければならんようですので」

「そうか。じゃあ、次に会うのは闘技場の上、ということだな」

フロルスは表情を引き締めた。

「とにかく決定戦で待っていてくれ。俺は必ず明日も勝って、大闘王たるお前に堂々と挑戦状を叩きつけてやる。楽しみにしていてくれよ」

「ええ。判りました」

「お前にはな、とっておきの秘策も用意してあるんだ」

フロルスはまたにやりと笑った。

「俺がいうのもなんだが、なめて油断するなよ」

フロルスは右手を差し出した。ガンダルは万感の思いをこめて、その手をがっちりと握った。二人はともに微笑みを浮かべて見つめあった。

それが生涯の親友とかわす最後の握手になろうとは、そのときのガンダルはまだ知るよしもなかった。

2

白い壁に囲まれた病室には、没薬《もつやく》のかおりがたちこめていた。窓から差しこむ午後の日差しが、ベッドの足もとを斜めに照らしていた。しんと静まりかえった部屋には、ヴァルーサがすすり泣く声だけがかすかに響いていた。ガンダルはベッドの枕もとに立ち、じっとうつむいていた。

目を閉じてベッドに横たわるフロルスの表情は安らかであった。

ガンダルはその頬にそっと触れてみた。外の熱気がまだ病室にたちこめているからだろうか。その頬にはまだぬくもりが残っているようにも感じられた。だが、その肌は妙にかさついて弾力がなく、ガンダルをきっぱりと拒むかのように無反応であった。

まるで眠っているようだ、とガンダルは思った。いまにも何ごともなかったかのようにフロルスが目を覚まし、いつもの妙に若々しい笑顔で話しかけてくるように思えてならなかった。

ガンダルは、そっとフロルスの右手をとった。しかし、その指が彼の手を握りかえしてくることはなかった。昨日、ガンダルに挑むような目を向け、力強く握手を交わしたばかりのあの燃えるように熱い命は、もうそこにはひとかけらも残ってはいなかった。二十年来の親友であり、恩人でもある彼の魂はすでにそこにはなく、天上の遥かな高みにおわす闘神マヌのみもとへと召されていってしまったのだ。

（――フロルスが、死んだ）

ガンダルは、ぼんやりと考えていた。

（フロルスが――あのフロルスが死んでしまった。俺との約束を果たすことなく……）

大闘技会の決勝でフロルスが重傷を負い、病院に運ばれたという知らせが届いたのは、タイス伯爵主催の昼餐会が終わったときだった。ガンダルはすぐさま同行していたタリオ大公に許可をもらい、馬車を飛ばして病院に駆けつけた。が、そのときにはすでに時おそく、必死の手当のかいもなくフロルスは事切れたあとであった。

ヴァルーサは、フロルスの遺体にすがりつき、その胸に顔を埋めるようにしてしゃくりあげていた。ガンダルが病室にかけこんだときには狂乱したように泣きわめいていたが、それでもようやく少し落ち着いてきたようだ。その横にはリー・メイがぴったりと寄り添い、ヴァルーサの背中を優しくなでている。リー・メイの目も泣きはらして真っ赤だが、いまはじっと自分を抑えているようだ。少し離れたところでは、付き人のマオが立ったままうつむき、ときおり右腕で涙をぬぐっていた。ガンダルはフロルスの手をそっと下ろすと、マオのそばへ寄り、ささやきかけた。

「マオ。ちょっといいか」

　ガンダルは病室の入口のほうに軽くあごをしゃくり、廊下に出た。マオがその後に続き、後ろ手で静かにドアを閉めた。廊下の椅子で座って待っていたガンダルの付き人二人が慌てて立ちあがり、近寄ってこようとしたが、ガンダルは右手を挙げてそれを制し、マオのほうを向いた。

「お前、今日の試合を見ていたのか」

「――はい」

「どんな試合だった。教えてくれ」

「どんな試合……というと……」

　マオは遠くを見つめるような目つきをした。

「相手は誰だ」

「アルセイスのエルディルという男です」

「アルセイスのエルディル」

　ガンダルはじっと考えこんだ。

「知らんな。タイスでは名が通っているのか」

「そうですね。そこそこは」

マオは微妙にうなずいた。

「エルディルがタイスにやってきたのは、一年くらい前だと思います。噂ではタイス伯のところに自分で売りこみにきたとか。なかなかがたいのいい奴で、それで伯爵のおめがねにかなったのでしょう。伯爵のおかかえで試合に出るようになりました」

「強いのか」

「なんどか小さな大会には優勝していたと思います。でも、連戦連勝、という感じではなかったですよ。今度の大闘技会にもでられるかどうかというくらいの成績で、けっきょくはタイス伯の後押しがあってすべりこみで出場できたというもっぱらの噂です。正直、賭け屋の人気も下から数えたほうが早いくらいでしょう。だから、決勝までのぼってきたことに驚いている人のほうが多いと思います。ただ、フロルス先生の……」

マオは少し声を詰まらせた。

「……先生の十年ぶりの復活のほうがずっと話題になっていたから、あまり注目されてはいませんでしたが」

「――解せぬな」

ガンダルは太い腕を組み、首をかしげた。

「まあ、実際にそやつの闘いを見たことがあるわけではないが……少なくとも昨日のフロルスどのの闘いぶりを見るかぎり、その程度の奴におめおめとやられるとは思えん。

しかも命を落とすほどのことになるとは……」

「…………」

「フロルスどのが体調を崩していた、というようなことはないのだろうな」

「ありません。というか、少なくとも試合前にはありませんでした」

マオはきっぱりと首を横に振った。

「脇腹の傷もたいしたことはありませんでしたし、昨日の疲れも残っていないと、いつものように元気におっしゃっていました。実際、試合が始まったときには、動きも軽かったのですが……ただ」

「ただ、なんだ」

「その……始まったころはいつものフロルス先生のペースで——自分は動かずに、相手を動かして、相手の攻撃を跳ねかえしながら押しこんでゆく、そういう展開だったのですが……途中から、急に動きが鈍くなってしまって——その前に左肩のあたりを斬りつけられてはいましたが、それも皮一枚を斬られた程度で、動きに影響が出るようなものとは思えませんでした」

「…………」

「でも、それからしばらくして突然——ほんとうに突然、先生の足さばきが乱れはじめたんですよね。もしかしたら右足の古傷が再発したのかもしれない、とも思いますが…

…それで相手に押しこまれはじめて——それでも相手の剣は確実にはじいていたのですが、でも……最後は相手の突きをかわせずに……まるで、先生のほうから相手の剣にもたれかかっていったようによろめいて……それで右の脇腹を深々と刺されてしまって……病院に運びこまれたときにはまだ意識があったのですけれど……肝臓を完全にやられていたらしくて」

マオの目から再び涙があふれ出した。

「正直、いまでも信じられません。フロルス先生、ほんとうにガンダルさんとの勝負を楽しみにしていらして……今朝も、あいつは十年間、俺を信じて待ち続けてくれた、その思いに応えるときがようやく来た、今日はあいつのためにも絶対に勝つ、と張り切っておっしゃっていたのに……」

「……そうか」

ガンダルはしばし黙想した。

「——その、エルディルという男だが、どんなやつだ？」

「そうですね……」

マオは考えながら云った。

「見習剣闘士の自分がいうのは生意気かもしれませんが、これといって特徴のない剣闘士ですよ。体はでかいです。背丈もはばもフロルス先生より一まわり大きいくらいですが、タイ・ソン伯のところの剣闘士は、みんなそんな感じですからね。力はありそうですが、スピードはそれほどでもありません。ただ、剣さばきがわりと柔らかくて、ときどき意表を突くような攻撃を繰りだすことがあります。先生が肩をやられたのも、それをよけきれなかったからですし……そういえば先生が、そういうところにちょっと昔の自分を思い出すっておっしゃっていたことがありました。あれでもっとスピードがあれば、かなり手強い相手になるかもしれないな、と」

「なるほど」

ガンダルはあごをなでた。

「つまり、フロルスどのもそれなりにくみしやすい相手だと考えていたということか」

「はい。今朝も、自信を持っていらっしゃるように見えました」

「そうか。といって、決して油断されるようなかたではないからな、フロルスどのは」

「はい」

「――ふむ」

ガンダルは腕を組んだまま、目を閉じた。その脳裏に、目を閉じて静かに横たわっていたフロルスと、陽気な笑顔を浮かべていたフロルスとが重なって浮かんだ。ガンダルはやり場のない憤りにも似た悲しみをじっとこらえながら、ふっと大きくため息をついた。

「われわれ剣闘士の勝負というのは、そういうものであるからな」

　ガンダルは薄く目を開き、どこを見つめるでもなく云った。

「決して殺し合いをしているわけではないが、そうして命を落とすこともあるというのが運命《さだめ》だ。そして勝負の行方はマヌの御心のまま。必ずしも強いものが勝つとは限らぬ。尋常な勝負で敗れ、命を落としたのであれば、それは剣闘士としてはむしろ望むべき運命であると思わねばならぬのだろうな……マオ」

「はい」

　マオが涙に濡れた顔をあげた。ガンダルはその肩に手をおいた。

「強くなれよ、お前」

　ガンダルはじっとマオの目を見た。

「お前はフロルスどのの最後の弟子なのだろう。フロルスどのに学んだこと、ひとつひとつを決して忘れるな。そして剣闘以外のことにうつつを抜かすことなく精進しろ。そうすることがフロルスどのへの何よりの供養だ。いいな」

「――はい」

　マオはこらえきれず、声をあげて泣き出した。

「先生にも……先生にも、そういわれました。最期、もう息も絶え絶えだったのに……私のほうを向いて、強くなれ、と……」

普段から熱心に稽古をしているのだろう、体をよく鍛えあげているから立派な男にみえるが、そのように泣いている姿を見るとまだ幼い子供のようにみえる。おそらくヴァルーサとそれほど年齢も変わらないのだろう。思いかえせば、ガンダルがマオくらいの年齢だったころには、母と二人でその日を暮らすのに精いっぱいで、そろそろ小昏い商売に足を踏みいれて、やさぐれはじめていたはずだ。そう思うとガンダルは、素直に感情をあらわにしているマオがなんとなくうらやましく、いとおしかった。

と、そのとき、病室のドアが開く音がした。ガンダルは振り向いた。ドアからはリー・メイが顔をのぞかせていた。

「ガンダルさん」

リー・メイは手招きをした。その目はすっかり腫れてしまい、鼻は真っ赤になっている。

「ちょっと来ていただいてもいいですか？　ヴァルーサがガンダルさんと二人だけでお話ししたいって」

「わかった」

ガンダルはリー・メイと入れ替わるように病室に入った。病室ではヴァルーサがひとり、床の上に座りこみ、フロルスの枕もとに組んだ腕に顔を埋めていた。ガンダルはヴァルーサの脇にしゃがみこみ、右手でそっと肩を抱いた。ヴァルーサはガンダルの太い胴に抱きつき、その分厚い胸に顔を埋めた。ガンダルはその細い肩を優しく抱きしめた。二人はそのまま五タルザンほども動かず、じっと抱き合っていた。やがて、ヴァルーサが顔を埋めたまま、ぽつりとつぶやくように云った。

「……ガンダルおじさん」

「なんだ、ヴァルーサ」

「あたしね」

ヴァルーサは顔をあげた。

「あたし……エルディルが憎い」

「…………」

「もちろん、わかっているの。父さんはいっつも云ってた。剣闘士は闘いに勝ってもおごらず、負けてもうらまず、いつでも相手に敬意を払い、たたえ合わなければならないんだって。父さんはいつも優しかったけれど、弟子たちがまちがった態度を少しでもとろうものなら、そのときだけはものすごい剣幕で怒ってた。あたしに剣技を教えるときもそうだった。最初に教えこまれたのは、そのことだったわ。時には相手に重い怪我を負わせたり、殺してしまうこともある……もちろん、その逆もある剣闘士だからこそ、高い志を持っていなければならないんだって。そうでなければ、そのへんのごろつきと同じ、ただの乱暴者になってしまうって。じっさい、父さんはいつもそうして闘っていたし……ガンダルおじさんもいつもそうだった。そうでしょう？」

「ああ」

「さっきも、父さんはいったの。あたしに向かって——もう意識も薄らいでいたと思うんだけど、でもはっきりとあたしに……恨むな、って。相手を絶対に恨むなって。相手が悪いんじゃない。これはただの運命なんだって。剣闘士である俺の……って」

ヴァルーサの目からまた涙があふれだした。

「でも……でも、それでも憎いの。エルディルのことがどうしても許せないの。わざとじゃないんだ、しかたのないことなんだ、と自分にいいきかせても、でもどうしても……本当はわざとじゃないのかって思ってしまうの。だって、エルディルは……ものすごい量の血を流して倒れている父さんを見下ろして、助けようともしないで薄ら笑いを浮かべているようにみえたんだもの」

「…………」

「だから、ガンダルおじさん」

ヴァルーサはガンダルの目をまっすぐに見つめた。その黒い瞳にはあやしいかぎろいがみえた。

「お願い。明日の試合、父さんの仇をとって」

「——仇をとる、か」

ガンダルはヴァルーサを見つめかえした。

「仇をとる、というのは、どういうことだ、ヴァルーサ？」

「どういうこと、って……」

「俺にエルディルとやらを殺せ、ということか？」

ガンダルの口調は穏やかであったが、その声にヴァルーサは何かを感じ取ったのだろう。そのうるんだ瞳にわずかな動揺が走ったようにみえた。だがヴァルーサはぐっと小さく奥歯をかみしめると、あごをくいっと反抗的にあげ、ガンダルをにらみつけた。

「そうよ」

ヴァルーサは挑むようにいった。

「あたし、エルディルを殺してほしいの」

「それは何のためだ？」

ガンダルはいくぶん語気を強めて云った。

「いや、それは誰のためだ？」

「父さんのためよ！　当たり前じゃない！」

ヴァルーサは叫んだ。

「だって……だって、父さんは死んでしまったのよ？　あいつのせいで！　父さんがどれほど悔しかったか、どれほど無念だったか、それを思ったら……そして、あの憎たらしい薄ら笑い！　あんなヤツが、このままのうのうとして生きているなんてことになったら、父さんが浮かばれないわ！」

「だが、そのお前の父は、お前に何と言い残したのだ？　恨むな、と云ったのではなかったのか？」

ガンダルの言葉に、ヴァルーサはむっとしながらも押し黙ってしまった。

「さっきマオとも話したのだがな。俺たち剣闘士は、決して殺し合いをしているわけではない。だが、こうして命を落とすこともある。お前が云うように、あるいはエルディルはフロルスどのをわざと殺したのかもしれん。あるいはわざとではないにしろ、相手を殺すことを何とも思わぬやつなのかもしれん。そうではないと祈りたいがな。じっさい、剣闘士にはそういうよこしまな奴がいないわけではない。残念なことだが」

「…………」

「だが、仮にそういう男であったとしても、エルディルとて同じように相手に殺されることもある。そういう商売なのだよ。剣闘士というのはな。だから、そういう商売を選んだ以上、たとえ試合で命を落としたとしても、それで相手を恨むのは筋違いなのだ。わかるか」

「…………」

ヴァルーサはしぶしぶうなずいた。だがとうてい納得した様子ではなく、その可愛らしい唇はまだとがっている。ガンダルは苦笑した。

「まあ、いい。ならば、こう考えてみろ。フロルスどのが今日の試合で勝っていたとしたら、明日は俺と闘っていたはずだ。そうだな？」

「――うん」

「もし、そうなっていたら、もしかしたら俺が、明日の試合の中で、何かの拍子でフロルスどのの命を奪うことになっていたかもしれんのだよ――むろん、逆もしかりだがな」

ヴァルーサがはっとしたように目を見開いた。

「そうなっていたら、お前は俺を恨むのか？　それとも、逆に俺がフロルスどのに命を奪われていたら――命を奪われないまでも、もう二度と剣をもてないような体にされていたら、俺はフロルスどのを憎むべきだ、とお前は思うのか？」

ガンダルの問いかけに、ヴァルーサは目を伏せてうつむいてしまった。ガンダルはそっとヴァルーサを抱き寄せた。その細い肩からはしゃくりあげるような震えが伝わってくる。

「俺にできることはな、明日の試合でフロルスどのに恥じないような闘いをみせる、ということだけだ。もともとが闇社会のごろつきだった俺にとって、剣闘士とは太陽の光のもとを堂々と歩けるようにしてくれた――いわば、俺に本当の人生を与えてくれたものだ。だから、俺は闘王としての名に恥じぬよう、そして俺をこの道に連れてきてくれたフロルスどのとピュロス先生の名を汚さぬよう、胸を張って正々堂々と闘うことが何よりの供養であると信じているのだよ」

「………………」

「むろん、フロルスどのは無念であっただろう。だが、それでもお前に、相手を恨むなといったのはなぜか、娘のお前なら判ると思うのだがな。ヴァルーサ」

ヴァルーサはガンダルの胸に顔を埋めたまま、うっ、うっと小さく声を漏らし、しばらくしゃくりあげていた。が、やがてぽつりと云った。

「――すまない、だって」

「なに？」

「父さんがいってた。ガンダルおじさんに伝えてくれって。闘えなくて、すまないって」

「………………」

「最後、もうほとんど声も出ないのに、それだけ必死にささやいて……それで父さんは逝ってしまった……」

ヴァルーサからまた激しい嗚咽《おえつ》がもれはじめた。ガンダルは両目をそっと閉じた。その目からとどめようもない涙があふれ出るのをガンダルは感じた。

「あたし、またひとりになっちゃった。五歳のときにヴィマルが死んで……今度は父さんが死んで……」

ヴァルーサが涙声で云った。ガンダルはヴァルーサの肩を抱く手にそっと力をこめた。

「俺がいる。ヴァルーサ」

ガンダルは低い声でささやいた。ヴァルーサは涙に濡れた顔をあげた。

「俺がいるんだ。ヴァルーサ。そして、リー・メイも。マオたちも」

ガンダルはもう一度ヴァルーサを抱きしめた。ヴァルーサもガンダルにぎゅっとしがみついた。そのむき出しの腕から柔らかなぬくもりがじかにガンダルに伝わってくる。

ガンダルはヴァルーサのつややかな黒髪を右手でそっとなでた。

「とにかく、俺は明日勝つ。勝ってお前の前に大闘王ガンダルとして戻ってくる。だから、ひとりだなんて云うな。明日はフロルスどのへのたむけの試合として、俺の生涯で最高の闘いを演じてみせる。それでお前の気が晴れるかどうかは判らないが、俺がお前のためにしてやれるのは、ただそれだけだ。だが、必ずそれを手土産にお前とフロルスどののところへ戻ってくる。だから、明日はお前の父のそばで、お前の父とともに俺の帰りを待っていてくれ、ヴァルーサ」

ヴァルーサはガンダルの腕の中でそっとうなずいた。ガンダルはベッドに横たわるフロルスを見た。その顔はおだやかで、どこか微笑んでいるようにも見えた。それはあるいは、フロルスからガンダルへの、友としての最後の惜別であったのかもしれなかった。

フロルスの葬儀は三日後と決まった。

ガンダルはヴァルーサをリー・メイに預けると、付け人たちとともに馬車で宿舎へと戻り、ひとりで自室にこもった。明日の試合は自らのためだけではなく、命を落とした親友のためにも、そして友の残したひとり娘――どうやら彼に恋しているらしいその娘のためにも絶対に勝たなければならぬ。ガンダルは努めてフロルスのことを頭から追いやり、いつものように明日の試合に集中しようと試みた。が、さしものガンダルにも、それはやはり並大抵のことではなかった。

試合の前日には必ず、ガンダルは自室に夕飯を運ばせ、ひとりで静かに食事を済ませることにしている。そのメニューも毎回必ず、生の馬肉とゆでた鶏卵に野菜を和えたサラダ、ガティ麦のパン、羊の乳と決まっている。ガンダルはいつものように付け人のファンを呼び、夕飯を運ぶように云いつけた。が、いったん部屋を出たファンはすぐに戻ってきて、来客の訪問を告げた。

「客だと？」

ガンダルは少々ムッとしてファンをにらみつけた。

「そんなもの、すぐに追いかえせ。試合の前の晩には、俺は誰にも会わん。そのくらい、お前も知っているだろう」

「そう、申し上げたのですが……」

　ファンはびくびくしながら云った。

「その……訪ねてこられたのが、実はその、アルセイスのエルディルどので……今日はタイス伯の使いとしていらしたとのことで……」

「エルディルだと？」

　ガンダルは驚いて片眉をあげた。

　試合の前夜に剣闘士が対戦相手のもとを訪れるなど、めったにあることではない。翌日には下手をすれば命のやりとりをすらせねばならぬ相手である。むろん、大闘技会に出場するような一流の剣闘士であれば、ほとんどが互いに顔見知りであり、なかにはフロルスとガンダルのように非常に親しい関係を結んでいるものもいる。が、そうであればこそ、試合前には互いに顔を合わすことなく、相手への情を少しでも断ち切ろうとするのが普通だ。であるから、ほとんどの剣闘士はガンダルのようにひとり静かに心と体を整えながら試合の前夜を過ごすものだ。またエルディルのように個人的に相手のもとを訪ねるようなことは、八百長の画策を疑われかねない行為でもあり、そういう意味でもあまり褒められたものではない。

　それだけにガンダルには、エルディルの意図を図りかねた。またタイス伯の使いとして、という言葉にも、何かしらの意味が隠されているのでは、とひっかかりを覚えた。

ガンダルはしばし逡巡した後、ファンに云った。

「――よし、会おう。通せ」

「よろしいのですか？」

驚いて聞きかえすファンに、ガンダルはうなずき、奥のソファに座って待った。ほどなくしてファンに先導され、赤みがかった金髪のがっしりとした大きな男が部屋に入ってきた。

アルセイスの、と名乗るからにはユラニア出身なのだろうが、ユラニア人にしては非常に色白で、瞳は青く、あるいはタルーアンの血が混じっているのかもしれない。腕にはなにやら小さな花束を抱えており、その甘ったるい香りが室内に漂ってきた。男は部屋の入口でガンダルと目が合うと、軽く黙礼して丁重に片膝をつき、剣闘士の礼をした。

「大闘王ガンダルどの。お初にお目にかかります。アルセイスのエルディルと申します。以後、どうぞお見知りおきを」

ガンダルはそれにはこたえず、じっと黙ってエルディルを観察した。

剣闘士、それも大平剣を得手とする剣闘士は大柄で、獣じみた風貌の武骨な男が多い。エルディルもまた二タールを優に超えるほどの大男だが、体のわりには顔が小さく、鼻筋が通って頬骨が高く、なかなか整った顔立ちをしている。長い髪をうしろでまとめ、優男ふうに見えなくもないが、瞳の青い切れ長の目もとは酷薄で眉間には縦じわが走り、油断ならない狷介な印象を与える。マオが云っていたとおり、その筋肉はどこかしなやかに見える。フロルスが昔の自分を思い出すと云っていたというが、そのあたりにもその理由があったのかもしれない。

「――何をしにきた」

ガンダルはようやく口を開いた。

「明日、光栄にも剣を交えさせていただく身として、その前夜にこうしてお訪ねするのはまことに失礼なこととは存じておりますが」

エルディルはうやうやしく片膝をついたまま云った。

「タイス伯タイ・ソン閣下から、ガンダルどのとフロルスどのの交情の深きをうかがい……非情なる運命のいたずらにして本意なきこととはいいながら、本日フロルスどののお命を奪ってしまったものとして、大闘王どのにひとことお詫び申し上げよ、との伯爵のおおせにて、ご迷惑とは知りながら、こうしてまかりこしたものにございます」

「詫びる、だと？」

ガンダルはエルディルを厳しくにらみつけた。

「詫びるというのはどういう意味だ？　お前の剣でフロルスどのが命を落としたからといって、その遺族でもない俺になぜ詫びる？　そもそも剣闘士であれば、時として命を奪い、奪われるのは当たり前のこと。そのことで詫びる理由などないと思うが——まっ、とうな試合であればな」

エルディルは顔をあげ、ガンダルの視線を正面から受けとめた。その目もとに嘲笑のような表情が確かに浮かんだ、とガンダルは思った。その薄い瞳の中心にある針のように小さな瞳孔が無機質な不気味さを感じさせる。

「まことに仰せの通り。ですが、このたびは」

エルディルは目を伏せた。

「私の腕の未熟さをお詫びしとうございます」

「——なんだと？」

「私の腕がもう少しまともであれば、フロルスどののお命を奪うことなく試合を終えることができたでしょうから」

「…………」

「本日の試合の終盤、フロルスどののステップは明らかに乱れていた。聞けばフロルスどのは齢五十近く、遠目からの見た目の若さゆえに気づきませんでしたが、近くに寄ってみれば髪に白いものが混じっており、剣闘士としてはもはやご老体。いまにして思えばもう少しいたわってさしあげるべきでしたが、私が未熟であったばかりに手を抜くことができず、はずみでお命を奪うことになってしまいました」

「貴様……」

「確か、ガンダルどのもフロルスどのとさしてお年が変わらなかったはず」

　エルディルの口もとに歪んだ笑みが浮かんだ。

「明日、また試合が長びけば、ガンダルどのもフロルスどのと同様、足もとがおぼつかなくなるやもしれません。そうなった時、もし私の剣がガンダルどののお命を奪ったとしても、それは私の腕の未熟のなせる業、とご寛恕いただけますよう」

「……エルディル、といったか」

　ガンダルは不快にわずかに眉をひそめたが、努めて平静に云った。

「つまらぬことを……よくしゃべるやつだ。怯えた鳴きリス《トゥルカリル》ほど騒がしいというがな、小僧」

「…………」

　エルディルは笑みを浮かべたまま、あざけるように肩をすくめた。

「――まあよい」

　ガンダルは急に興味を失って、ぞんざいに手を振った。

「どんなやつかと思って会ってみたが、時間の無駄だったな。すべては明日、闘技場の上で決まることだ。さっさと帰れ」

「大闘王の御意のままに」

エルディルはわざとらしく、うやうやしげに頭を垂れてみせた。そのままきびすをかえし、部屋から出て行こうとしかけたが、何かに気づいたように立ちどまった。

「おっと、忘れるところでした」

エルディルはガンダルに向きなおると、たずさえてきた花束を差し出した。

「これを。タイス伯からの預かりものです」

「なんだ、これは」

ガンダルはうろんそうに花束を奪いとると、無意識に匂いをかいだ。濃い紫の八重の花びらから、むせかえるように甘い芳香が鼻孔に忍びこんできた。

「ギボスの花、ですよ」

エルディルの口もとに半月形のあやしい笑みが浮かんだ。

「私の故郷、アルセイスでは葬儀の花として知られておりますが――私とタイス伯から、フロルスどのとガンダルどのへの手向けと思し召しください」

「――本当につまらぬやつだな、お前は」

ガンダルは、歯をぐっと食いしばり、目を細めてエルディルをにらみつけた。エルディルはまた小さく肩をすくめ、頭を垂れた。

「それでは、大闘王どの。明日、大闘技場でお会いしましょう」

そう云い残すと、エルディルは部屋から出て行った。ガンダルは花束を握りしめたまま、エルディルが出て行ったドアをしばしにらみつけていた。

（――くそっ）

最近、剣闘士にも下衆なやつが増えた、とガンダルは思った。

特に十年前の地震のせいでタイス伯が代替わりしてからは、剣闘界から急速に誇りが失われていったように思われる。わいろや八百長が裏で横行し、こっそりと規定違反の武器を使用している剣闘士がいるという噂もあとをたたない。かつては厳しい試験を経て決められていた上級剣闘士、中級剣闘士といった区分もいつの間にやら形骸化し、いまでは賭け屋たちがあいまいな基準を設けて勝手に上級闘技士などという妙な称号をこしらえ、自分たちの賭けの道具にしている。腹立たしいのは、かつては大闘技会の優勝者だけに与えられていた闘王の称号でさえも、ほんの小さな闘技会で勝っただけで名乗れるようになったことだ。ガンダルがタイスを去った一因には、そんなありさまに多少の嫌気がさしたこともあった。当時、タイス伯タイ・ソンからガンダルを召しかかえたいという申し出を受けていたが、それもわざと慇懃《いんぎん》無礼な態度をとって断ってしまった。それ以来、ガンダルはタイ・ソンから目の敵にされている。

（やはりタイ・ソンの差し金か……ろくなもんじゃない）

今日のタイ・ソン伯主催の昼餐会も、タリオ大公の命令ゆえにしかたなく出席したが、食事も飲み物も一切口にはしなかった。なにせ卑劣漢で知られる伯爵のことである。ガンダルが口にするものになぞ、何を仕込んでいるか判らない。エルディルが云うように、この花束がタイ・ソンからのものであるとしたら、単なる嫌がらせではないのかもしれないとさえ思えてくる。ガンダルはいまいましく花束をにらみつけると、濃い紫の花をぐしゃりと手でつぶそうとした。

が――

(――なんだっ!)

突然の異変に、ガンダルは目を見張った。

ガンダルが花をつぶそうとしたその瞬間、花束が手の中でぐじゅぐじゅと溶けはじめたのだ。

驚愕するガンダルが見つめる前で、濃い紫の花と濃い緑の葉が溶けて混ざり合い、タールのような黒いねばねばとした液体となり、それが流れ出してガンダルの左手を覆いつくした。その左手から燃えるような強烈な痛みが伝わってきた。

「ぐおおっ!」

ガンダルは、激しい痛みにたまらず左手を大きく振りまわした。どろりとした液体を必死に振りはらうと、右手で左手首をおさえ、歯を食いしばってその場に膝をついた。

と、床に飛び散った液体からしゅうしゅうと音がして、黒い煙と蒸気が激しく立ちのぼりはじめた。たちまちのうちに甘く粘つく、むせかえるような匂いが室内に充満した。

ガンダルはあわてて右手で口と鼻を押さえたが、すでに煙はガンダルの喉から肺に流れこんでいた。ガンダルは激しく咳きこんだ。その胸は焼けつくように痛み、ガンダルから急速に呼吸を奪っていった。ガンダルは空気を求めてあえいだが、あえげばあえぐほどその肺は煙に侵され、本来の機能を果たさなくなっていった。

ついにガンダルは、どおっと音を立てて前のめりに床に倒れこんだ。目の前がぼんやりと暗くなり、頭のなかにがんがんと響く耳鳴りが次第に遠くなっていった。そのときドアが開き、異変を感じたらしい付け人たちが血相を変えて飛びこんでくるのがかろうじて目にはいったが、もはやガンダルはぴくりとも体を動かすことはできなかった。

薄らいでゆく意識のなかで、ガンダルはフロルスとヴァルーサの幻を見た。フロルスは厳しい顔つきで何やらガンダルを叱責し、ヴァルーサはうすものを羽織り、涙を流しながら両手を伸ばして何かを訴えていた。そして完全に意識を失う瞬間、二人の姿はすうっと薄れて消えていった。その代わりにガンダルの脳裏に現れたものは、エルディルが浮かべた酷薄な笑みと、見たこともない醜い矮人が高らかに哄笑《こうしょう》する姿であった。

3

「東方、大闘王、ルーアンのガンダル！」

　タイスの水神祭り大闘技会、その掉尾《ちょうび》を飾る大平剣の部、大闘王位決定戦。

　これまで十五年にわたり、剣闘界に君臨してきた大闘王の登場を告げる声が大闘技場に朗々と響きわたった瞬間——

　闘技場を埋めた人々から地鳴りのような大歓声があがり、手を打ちならし、足を踏みならす音が聞こえてきた。

　ガンダルはゆっくりと体を起こすと門をくぐり、大観衆が待つ闘技場へと一歩を踏み出した。

　今日もルアーはすでに天高く、その炎のチャリオットから放たれる灼熱が、闘技場の砂を地獄のように熱していた。その砂を踏みしめる革のサンダルから、ガンダルの足の裏にも強烈な熱が伝わってくる。普段ならば闘いへと向かう高揚した気分にふさわしいものとして心地よくさえ感じられるその熱さが、今日はまるで容赦なく体力を奪う敵のようだ。一歩ずつ踏み出すたびに、全身を蜂に刺されたような激しい痛みが走る。頭にはぎりぎりと締めつけるような疼痛が走り、手足は鉛がぶら下がっているかのように重い。膏薬を塗って包帯を巻いた左手は皮膚がぼろぼろにむけ、ぴりぴりと痛んで神経をいらつかせる。だがガンダルは表情ひとつ変えることなく、マヌの丘の向こうからこちらに向かって歩いてくる金髪の剣闘士をにらみすえていた。

（――エルディル）

ガンダルの目に瞋恚《しんに》の炎が燃えた。

（エルディル……あやつ、許さぬ！）

ガンダルはぐっと歯を食いしばった。その奥歯がぎりぎりと鳴った。

エルディルの妖しい黒魔術に倒れたガンダルが意識を取りもどしたのは、今朝の未明のことであった。聞いた話では、宿舎で倒れているガンダルを発見した付け人たちは、とっさに機転を利かせ、馬車を走らせてタリオ大公に急を告げたのだという。報を受けた大公は、同行していた腹心の魔道伯ラン・ダルをただちにガンダルのもとへと派遣した。魔道のみならず、医学の心得もあるラン・ダルは、ガンダルを診察するやいなや、それが何らかの毒によるものであることを看破し、すぐさま魔道師が常に携帯している毒消しを与えた。ラン・ダルの診たてによれば、毒の量は人を十分に死に追いやるほどのものであったようだが、ガンダルの巨大な体格そのものが毒の効果を薄め、さらにはその強靭な体力が彼の命を救ったらしい。それでもガンダルの全身には奇妙な赤いまだらのような浮腫《ふしゅ》が現れ、顔には紫色の醜い大きな吹き出物が生じ、左手の皮膚は焼けただれ、全身の関節がぎしぎしと痛んで彼を苦しめていた。

不思議なことにその毒は、ガンダル以外の人間には何の害も及ぼさないものであったようだ。ガンダルの救護にあたった付け人たちも、部屋に漂っていた甘ったるい匂いは感じたものの、体には何の異変も生じていなかった。さらに奇妙なのは、昨晩エルディルがガンダルのもとを訪れたことを誰も覚えていなかったことだ。クムでは最強の魔道師と云われるラン・ダルでさえも、誰かがガンダルのもとを訪れた痕跡を見出すことすらできなかった。皮肉なことに、ガンダルが毒にやられてさえいなければ、ガンダルに訪問者があったことをわずかでも示唆するものすらなかったであろう。だが、ガンダルの脳裏には、昨夜のエルディルとの不愉快なやりとりがしっかりと刻まれていた。

ガンダルがようやく意識を取り戻し、長い夜が明けたとき、ラン・ダルはもちろん、その病状を聞いて自ら駆けつけたタリオ大公さえも、大闘王位決定戦への出場を取りやめるようガンダルに厳しい口調で云った。そのときのガンダルは、座っているのでさえもやっとの状態で、ましてや闘技場に立つことができるとは到底思えなかったのだろう。たとえ決定戦に出たとしても、勝ち目などあるはずもない、というのがタリオ大公たちの一致した意見だった。

だが、ガンダルは決して肯んじようとはしなかった。闘わずして敗れよ、と云われる剣闘士など生きている意味はないと――どうあっても出るなと云うのであれば、この場で自ら命を絶つと云って譲らず、渋る大公を強引に説きふせたのである。そしてラン・ダルが処方した魔道の強壮剤《がえ》を飲み、どうにか最低限の体力を回復させて闘技場へと向かったのだった。

(俺にとって、剣闘はすべてだ。剣闘士であることに誇りを持ち、あらゆる欲を絶ち、何もかもを剣闘に捧げてきた)

ガンダルは、闘技場の砂を踏みしめながらひとりごちた。

(その剣闘を――剣闘士としての誇りを踏みにじったエルディィル。あやつのことだけは決して許すわけにはゆかぬ。ましてや、あやつの前から闘わずして逃げることなど、永世大闘王としての誇りが許さぬ)

そして、これは無二の親友フロルスの弔い合戦でもある――とガンダルは思った。

(俺はヴァルーサに、エルディィルを恨むな、仇は討たぬ、と云った。だが、それはエルディィルがまっとうな闘いでフロルスどのを破ったものと思えばこそのこと。しかし、もはや奴の卑劣は明白――そうである以上、俺とて容赦することはできぬ)

ガンダルはゆっくりと、闘技場のまんなかの小高いマヌの丘にのぼった。そこにはすでにエルディィルが到着し、不敵な笑みを浮かべてこちらを見つめていた。前列に陣どった観客のあいだからは、なにやらざわめきが起こっている。どうやらガンダルの体に起こっている異変――顔の醜い吹き出物や、体じゅうに浮き出た浮腫に気づいたらしい。それを見ればガンダルの体調不良は明らかだ。むろん、試合前の賭け率ではガンダルがエルディルを圧倒的にうわまわっていたが、これはあるいは大番狂わせが起こるのかもしれないという不安が――あるいは期待がゆっくりと観客席全体に広がってゆくのをガンダルは肌で感じた。

「――さすがですね」

エルディルは低い声で、あざけりをこめて挑発するように云った。

「まさか、今日こうして生きてお目にかかれるとは思っていませんでしたが……さすがはクム千五百年の歴史上、空前絶後の怪物と云われたおかただ。かのガブールの大灰色猿と闘って倒したという伝説も伊達ではありませんね。巨人族ラゴンの血が混じっているという噂もあながちでたらめではないのかもしれない、と思えてきますよ」

「くそ生意気な小僧が」

ガンダルは食いしばった歯のあいだからうなるように云った。

「魔道の毒を使うなど、姑息な真似をしよって……貴様も剣闘士なら、堂々と剣で闘え」

「闘いますよ、むろん。闘技場の上ではね」

エルディルが面白そうに片眉をあげた。

「そして闘技場の外で何があろうと、私の知ったことではない。それは普段から行うべき用心を怠ったというだけのことだ。剣闘士たるもの、どこにあっても油断は禁物ということですよ。大闘王どの」

「………」

ガンダルは黙って鋭くエルディルをにらみつけた。エルディルは肩をすくめた。

「さあ、大闘王どの。そろそろおきまりの宣誓をしませんか。伯爵閣下も大公殿下も観客の皆さんも、みなお待ちかねだ」

ガンダルはもういちどエルディルをぐいとにらみつけると正面を向き、エルディルと肩を並べておざなりに闘いの宣誓をした。それをきっかけに係のものが降りてきてガンダルとエルディルが羽織っていたマントを受け取り、審判があいだに入ってふたりを所定の位置へと誘導した。ガンダルは再びエルディルをにらみつけた。エルディルは口もとをまげて皮肉な笑みを返した。いよいよクライマックスを迎えるという高揚感と、波乱への不安と期待が闘技場に満ち、満員の観客たちが一瞬だけ静まりかえった。

そして――

「はじめ！」

審判の声がかかり、その手に持った旗が振りおろされた。観客席から大きな歓声が爆発した。その瞬間、ガンダルはエルディルとの間合いを一気に詰め、その頭めがけて大上段から大平剣を一気に振り下ろした！

それは見た目には体調不良など微塵も感じさせぬ凄まじい太刀筋であった。これをまともに受けていたら、エルディルは文字どおり真っ二つになっていただろう。だがエルディルはその攻撃を完全に読んでいたかのように、すいっと左に体をかわした。すかさずガンダルはエルディルが避けた方向に一歩大きく踏みこむと、大平剣を横なぐりに叩きつけた。しかし、その刃はまたしてもエルディルには届かなかった。なんとエルディルは、ほとんど足を動かすことなく、上体を後ろにそらすだけでその攻撃をかわしてみせたのである。観客からは、おおっ、というどよめきが起こった。ガンダルはみたび、今度は下からすくいあげるようにエルディルの足を狙った。だが、それもまたエルディルの軽やかなステップにかわされた。いきおい余ったガンダルの足もとがわずかに乱れたが、すぐさま体勢を立て直し、剣を正眼にかまえてエルディルに向きなおった。エルディルもまた剣を正眼にかまえ、ガンダルに相対した。その口もとにはまだかすかな笑みが浮かんでいた。

「――小僧が」

ガンダルはつばを吐くと、再び大きく踏みこんで上段から剣を振り下ろした。エルディルは今度はその剣をよけず、自らの剣でまともに受けた。がきーん、という大きな金属音が響き、火花が散った。観客からまた、先ほどよりも大きなどよめきが起きた。ここ数年、ガンダルの剣をかろうじてよけるものはいても、まともに受けとめてみせた剣闘士などいなかったからだ。一瞬のつばぜり合いの後、両者は再び離れたが、そのときには闘技場全体の空気が明らかに変わっていた。この短い攻防だけで、エルディルがこれまで観客たちが思っていた以上の力量の持ち主であり、ガンダルがやはり本調子ではないことが誰の目にも明らかになったからだ。

二合、三合と打ちあっただけにもかかわらず、早くもガンダルの呼吸は乱れはじめていた。むろん、その全身に毒の影響が残っていることは、その吹き出物や浮腫から一目瞭然であった。ガンダルも自らの体調のことはよく判っている。長く闘い続けることは難しいと覚悟していた。だからこそ、いちかばちか、いわば奇襲のように最初の攻撃にかけたのだ。しかし、それがこれほどあっさりとエルディルにかわされ、受けとめられてしまうというのは、ガンダルにとっても衝撃的なことであった。こうあっては、自分の予想以上に剣のスピードも力も衰えていることを否が応でも意識させられざるを得なかったのだ。相手を侮っているつもりはガンダルにはなかったが、あるいは無敵の大闘王としての自分の力を無意識に過信するところがあったのかも知れぬ。ガンダルの背中を久しぶりに冷たい汗が流れた。

（――くっ）

　ガンダルはぎりっと歯がみをすると、正眼にかまえていた剣をゆっくりとおろし、下段にかまえ直した。にらみあう二人の剣闘士のあいだを、熱風が砂を巻きあげて通りすぎた。エルディルの目がすっと細くなった。

「ほお、これはこれは。大闘王どのがまさかの下段――防御の構えとはね」

　エルディルがあざけるように云った。

「それならば、こちらから遠慮なくいかせていただきますよ」

　云うが早いか、エルディルはするすると間合いを詰め、ガンダルに正面から斬りかかった。ガンダルはそれを左によけながらエルディルが踏みこんだ足もとを襲ったが、エルディルはしなやかにそれをかわし、ガンダルの脇から背後を狙うようにするりと右にまわりこんだ。ガンダルは剣を下段に構えたまま、すばやく体を反転させてエルディルを追った。しかし、わずかこれほどの短いあいだにも、これまで試合では経験したこともないような疲労がガンダルを襲いはじめていた。ガンダルを最強の剣闘士の座に君臨させてきたその巨大な体格そのものが、かえって重しとなってガンダルの動きを妨げはじめていたのだ。

（――くそっ）

　ガンダルは、ほとんど生まれて初めて自らの肉体の重さを呪った。それが無意識に表情にも出たのだろう。エルディルの目が面白そうにわずかに細められた。

試合が始まってから十タルザンほども過ぎたころには、ガンダルは自らの体力が早くも尽きようとしているのを自覚せざるをえなかった。もう久しく経験していないことだったが、よろめいてたたらを踏むような場面が増えてきた。思うように動かぬ体にガンダルはいらだちを抑えきれず、無意識に何度も舌打ちをした。対するエルディルの動きにはまったく疲労の影もみられず、軽快に左右にステップを踏んでいる。ガンダルはついにその動きについてゆくのをあきらめ、足を止めて剣を斜め下にかまえ、やや身をかがめて完全に防御の構えをとった。もはやガンダルは、足もとをかためて踏ん張り、エルディルの動きを目で追うだけで精いっぱいであった。

ガンダルの体力に限界が近いことを感じたのだろう。エルディルの動きにさらに鋭さが増した。エルディルは左に大きく踏みこみ、気合いとともに剣を突いた。ガンダルは剣を振りあげ、その剣を払いのけようとした。だが、それはエルディルのフェイントであった。エルディルは素早く剣をかえすと、くるりと回転し、バランスを崩してがら空きになったガンダルの左脇を変則的な後ろ手で突いた。ガンダルはわずかにおめいて体を投げ出すようによけたがよけきれず、脇腹をエルディルの剣にすぱりと切り裂かれてしまった。皮一枚の浅傷ではあったが、その傷からはだらだらと血が流れはじめた。ガンダルはかろうじて体勢を立てなおすと反撃を試みたが、それもエルディルにあっさりとかわされてしまった。エルディルは落ち着きはらってすっと間合いを取り、再び正眼にかまえた。その口もとにかすかに笑みが浮かんだ。

ガンダルの傷ついた脇腹からは、じんじんとした奇妙な感覚が広がりはじめていた。ガンダルは急に息苦しさを感じ、空気を求めて大きくあえいだ。もはや自慢の愛剣もだらりと足もとにさげたまま、肩で息をついて立っているのがやっとの状態であった。それを見た観客席からは歓声と悲鳴が交錯し、誰もが大番狂わせの期待と恐怖に大騒ぎとなった。なにしろこの十年以上というもの、ガンダルの体に少しでも傷をつけたものなどいなかったのだ。

そしてエルディィルの猛攻撃が始まった。ガンダルは変幻自在に繰りだされるエルディィルの剣に翻弄されはじめた。もはやガンダルは何も考えることができず、ただ剣闘士としての本能によって反射的に剣をふるい、エルディィルの攻撃をかろうじてかわしていた。だが、それも五タルザンほどが限界であった。ガンダルは、自らの体が前後左右にふらつきはじめるのを感じた。そしてついに大きくバランスを崩して片膝をついてしまった。エルディィルはその隙を逃さず、気合いの一声とともに剣を突いた。ガンダルはわずかに体をひねったが、剣をよけきることはできなかった。ガンダルは左肩に熱い鉄の棒を押しつけられたかのような衝撃を感じた。観客席がわあっとわく声がガンダルにとどいた。そしてガンダルの肩からぱあっと激しく血しぶきがあがった。

エルディィルはすかさず剣をかえし、ガンダルののどを狙った。ガンダルはかろうじて剣を合わせてよけたが、ガンダルの握力は自らの想像以上に弱っていたのだろう。これまでガンダルを救い、相手を倒し続けてきた愛剣はガンダルの手を離れ、大きくはじき飛ばされてしまった。

それを見て観客たちがいっせいに立ちあがり、口々に大声で叫びはじめた。もはや闘技場の雰囲気はすっかり変わってしまっていた。

（ガンダルが負ける……）

（ついに無敵を誇った、あのガンダルが敗れる日が来たのか……）

剣闘界の歴史がいま、変わろうとしている——そんな空気が闘技場に色濃く立ちこめはじめていた。ガンダルは片膝をついてしゃがみこみ、剣を失った右手を地面について体を支えながら、息を荒くしていた。エルディルはそのガンダルの前に落ち着きはらって立ちはだかると、その剣先をまっすぐガンダルの喉もとに向けた。

「どうです。久しぶりに敗れる気分というのは。大闘王どの——いや、もと大闘王どの、といったほうがいいのかな」

エルディルはせせら笑いながら云った。

「まだ、終わってはおらんぞ、小僧」

ガンダルはエルディルをにらみつけていった。

「まあ、確かにね。形の上では、ですが」

　エルディルは肩を軽くすくめた。

「だが、この剣を私がちょっとでも突けば、それで終わりだ。だって大闘王どの、もうあなたの体はしびれて動かないはずだ。これ以上、あなたにはどうすることもできないんですよ」

「…………」

「それにしても薬が効くまでに、これほど時間がかかるとはね。それもそんなひどい体調で。本当にあなたは怪物だ。昨日のフロルスどのなど、ほんの一、二タルザンほどで足がふらついたものだったが」

「――なんだと？」

　ガンダルは大きく肩で息をつきながらも鋭く云った。

「貴様――どういうことだ」

「この剣にはちょっとした仕掛けがしてありましてね」

　エルディルはおかしそうに口をゆがめて云った。

「相手を斬りつけると、その傷口からしびれ薬を流しこむようになっているんですよ。知り合いに魔道師がいましてね。醜いこびとだが、腕はすこぶるいい。そいつがこの剣にそんな仕掛けを作ってくれた。ちょっとやそっと調べたくらいでは絶対に判らない、そんな巧妙な仕掛けをね。ついでに教えてさしあげますが、昨夜の花束も、その魔道師の仕事ですよ。どちらもタイス伯には内緒ですがね。いい仕事だったでしょう？」

「小僧……」

ガンダルは荒く息をつきながら、ぎりぎりと歯がみをした。

「そんな卑怯な真似をして、それで大闘王になって、どうしようというのだ？　それが貴様にとって何の意味がある？」

「さてね」

エルディルは軽く肩をすくめた。

「正直、私も大闘王の座などはどうでもよいのですよ。ただ――あなたを倒しさえすれば、いろいろとタイス伯からいただけるようですのでね……金も女も、これからは不自由しなくてすみそうだ」

「金だと？　女だと？」

ガンダルは地面に血の混じったつばを吐いた。

「くだらん。そんなもののためにお前は、こんな卑劣な手をつかったというのか」

「そうですよ。他に何があるというんです？」

エルディルは平然として云った。

「むしろ、私には大闘王どのやフロルスどののように、物欲も肉欲も抑え、ただひたすら剣闘に打ちこんでいる方のほうがよほど馬鹿げて見えますがね。大闘王の座など、十五年守ろうが、百年守ろうが、いったい何になるというのですか？　手にした賞金で遊ぶでもなく、女をはべらせるでもなく、ただひたすら自分を鍛える人生に、いったい何があるというのか。しかもヴァルーサさん、でしたか？　フロルスどのの娘さん。申し訳なくも私が仇になってしまいましたが……あんなに若くて純粋で美しいお嬢さんに恋われているというのに。それに見向きもしないあなたはバカだ。私ならとても放っておきませんがね。あんなに可愛らしく麗しいつぼみなら、さっさと喜んで摘んでしまうのに」

「貴様！」

ガンダルは目をかっと見開いてエルディルをにらみつけた。

「なぜ、そんなことを――なぜ、ヴァルーサのことを知っている？」

「ま、いろいろとね」

エルディルはにやりと笑った。

「腕のいい魔道師というのは、便利なものでね」

「――ヴァルーサには手を出すな」

ガンダルは肩で息をつきながら、エルディルをにらみつけた。エルディルは馬鹿にしたように鼻を鳴らした。

「手を出すな、といわれてもね。この状況で、はい、そうしましょう、というバカはいないでしょうね。いずれにしても、あなたが天に召されたあとの話だ。伯爵様にお願いして――いや、お願いするまでもないかな。気の向くままに、あんなこと、こんなこと、あの可愛らしい娘に好きなようにやらせてもらいますよ」

「下衆が」

ガンダルはまた足もとにつばを吐いた。エルディルは口もとをゆがめた。

「さて、そろそろ終わりにしましょうか」

エルディルの瞳に酷薄な冷たい光が戻った。

「どうします？　このまま喉もとを突いて、親友のフロルスどののもとへ送って差しあげましょうか？　それとも土下座して『慈悲の願い』をなさいますか？　むろんおわかりでしょうが、それをするならこれが最後のチャンスですよ。あるいは……」

エルディルの目がすっと細くなった。

「こういってもらってもいい――エイラハよ、お前にしたがおう、とね。そうすれば命だけは助けて差しあげますよ。もと大闘王どの――いや、命だけではない。あの娘にも手を出さずにおいてあげることにしましょうか」

「なんだと？」

ガンダルは鋭く云った。

「わけのわからぬことを……それはどういうことだ――エイラハ？　何だ、それは。いったい、なにを考えている」

「さあね。それはおいおい判るでしょう。詳しく知りたければ、命乞いのあとでエイラハ本人に尋ねられればよろしい」

エルディルは剣をかまえなおした。

「さ、ガンダルどの。命が惜しければ、慈悲の願いを。または服従の誓いを」

「ふざけるな」

ガンダルは歯をむき出した。

「誰が貴様などに命乞いなどするか、腐りきった小僧が」

ガンダルは、今度はエルディルの顔めがけてつばを吐いた。エルディルは頬にかかった唾液を左手でゆっくりとぬぐった。

「なるほど——では、いたしかたない」

エルディルの目がぎらりと光った。

「さらば永世大闘王どの、ということですね——死ね、ガンダル！」

エルディルはガンダルの喉に狙いを定め、大きく剣を引いた。その一瞬、観客の誰もが固唾をのみ、闘技場に静寂が訪れた。

大闘王ガンダル、ついに敗れたり——

と、誰しもが思ったそのとき。

　ガンダルは、ひそかにためていた最後の力を一気に解き放つと、エルディルの鋭い剣先を紙一重でかわし、エルディルの足にすばやく両足をからめて力まかせにひねった！

「ぎゃあああああっ！」

　エルディルの脚から、ばあんと何かが破裂するような大きな音が鳴り、闘技場にすさまじい悲鳴が響きわたった。完全に虚をつかれ、ガンダルの熟練の闘技に極められたエルディルの膝が、ありえない角度に折れ曲がって砕けたのだ。エルディルは苦悶の声をあげながら、どおっと音を立てて顔から砂の上に倒れこんだ。その瞬間、その背中が完全に無防備になった。ガンダルはふらつきながらも立ちあがると、その巨大な右足に全体重をかけてエルディルの腰のあたりを思いっきり踏みつけた！

　再び、ばきばきっと耳をふさぎたくなるような音が鳴り、エルディルの口から悲痛な呻き声とともに血ヘドが吐き出された。観客席のあちらこちらから悲鳴と怒号があがった。エルディルは波に打ちあげられた瀕死の魚のようにぴくぴくと痙攣した。しかし、まもなくその痙攣もとまり、エルディルは壊れた人形のような奇妙な姿で闘技場のまんなかにぐったりと横たわった。

　その凄まじい光景に、闘技場はまたしても静まりかえった。ガンダルは、自分でもよく判らぬ衝動に駆られ、エルディルの砕けた背中を踏みしめたまま拳を握り、両腕をぐっと広げ、天を仰いで咆吼した。その姿は、見る者すべてになにがしかの戦慄を与えずにはおかなかった。あるものは闘神マヌのように雄々しい姿であったと讃え、あるものは悪魔神セトーのようにおぞましい姿であったと嫌悪した。いずれにしてもそれは、これまで数々の伝説を創りあげてきた大闘王ガンダルが、またひとつ人々に永遠に語り継がれるであろう伝説を生み出した瞬間であった。

4

ふと気づくと、ガンダルは奇妙な場所にいた。

彼は、冷たい石の台のようなものの上に横たわり、手足をがんじがらめに縛られていた。からだも鉄の鎖で台にくくりつけられ、まったく身動きがとれない。全身には、まるで骨を直接やすりで削られているかのような激しい痛みがうずいている。かろうじて動く首だけをまわし、あたりをうかがってみると、そこはどうやら神殿のような建物のなかのようだ。周囲には中央が膨らんだ円い白大理石の柱がいくつも立ちならび、あたりには没薬のような匂いの煙がもうもうと立ちこめている。屋根は高く、煙にかすんでほとんどみえない。どこからか、虫の羽音のようにも聞こえる奇妙な詠唱が低く響いており、まわりにはかがり火がたかれているようだ。彼が横たえられている台のまわりは、まるで祭壇のように一段高くなっている。

ガンダルは縛《いまし》めを解こうとありったけの力をこめた。その鍛えあげられた筋肉がよじれ、縄のように盛りあがったが、鎖はびくともしない。身動きするたびにざらざらとした石の表面に背中の皮膚がそがれ、きしむような全身の痛みはますます激しくなる。それでも数タルザンほど鎖と格闘したが、とうとうガンダルはあきらめた。

（――くそっ、これではまるで……）

水神祭りでエイサーヌー神に捧げられるいけにえの羊《フラー》のようではないか、とガンダルは思った。そしてそのあとで、そのたとえは当たらずといえども遠からずかもしれぬ、と思いあたった。そういえば縛られている台には古い血のようなものが大量にこびりつき、そこから金臭い匂いがかすかに漂ってくる。ガンダルの口中に酸いものがわき、体じゅうから一気に冷たい汗が流れはじめた。

（冗談ではないぞ。なぜ、俺がこんな目に……）

ガンダルはいっそう激しく体を動かしたが、やはり縛めが解ける気配はなく、逆に鎖が彼の体に強く食いこむばかりであった。

そのとき、ガンダルの頭のうえから妙にかすれた男の声がした。

「ガンダル……ガンダル、こっちを見ろ」

ごぼごぼという、まるで泡を吹いているような奇妙な音が混じるその声のほうへ、ガンダルはかろうじて自由になる首を精いっぱいあおむけた。そこには長い金髪を振り乱し、かっと開いた口から大量の血を流した大柄な男がいた。その薄い瞳の中心は針先ほどに小さくすぼまり、その白目は真っ赤に血走っていた。

「――エルディル！」

ガンダルは吼えた。

「貴様、生きていたのか！」

「ええ、もちろん。あの程度のことでこの私が死ぬわけがないじゃないですか」

エルディルは血にぬれた歯を剝き出しにして嘲笑した。

「もっとも、おかげでこんな姿になってしまいましたがね」

エルディルはガンダルの頭の上から足先のほうへすべるように移動した。ガンダルはその姿をじっと目で追った。するとエルディルの背が急に一タールほども伸びたように見えた。ガンダルはその姿を見ていっしゅん言葉を失った。エルディルの体は腰から下がちぎれたようになくなっており、上半身だけが宙にぷかりと浮いていたのだ。ちぎれた体からはてらてらと光る内臓のようなものがぶら下がって見える。ガンダルは身震いし、大きくあえいだ。

「――――！」

ガンダルは、頭がしびれるような恐怖に、声にならぬ声で絶叫した。

「――化け物め！　よるな、下がれ！」

ガンダルは縛めを解こうと、激しくもがいた。その様子をみて、エルディルが高らかに哄笑した。その声に合わせて口から血しぶきが飛び、ガンダルの顔から体に点々とこびりついた。ガンダルは戦慄した。エルディルはあざけるように云った。

「怖いか！　我が恐ろしいのか、ガンダル！　ならば我に……いや我の主《あるじ》に服従の誓いをせよ！　さすればその縛めを解いてやろう」

「――服従の誓いだと？」

ガンダルはかすれた声で云った。エルディルは血に濡れた唇をゆがめた。

「そうだ！　服従の誓いだ！　闘技場ではあと一歩のところで不覚を取ったが、もはや逃げられはせぬぞ！　さあ、誓うのだ。我が主、ブダガヤのエイラハに服従を誓え！」

「ブダガヤのエイラハだと？」

ガンダルはエルディルをにらみつけた。

「確か、闘技場でもおまえはその名を口にしていたな。それは何者だ。そしてなぜ、俺にそのようにしつこく服従を誓わせようとする？」

そのガンダルの問いに、エルディルのものではないしわがれた声が答えた。

「――それはな、ガンダル」

宙に浮かぶエルディルの肩に、何かがひょいと飛び乗るのが見えた。それは身長が一タールにも満たぬような矮人であった。ガマガエルのように醜くひきゆがんだ顔には汚らしいあばたが散らばり、相当に老いているのがみてとれる。両のまぶたは重く垂れ下がり、鼻は豚のようにつぶれ、背はゆがんで大きなこぶが盛りあがっている。その体からは汚泥のような臭いがただよってくるようだ。

　矮人はエルディルの肩に短い足を踏ん張ると、小さな手でエルディルの頭をわしづかみにし、耳まで裂けた口を半月形にひらいて、けけけ、と奇妙な笑い声をもらした。

「わしが七色の夜を統べる王にしてドールの最高司祭、ブダガヤのエイラハだ、ガンダル。わがしもべたるエルディルをおぬしのもとに差しむけ、この夢の回廊へおぬしを招いたのがこのわしよ」

「夢の回廊だと？　それは何だ。それにブダガヤとはどこだ。聞いたこともない。しかも、七色の夜を統べる王とは何の戯れ言だ。ロイチョイあたりの黄表紙本にでも出てきそうなおどろおどろしい肩書きだが、俺には子供だましのこけ脅かしにしか聞こえん。おまえの云うことはなにひとつ意味をなしておらんぞ、こびと」

「おっと、これは失礼」

　エイラハはおどけた調子であばたの浮き出た自分のひたいを手でぴしゃりと叩き、またけけけっと笑った。

「おぬしがあまりにクムで英雄扱いされているもんでな。おぬしがしょせんは単なる剣闘士、学も知能もない、筋肉だけが自慢の愚かな人間であることをすっかり忘れておったよ」

「…………」

ガンダルはエイラハをにらみつけた。エイラハはひょいと肩をすくめた。

「まあ、わしのいうことが判らんでもかまわん。わしはな、要するにおぬしを救ってやりたいのだよ。このエルディルが愚かなせいで、おまえにどうも誤解をさせてしまったようだが」

エイラハはエルディルの頭をぽかりと殴った。エルディルは抗議するかのようにエイラハを振りかえったが、何も云おうとはしなかった。

「実はな、ガンダル。当然ながらまったく気づいておらんだろうが、おぬしはいま中原の運命に大きく関わりつつある。というか、これから関わることになる」

エイラハがすっと半目になった。ガンダルは黙ってエイラハを見つめた。

「これから数年後、おぬしの前にひとりの戦士が現れるだろう。剣闘士としてな。それは、おぬしの命運を間違いなく握ることになる戦士だ。実はその戦士が握っておるのは、おぬしの命運だけではなく、中原、いやこの世界そのものの運命でもあるのだが——その男とおぬしは闘うことになる。このタイスの闘技場でな」

「…………」

「そしておぬしはその男に敗れるだろう。この世を司る黄金律の定めにより、な。そしておぬしはその命を失う」

「——なんだと？」

ガンダルは肩で大きく息をしながら、矮人をにらみつけた。

「それだけではないぞ。おぬしがずっと友とともに心にかけてきた娘……おぬしへの憎からぬ思いをけなげにも心に秘めておる、あの美しい娘も、やがてその男に奪われることになる。そして心も体も蹂躙《じゅうりん》されることになるのだよ。さよう——その、まるで獣のように猛々しい男にな。それがおぬしと、あの娘の運命《さだめ》だ」

エイラハは、なにやら悦に入ったようにくっくっと含み笑いをした。

「だが、わしなら——太古のカナンより伝わる叡智と技をすべて身につけたブダガヤのエイラハにならば、おぬしと娘をその残酷な運命《さだめ》から救ってやることができる。もっとも、星辰《せいしん》が定めし黄金律に干渉するというのは、わしにとっても少々おおごとでな。そのためにはおぬしの力が必要なのだ。その、おぬしが身内に秘めた人並み外れたエネルギーの一部がな。それを借りるためには、おぬしの承諾が必要なのだ」

「………」

「先ほどエルディルが服従の誓いなどといったが、なに、そんな大げさなものではない。わしら魔道師というのは、何かと不便なところもあってな。言葉遊びのようなものが必要になることがあるのだよ。ガンダル、おぬしにはただこう云ってもらえばよいのだ——エイラハよ、おまえに従おう、とな。それだけでよい」

「——戯れ言だ。このペテン師めが」

ガンダルは嘲るように歯をむきだし、もう一度云った。

「そんなロイチョイの薄汚い路地にいくらでもいる胡散臭いいかさま占い師どもが云いそうな言葉を俺が信じるとでも思うのか？　よしんば、おまえのいうことが本当だとしても、この永世大闘王ガンダルと互角以上の力を持つような戦士と正々堂々闘えるのであれば、それは俺にとって本望というもの。おまえがいうそのくだらん運命など、おまえのそのしなびた手なぞを借りずとも、俺のこの手だけで変えてみせるわ」

「正々堂々、か」

エイラハは呵々と笑った。

「それが正々堂々と闘う相手だと、おぬしにどうして判る？　そもそも、このエルディルごときに危うく敗れるところであったのであろう？　おぬしは。わしがほんの座興にちょぃと薬を盛っただけで。今度の相手はどんな手を使ってくるか判らぬぞ――っと、これはちょぃと口が滑ったか」

エイラハはにやりと笑い、わざとらしく口を両手で押さえた。ガンダルはまた歯がみをした。

「貴様……」

「まあ、あれでもわしはずいぶんと手加減してやったからな。わしが本気でおぬしを殺そうとすれば、たかがラン・ダルごときに多少なりとも解毒などさせるものか。だが、ダルブラの毒をはじめ、魔道師ならずとも使える毒などいくらでもある。わしほどに慈悲の心を持たぬものがその気になれば、ほんのわずかな隙におぬしの命を奪う手など山ほどあるのだよ。すべての剣闘士とその小屋主にとって、おぬしの存在が邪魔なものであることは間違いないからな。しかし、わしならお前を確実に守ってやれる」

「………」

「それに、狙われるのはおぬしの命とは限らん。たとえば、こんな手もあるぞ。どうだ？」

エイラハがぱちんと指を鳴らした。すると、ガンダルのすぐ右から、うぐっ、うぐっ、というくぐもった女のうめき声が聞こえてきた。ガンダルははっとしてその声のほうを見た。

（――ヴァルーサ！）

ガンダルの視線の先には、彼が横たわっているものと同じような石の台があった。その上には、猿ぐつわをはめられたヴァルーサが横たわっていた。彼女の両手は縛られて頭上高く引きあげられ、両脚には鎖がはめられ、左右に大きく開かれていた。彼女の衣服は白い腰布を除いてすべてはぎ取られ、ダンサーらしく小麦色に引き締まった若々しい裸体が晒《さら》されていた。むき出しになった少女の乳房がはずむように揺れ、ガンダルの目を奪った。ガンダルは頭のなかが沸きたち、しびれるような感覚に襲われ、言葉をのどに詰まらせたままヴァルーサを見つめていた。ヴァルーサもまた首をまわしてガンダルを見つめかえした。そののどからは、とどめようのない嗚咽が聞こえてくる。その大きな黒曜石の瞳には大粒の涙があふれ、たすけて、とガンダルに訴えていた。

「何をする！」

　ガンダルはかっとして叫んだ。

「ヴァルーサに……ヴァルーサに何をする気だ、きさま！」

「何をするとな？　さて、何をしようか――といって」

　エイラハはにやりとした。

「裸の女にすることなぞ、決まりきったことかもしれぬがな――ほれ」

　エイラハはまた指を鳴らした。するとヴァルーサの腰に巻かれた布がふいにしゅるしゅると音をたててほどけ、天高く舞いあがるともやもやと姿を変えて筋骨たくましい巨大な裸の男となった。ガンダルは大きく目をむいてあえいだ。

　裸の巨人は、もはや一糸まとわぬ姿となったヴァルーサの両ひざをさらに大きく左右に開くと、含み笑いのような愉悦の声をあげ、覆いかぶさるようにのしかかった。ヴァルーサはくぐもったうめき声をあげ、涙に濡れた目を大きく見張り、必死に男から逃れようと激しく体をよじり、首を左右に大きく振った。その拍子にヴァルーサの口から猿ぐつわが外れた。ヴァルーサは絶叫した。

「いやぁぁあっ！　やめてぇぇえっ！」

　ガンダルもまた絶叫し、全身の力を振り絞って縛めを解こうと激しく暴れた。エイラハは嬉しそうに笑いながら手を叩いた。

「ほぉ！　大闘王、なかなか必死だな！　おぬしは女を抱かぬと聞いておったで、こんな手が効くのかどうか半信半疑でおったが。やはり英雄の弱点は女ということかの……どれ、その大闘王の必死さに免じて、縛めを解いてやるとするか――ほれ」

　エイラハはみたび指を鳴らした。するとガンダルを縛っていた鎖がからりと外れた。ガンダルはすぐさま立ちあがり、台から飛び降りると、床に落ちていた大平剣を拾いあげ、叫んだ。

「ヴァルーサ、目を閉じろ！」

　云うが早いか、ガンダルはヴァルーサを陵辱《りょうじょく》しながら喜悦の声をあげている男の首を容赦なく斬り飛ばした！

　激しい血しぶきが舞い散り、男の首が宙を飛んで床にたたきつけられた。ころころとダイスのように転がった首は、やがて斬り口を下にして、まるで床から生えた頭であるかのようにガンダルに顔を向けて止まった。するとその目がきろりと動き、ガンダルを見つめた。その顔を見てガンダルは凍りついた。床の上からガンダルを見あげている首は、ガンダル、自身のものであった。その首はくるりと白目をむくと、けけけっ、とカササギのような耳障りな声で笑った。ガンダルの手から大平剣が落ち、がらりと音を立てた。ガンダルは床にがくりと両膝をつき、頭を抱えて絶叫した。

「まやかしだ！　こんなもの、まやかしに決まっている！」

「そう、確かにまやかしだ」

　エイラハはまたぱちりと指を鳴らした。すると裸のヴァルーサもガンダルの首もすっと消え失せ、静寂と闇がおとずれた。わななきながらガンダルがそっと目をあげると、その闇のなか、中空にエイラハの顔だけがぼおっと浮かんでいた。その位置は頭上はるかに高く、不気味に膨れあがって巨大な異形の月のようであった。

「――くそっ」

　ガンダルはふたたび大平剣を拾いあげると、やみくもに剣を振りまわし、エイラハの顔をした異形の月に斬りかかった。だが、エイラハの顔はすでに、ガンダルの剣など届きようもない高みへとのぼり、下界を見下ろしていた。

「無駄だ、ガンダル！　おぬしごときにこのブダガヤのエイラハが倒せるものか！　ましてや、この夢の回廊はわしの結界ぞ。――というて、その意味がおぬしには判らんだろうが」

「うるさい！　だまれ、このペテン師が！　まやかしだ！　何もかもがまやかしだ！」

「だから、まやかしだと云っておろうが、愚か者が。もっとも、まやかしだとしたところで、おぬしには何もできまいが」

　エイラハは、呵々と嘲笑した。

「だがな、ガンダル。これがまやかしでなくなる日が来るのだ。間違いなくな。おぬしが闘技場で命を落とし、おぬしの愛しい女が無残に犯される日が。だが、わしならおぬしの命を救い、おぬしの女を救うことができる。わしに誓え、ガンダル。エイラハよ、お前に従おう、と。そうすれば、これから先もおぬしの命はおぬしのものだ」

「断る！」

　ガンダルはなおも剣を振るいながら、漆黒の空に向かって絶叫した。するとエイラハの目がいっしゅん、赤く燃えあがったかのようにみえた。

「馬鹿者が！」

　エイラハの右手がふいに現われ、ガンダルを鋭く指さした。その指先から稲妻のような光線が放たれ、ガンダルが手にしている大平剣を直撃した！

「があっ！」

　ガンダルの手から大平剣が大きくはじき飛ばされた。ガンダルの全身はびりびりと震え、硬直して固まった。ガンダルは、右手を高く振りあげたまま、彫像のごとくにその場に立ちつくしていた。もはやガンダルの体はまったく自由がきかず、指いっぽんさえも思うままに動かすことができなくなっていた。

「あ……あ……あ……」

ガンダルの脳裏には、ガンダルに陵辱されて泣き叫ぶヴァルーサの声と、床から彼を見あげて笑った自分自身の顔が残像となってこびりついていた。あれは何を意味していたのだろうか。エイラハがいうように、そして彼も判っているように、単なるまやかしにすぎないのだろうか。それとも、彼自身すらも気づかない、心の奥底に潜んでいたヴァルーサへのよこしまな欲望が、あのような幻視となって現われたのだろうか。そうではない、とガンダルは必死に打ち消そうとしたが、その確信に近い疑惑はもう、彼の心の奥底に澱のようにこびりついて離れようとはしなかった。

（――怖い）

ガンダルはまるで赤子のようにおびえている自分に気づき、自分がおびえていることそのものに恐怖した。長年築きあげてきた大闘王としての自信も誇りも、いまやがらがらと音を立てて崩れてゆこうとしていた。

いま自分がいるこの世界が現実のものではないということは、もはや彼にも判っていたが、いったいどのようにすれば、この長く深い悪夢から逃れることができるのか、彼が本来属する世界へと戻り、目覚めることができるのか、ガンダルには見当もつかなかった。理解しがたきものへの畏れ、自らの肉体と精神さえも自らで律することができぬことへの怯え――ガンダルがそのような情動に魂を支配されたのは、これが生まれて初めてであったかも知れぬ。ガンダルは自らの無力に絶望し、ただうめき声をあげることしかできなかった。

「さあ、ガンダル、誓え。おぬしと、そして娘を救いたければ、わしに誓うのだ。さあ！」

エイラハの声がいんいんと響き、ガンダルの世界を覆いつくした。その声は冷たい闇となって、ガンダルの心を侵し、麻痺させた。そのびりびりと胸を苛む感覚に、ガンダルは戦慄した。

「い……いやだ！」

ガンダルは最後の力を振りしぼって絶叫した。

「俺は誰にも従わぬ！　俺は誰のものでもない！　ああ、マヌよ！　闘神マヌよ！　我を救え！　救いたまえ！」

「無駄だ！　無駄だ！　おぬしはもはや我の手から逃れることはできぬ！　さあ、誓え、ガンダル！」

「いやだ！　断る！」

ガンダルは自由の利かぬ身を必死によじり、首を弱々しく振って抵抗した。しかし、彼の心を侵す冷たい闇は、じわじわと彼の肉体をもむしばみ、ついに彼の心臓に達しようとしていた。ガンダルはもはや何も考えられなくなっていた。次第に呼吸が苦しくなり、手足はしびれ、意識は急速に失われはじめていた。大理石の像のようであったガンダルの体がぐらりと前に傾いた。だがガンダルにはそれを止める力は残されていなかった。なすすべもないまま、固い石畳がみるみるうちにガンダルの目の前に迫ってきた。

「――ヴァルーサ！」

どおっと音をたてて倒れこむ寸前、ガンダルは最後の力を振りしぼって叫んだ。それに応えるように、はるか遠くのほうからけけけっ、という矮人の奇妙な笑い声が聞こえた。だが石畳に強く体を打ちつけたガンダルにはもう何もできることはなく、全身を襲うにぶい痛みにただ呻き声をあげるだけだった。そしてエイラハの高らかな嘲笑だけを残し、ガンダルの世界はすべて闇に閉ざされた。

5

「……ヴァルーサ……」

ヴァルーサは、その声にはっと目を覚ました。

病室のベッドの脇に腰かけたまま、いつの間にか眠ってしまっていたらしい。その間に夜はだいぶ深まったようだ。あたりはしんとして、わずかに開けた窓からは、ひんやりとした空気とともにかすかな虫の声だけが流れてくる。月の光もいまはなく、病室の入口の横の燭台に灯したろうそくの炎だけが揺らめいて、ときおりじじっ、と音を立てている。

（いまの声は……）

夢だろうか、それとも単なる空耳だろうか、あるいは。

ヴァルーサは、胸を高鳴らせながらベッドをのぞきこんだ。

ベッドには、ガンダルがその巨体を横たえていた。ヴァルーサは右手でそっと無精髭の生えたその頬をなでた。ガンダルの顔にはまだ痛々しい吹き出物があばたのように浮かび、その額にはじっとりと汗がにじんでいた。ヴァルーサは手布を取ると、その汗を優しくぬぐい取った。

「——ガンダルおじさん」

ヴァルーサはガンダルの耳もとに口を寄せ、そっと声をかけた。四日前にガンダルが病院に運びこまれて以来、これで彼に呼びかけるのはいったい何度目になるのだろう。これまでは何の反応もなかったが、もしかしたら今回は何か違うかもしれない。そんな期待と、今回もきっとだめだろうという悲しい不安が、ヴァルーサの心に複雑に渦を巻いていた。

「ねえ、ガンダルおじさん。目を覚まして」

ヴァルーサはもう一度ガンダルに呼びかけた。だが、ガンダルはぴくりとも動かなかった。やっぱりだめなのだろうか。もうガンダルは二度と目を覚まさないのだろうか。そんな絶望がヴァルーサの胸をふさぎ、瞬く間に駆けあがって涙腺を刺激した。鼻の奥がつんとなり、ヴァルーサの大きな黒い瞳にじわりと熱い涙が浮かんだ。その涙が玉となってヴァルーサのなめらかな頬をつたい、形のよいあごからぽたりとガンダルの頬に落ちた。ヴァルーサはあわててガンダルの頬をぬぐおうとした。

と、ガンダルのまぶたがぴくりと動いた、ように見えた。

ヴァルーサの胸が大きくどきりとなった。いまのは本当だろうか。それともろうそくの揺らめきが見せた幻だろうか。ヴァルーサは期待に震える手で、ガンダルの頬をそっとなでながら、三たび話しかけた。

「ガンダルおじさん！」

ガンダルのまぶたがまたぴくりと動き、ゆっくりと目が開いた。ヴァルーサはどきつく胸を押さえながら、ガンダルに覆いかぶさるようにして、その目をのぞきこんだ。

「ガンダルおじさん！　判る？　あたしよ、ヴァルーサよ！」

「……ヴァルーサ……」

ガンダルの乾いてひび割れた唇が動き、しわがれた小さな声が漏れた。ぼんやりとしたガンダルの目の焦点が次第に合ってゆくのが判った。もはやヴァルーサの胸は歓喜のあまり、破裂しそうなまでにふくらんでいた。

「そうよ、ヴァルーサよ！　おじさん、やっと気づいたのね！」

「ヴァルーサ」

ガンダルの声に少しずつ力が戻ってきた。ガンダルはそっと右手を動かし、ヴァルーサの手を求めた。ヴァルーサはその右手を両手でしっかりと握り、頬をすりつけた。

「ああ、おじさん！　よかった！」

ヴァルーサの瞳からとめどなく涙があふれた。

「ヴァルーサ……お前、無事か。――ここはどこだ。石の神殿……ではなさそうだが。

これもまやかし……ではあるまいな」

　ガンダルが目だけを動かし、ゆっくりと周囲を見まわしながら云った。ヴァルーサは泣き笑いした。

「当たり前でしょ。あたしは何ともないわ。無事でなかったのはガンダルおじさんのほう。それにここは病院よ。タイス市立病院」

「そうか……」

　ガンダルは、ふうっと大きくため息をついた。

「とにかくヴァルーサ、お前が無事でよかった……」

　いうなり、ガンダルは横を向き、激しく咳きこんだ。ヴァルーサはあわててガンダルの背中をさすった。

「おじさん！　大丈夫？　水でも飲む？」

　ガンダルはなおも咳きこみながらうなずいた。ヴァルーサは枕もとから吸い飲みをとり、吸い口をガンダルの口もとにあてた。ガンダルは時々むせるようにしながら、ゆっくりと水を味わうように飲んだ。その呼吸が次第に落ちつくのを見て、ヴァルーサはほっとして腰をおろした。

「それにしても、おかしなおじさん。あたしが無事か、だなんて当たり前じゃない。いったい、あたしの何をそんなに心配しているのよ」

ヴァルーサは頬をつたう涙をしきりにぬぐいながらくすりと笑った。

「心配させられたのは、こっちのほうなのよ？　もう、おじさん、目を覚まさないんじゃないかって……このまま父さんと同じように遠くへ行ってしまうんじゃないかって、あたしはもう、ずっと心臓が止まりそうだったんだから。もし、ほんとうにおじさんが死んでしまったら、あたし、きっとおかしくなっちゃってた。っていうか、おかしくなりかけていたわ。だって、どんなに声をかけてもぜんぜん目を覚ましてくれないんだもの、おじさん」

「そうか……悪かった、ヴァルーサ。心配をかけたな」

ガンダルは右手でゆっくりとヴァルーサの頭を抱えよせた。ヴァルーサはガンダルの胸に顔を埋めた。どうしてもとまらない涙が、まだ痛々しく浮腫の浮いているガンダルの肌をぬらした。ガンダルはヴァルーサの髪をやさしくなでた。病室にヴァルーサのしゃくりあげる声だけがひびいていた。

「――そうだ、お医者さんを呼んでこなくちゃね」

涙が気持ちを鎮めたのだろう。ヴァルーサはようやく少し落ち着きを取り戻し、ガンダルの胸から顔をあげて云った。

「ちょっとだけ待っててね。すぐ戻るから」

立ちあがりかけたヴァルーサに、ガンダルは声をかけた。

「──待て、ヴァルーサ」

「なに？　おじさん」

「医者が来ると、いろいろと騒がしくなるだろう。その前に少し教えてくれ。俺はいったいどうなったのだ？　俺はエルディルと闘って勝った──のだな？」

「そうよ。覚えていないの？」

ヴァルーサは驚いて座りなおした。

「なんとなく覚えてはいるのだが……」

ガンダルは眉をひそめた。

「どうも、記憶が曖昧でな。まるで霞がかかっているかのようにぼんやりとしていて、何が真実で、何が夢だったのか、よくわからん。あれは……あの闘いは今日のことだったのか？　それとも昨日か？」

「何いってるの、おじさん」

ヴァルーサは驚いていった。

「あれはもう、四日も前のことよ。おじさん、四日間も意識を失ったままだったのよ」

「四日前……だと？」

ガンダルの目がまるくなった。

「俺は──そんなに……」

「そうよ。そうなのよ。わかったでしょ、あたしがどれだけ心配したか」

「そうか……そうだな」

ガンダルはつとヴァルーサから目をそらして天井を見つめ、ふっとため息をついた。

「ほんとうに悪かったな。お前にそれほどの心配をかけるとは、俺もなかなかに情けないな」

「そんなことないわ」

ヴァルーサは小さく首を横に振った。

「とにかく、こうして戻ってきてくれたんだもの。しかも、あんな卑怯な手まで使われたのに……やっぱり、おじさんはあたしのいちばんの英雄だわ」

ヴァルーサはガンダルの右手をとり、そっと頬を押しつけた。

「それで、あの試合はどうなったのだ。俺が勝ったことは間違いない……のだな？」

「そうよ」

ヴァルーサは力をこめてうなずいた。

「ただ、ごめんね。あたしもあの日は、父さんにつきっきりだったから、おじさんの試合が見られなくて。だから、これはあとからハンさんから聞いた話なんだけれど」

かつてフロルスの付き人を務めていたエルロイ・ハンも、最近はずいぶんと力をつけて独り立ちし、「タイスの恐怖」などというたいそうな二つ名をもらっている。今回の大会でも準々決勝まで勝ち進み、タイスを代表する剣闘士のひとりになりつつある。もっとも、超一流の剣闘士となるには、あと一皮むけなければならない、あと一歩なのだが、とよくフロルスがハンのことをじれったそうに評していた。

ヴァルーサは、ガンダルが体調不良をおして試合には出場したが、大苦戦し、絶体絶命の危機に陥ったこと、しかし最後には一瞬のすきを突き、エルディルの膝と腰を粉砕して勝利したことなどをかいつまんで話した。

「だけど試合が終わって控え室に戻ったとたんに、おじさんが倒れて意識を失って、それで大騒ぎになったんだわ。おじさんが病院に運びこまれてきたときにはみんなが大声で怒鳴りあうみたいに叫んでるものだから、何ごとが起こったのかと……」

「お前、そのとき病院にいたのか」

「うん。父さん、まだここの霊安室にいたから……」

ヴァルーサの脳裏を優しかった父の面影がよぎった。ふいにあふれそうになる涙をヴァルーサは、ちょっと上を向きながらまばたきしてこらえた。その様子をガンダルは優しい目でじっと見つめていた。じじっ、とろうそくが小さな音をたて、没薬の香りが心なしか強くなった。ヴァルーサは小さく深呼吸をして、ふっと鋭く息をついた。

「それで、しばらくしたら、おじさんの付き人のファンさんがあたしを呼びに来て、病室に入れられて……」

「…………」

「そうそう。なんで、あたしがおじさんのところに呼ばれたかわかる？」

ヴァルーサは、目もとをちょっとゆるませて、ガンダルにいたずらっぽく云った。ガンダルはゆっくりと小さく首を横に振った。

「――いや」

「おじさんはね、うわごとであたしの名前を呼び続けていたのよ」

「――なんだと？」

ガンダルは少し目をまるくした。ヴァルーサはふふっ、と小さく笑った。

「たぶん、意識はほとんどなかったんだろうけれど、ずっと――ヴァルーサには手を出すな、ヴァルーサに手を出すことだけは許さん、って、そんなふうにね。何があったんだろうって、少し不安だったけど、でもなんだか嬉しかった」

「――そうか」

ガンダルの目が何かを思い出そうとしているかのように、ゆっくりと動いた。

「さっきもそうだけど……おじさん、いったいあたしの何をそんなに心配しているの？何かあったの？」

「…………」

ガンダルは少し迷った様子で、ためらいながら云った。

「ヴァルーサ……お前、エイラハという魔道師を知っているか？　こびと、なのだと思うが」

「――知らない、と思うけど。というか、魔道師に知り合いなんかいないわ」

「そうか……」

ガンダルはじっと考えこむように眉をひそめた。

「ならば、エルディルに会ったことはあるか？」

「ないわ。闘技場でなら、何度か見かけたことはあるけれど」

「ということは、話をしたこともないのだな、エルディルとは」

「当たり前でしょ」

「ふむ……」

ガンダルは、なおも何かを話そうかどうか、迷っているようにみえたが、やがて小さく首を横に振った。

「――そうか、まあ、それならばいいんだ。気にするな」

「変なの。なんだか、おじさんらしくない。心配してくれるのは、ちょっと嬉しいけど」

ヴァルーサは軽くほほえみながら、ガンダルの上にかがみこむと、そのかさかさに乾いた無骨な唇に、自分の可憐な柔らかい唇をいきなり軽く押しつけた。ガンダルは一瞬ぴくりとしたが、ヴァルーサを押しのけようとはしなかった。ヴァルーサは唇を離すと、ガンダルの目をじっと見つめ、また微笑みかけた。

「でも、本当によかった。おじさんが目を覚ましてくれて」

ヴァルーサは、ガンダルの頬に手をあてた。やはり熱があるのだろう。かなりほてっているようだ。

「おじさんにキスするのは、ずいぶんと久しぶりね。おじさんがルーアンへ帰ってしまったとき以来かしら。あたしがまだ、七つか八つのとき。おじさんにだっこされて、お別れにって泣きながらほっぺにキスしたのを覚えているわ。あのとき、あたし、すごく駄々をこねて、おじさんと一緒に行く、おじさんのお嫁さんになる、っていったのよ。覚えてる？」

「――ああ。このあいだ、フロルスどのとちょうどそんな話になった」

「父さんと？」

「うむ」

ガンダルは遠い目になった。

「あれは、フロルスどのとの別れ際だったたな。思えば、あれがフロルスどのと声をかわした最後になったのだな……そういえば、フロルスどのの葬儀はどうなった。もう終わったのか」

「うん。おととい」

「そうか」

ガンダルは右手を伸ばし、そっとヴァルーサの髪をなでた。

「すまなかったな、そばにいてやれなくて。何もしてやれなくて」

「ううん」

ヴァルーサはそっと目を閉じて首を横にふった。

「いいの。あたしは、おじさんが約束を守って、こうして勝って戻ってきてくれて。父さんの……かたきを取ってくれて。それだけで十分だわ」

「かたき、か……」

ガンダルはそっと目を閉じ、苦々しげに云った。

「ということは……エルディルは死んだのか？」

「さあ、知らない」

ヴァルーサはつんとして云った。

「でも、死んだんじゃない？　ハンさんの話だとひどい怪我だったらしいし、そもそもあんなひどい負け方をした剣闘士を、あの冷酷な伯爵さまが生かしておくとは思えないわ。それにあいつ、やっぱりずるしてたんでしょう？　しびれ薬つかってて」

「ああ、そのようだな」

大闘王決定戦の朝、目覚めたガンダルから前夜の顚末を聞いた魔道伯ラン・ダルは、それまでのエルディルの活躍ぶりにも疑念を抱き、念のためと称してフロルスの遺体を自ら検分したのであった。そして、魔道のしびれ薬がもられた形跡がわずかに残っているのを発見した。それでガンダルが周囲の反対を押し切って出場を決めた際、あらかじめしびれ薬の解毒剤をガンダルに投与していたのだ。決定戦でガンダルが最後の力を振りしぼり、かろうじて勝利を収めることができたのも、その解毒剤のおかげでしびれ薬の効きが弱まったからに違いない。もっとも、そのような経緯で自らの命が助かったのであることを、ガンダルははっきりとは思い出せないようであったが。

ラン・ダルがフロルスの遺体を検分したときには、ヴァルーサも父のそばにいたから、しびれ薬が使われていたことが判ったときには、怒りのあまり気を失いそうになったほどだった。

「あんなやつ、ほんとうに許せない。できるなら、この手であいつの体を引きちぎって、ガヴィーの餌にしてやりたいところだわ」

ガヴィーとは、タイスの地下水路にすむと云われる巨大な白いワニのような生物である。ヴァルーサは、くっきりとした形のよい、可愛らしい眉をひそめ、歯を食いしばって憤懣《ふんまん》やるかたない、という表情をしてみせた。

「まるでガヴィーのような顔だな、ヴァルーサ」

ガンダルが低く笑った。ヴァルーサはガンダルをにらんだ。

「そもそも、しびれ薬を使っていたことが判ったときに、なんでエルディルを捕まえるなり、追放するなりすることができなかったの？」

「うむ……」

ガンダルは口ごもった。

「まあ……いろいろと事情があるのだ。まず、あの時点でフロルスどのがしびれ薬を盛られていたことは判ったが、それをやったのがほんとうにエルディルだという証拠はなかった。しかも、エルディルの小屋主はタイス伯だ。確かな証拠もないのに、下手にエルディルを告発してしまうと厄介なことになりかねない、という判断が働いたのだな」

「でも、いくらエルディルの後ろにタイス伯が付いているからといっても、おじさんには大公さまが付いていているわけでしょう？　大公さまなら、伯爵さまにだって……」

「うむ、まあ、そうなのだが、なかなかそう簡単にはゆかぬ。こういったことをお前に話してもぴんとはこないかもしれないが……タイスという街は、クムにとって非常に重要だ。なんといっても世界最大ともいわれる歓楽の街だ。大公さまがまつりごとをなさる上で貴重な財源なのだ。それにタイス伯は、大公さまにとって遠縁だが親戚筋にあたる。確か、タイ・ソン伯の祖父、先々代のタイス伯が大公さまのいとこにあたるはずだ。そういう権力者をあいまいな証拠で糾弾することは、いかに大公さまといえどもなかかなか難しいのだろう」

「………」

「タイ・ソン伯の日ごろの横暴ぶりは大公さまもご存じで、眉をひそめておられるようだが、そういう事情があってなかなか抑えきれないということのようだな――まあ、さすがに今回のことを不問に付すことはしない、と大公さまもおっしゃっていたから、ここまで卑劣なことが行われることはなくなるだろう、と思いたいが」

「……なんかもう、ほんと、腹立つ」

ヴァルーサは小さな足で地団駄を踏んだ。その瞳からまたじんわりと涙があふれてきた。

「父さんが、そんなやつのせいで命を落としたのかと思うと、ほんとうにやりきれない」

「――そうだな」

「ああ、もうなんだか、タイスがいやになってきちゃった」

ヴァルーサは右手でぐいっと涙をぬぐった。ガンダルはヴァルーサのそんな様子をじっと見つめ、ためらいがちに云った。

「――ヴァルーサ」

「なに？」

「お前、これからどうするつもりだ？　いまのお前にこういうことを尋ねるのは酷だとは判っているが……フロルスどのが亡くなって、これから暮らしてゆくあてはあるのか？」

「…………」

「もし、あてがないのなら──タイスを離れてもかまわないというのなら、俺の屋敷にくるといい」

「──えっ？」

ヴァルーサの頬が熱くなった。胸がどきりと大きく鳴った。

ヴァルーサは、子供のころからガンダルのことが好きだった。幼い日、フロルスとともに大灰色猿と闘い、ヴァルーサを救ってくれた出会いのときから、ガンダルは養父と並ぶヴァルーサの英雄だった。ガンダルが故郷ルーアンに帰ると決まったときに駄々をこねたのは、いまとなっては幼いころの少し気恥ずかしい思い出に過ぎないが、それでもそのころの思いは消えることはなく、少しずつ変化し、成長し、いつしか一人の若い女として、ひとりの男としてのガンダルを求める、そんな大人としての恋心になった──

──とヴァルーサは思っている。

だがガンダルがヴァルーサを見る目は、いつも幼いころと変わることはなかった。だから、ガンダルが自分のことを女性として見てくれる日がいつ来るのだろうか、とじれったいような思いにさいなまれていたのだが——

ヴァルーサは、こくりと小さくつばを飲みこんだ。

「あたしがおじさんのところに行く……の？　おじさんと暮らすの？」

「ああ。お前さえよければな」

ガンダルはヴァルーサから視線を外して云った。

「フロルスどのは、俺にとって親友でもあり、兄のような存在でもあった。だからお前は俺にとっては姪のようなものだ。フロルスどののようにはいかないが、お前が不自由なく暮らしてゆけるようにするのが、フロルスどのとお前に対する俺の責任だ」

「責任……？」

「ああ」

ガンダルは天井を見つめたまま、小さくうなずいた。

「いまの俺は、大公さまからけっこうな屋敷をいただいていてな。住んでいるのはそう、母も亡くなったいまは俺ひとりだ。家政婦の婆さんはたまにくるがな。お前ひとりの部屋などいくらでもある。しかも、俺はほとんど屋敷には戻らん。だから俺のことなど気にせず、自由に暮らせばよい」

「…………」

ヴァルーサの頬の火照りは、あっという間に冷え切って胸の重たいしこりへと変わった。ヴァルーサはガンダルの顔から視線を外し、そっと目を伏せた。

(俺のことなど気にせず、自由に、って……そうよね。ガンダルおじさんは、やっぱりあたしのことなんか子供としか思っていないんだわ……おじさんからすれば、当たり前かもしれないけれど……でも、あたしとひとつしか違わないリー・メイは、もうすぐお母さんになるっていうのに)

ヴァルーサは、そっとため息をつくと、さびしくガンダルに微笑みかけて云った。

「ありがと、おじさん。でも……」

ヴァルーサはこみあげてくる涙をぐっとこらえた。

「実はね……あたし、ロイチョイの女神劇場で踊らないか、って誘われてるの。ほら、あたし、このあいだのマイヨーナ神殿の舞踊大会で三位になったでしょう？　そのときのダンスを劇場主のヤン・ミー夫人が見てくれたみたいで、大会の後でわざわざ訪ねてきてくれて、すごく熱心に誘ってくれたのよ」

「女神劇場……だと？」

ガンダルが驚いたようにヴァルーサを見た。その眉が少し曇ったようにみえた。

女神劇場は、タイスで最もにぎやかな——ということは中原で最もにぎやかな歓楽街であるロイチョイの中心を貫く仲通りにあるきらびやかな劇場である。クムらしく赤と金をふんだんに使った派手派手しいたたずまいの巨大な劇場で、何百席もある客席はいつも満席だ。出し物によっては行列ができることも多く、享楽の街タイスでも最も高い人気を誇っている。このあたりの踊り子や芸人にとっては、女神劇場で大当たりを取るというのが夢のひとつであるし、ここでの出演を目指して地方からタイスにのぼってくる者も大勢いるのだ。

だが、なんといってもロイチョイであるから、けっして治安がよいとはいえない。女神劇場ほど名の通った大劇場であれば別だが、もう少し場末の小さめの劇場であれば、裏では娼家に姿を変えて踊り子に客を取らせているところもある。色事や性に関しては極めて寛容なタイスにあっても、若い娘が近づくのはあまりよしとされないのは当然だ。実はヴァルーサも、ヤン・ミーに誘われたことをすぐに父に打ち明けることはできなかった。初めて出場した大会で三位になり、ますますダンスへの興味が高まってきたところでもあったし、女神劇場に出て自分の力を試してみたいという気持ちは強かったが、ヴァルーサを掌中の玉のごとくに溺愛している父がそれを許してくれるとは到底思えず、にべもなく反対されることは目に見えていたからだ。

「ヤン・ミー夫人はね、おとといの父さんの葬儀にもわざわざ来てくれたのよ。それですごく同情してくれて、もし暮らしに困るようなら、夫人が劇場の近くでやっている下宿に住まわせてくれるっていうの。そこには、あたしみたいな若い踊り子がおおぜい暮らしているんだって。もちろん、舞台に出ればお給金もいただけるって。だから、そうさせてもらおうかな、って思ってるとこなの」

「…………」

「それに、いざとなったらリー・メイもいろいろ助けてくれるだろうし……」

「うむ……だが……」

ガンダルの目がかすかに揺れた。

「ねえ、おじさんはどう思う？　そうしたほうがいいと思う？」

ヴァルーサは、はりさけそうな思いを胸に抱えながらたずねた。女神劇場の踊り子となることをガンダルに止めてほしいのか、それとも背中を押してほしいのか、自分でもよくわからなかった。

だがガンダルは、そんなヴァルーサの揺れる思いに気づくそぶりもなく、あっさりと首を縦に振った。

「まあ——それがいいのだろうな」

ガンダルは、そっと目を閉じて云った。

「お前はダンスが好きなのだろう。そしてその才能があり、それを認めるものがいるのだろう。ならば、その大きなチャンスをつかむがよい。お前はお前の道をゆけ。俺の人生が俺自身のものであることを、お前の父と我が師はかつて教えてくれた。だから俺もお前にいおう。お前の人生は、お前のものだ。お前だけの道を、お前自身の足でしっかりと歩いてゆくがよい」

「そう……」

それはまるで惜別の言葉であるかのようにヴァルーサには聞こえた。もちろん、けっしてそうではないことは、彼女にも判っていたのだが。幼いころから憧れつづけた彼女の心は、やはりガンダルにはまだまだ届かないのだ——ヴァルーサはまた少し泣きそうになりながら、心のうちだけでそっとため息をついた。

「そうね。そうする。ありがとうね、おじさん」

ヴァルーサは無理に笑顔をつくった。

「あたし、頑張る。応援しててね」

「——ああ」

それきり、二人の間に沈黙が流れた。かすかなすきま風に、壁のろうそくのゆらめきが強くなった。没薬の香りがまた濃く漂いはじめた。

「——ただな、ヴァルーサ」

ガンダルは少しためらうように沈黙を破った。

「おかしなことをいうと思うだろうが……もし万が一、エルディルが生きているのなら、奴には気をつけろ。奴は俺と闘う前、お前について気になることをいっていた。まあ、おそらくははったりか、単なる脅しだとは思うが、用心にこしたことはない。ハンか、マオか、誰でもいい。知り合いの剣闘士にでも頼んで、エルディィルが生きているのか、生きているのならば何をしているのか、調べてもらえ。あのような男だ。死んでいればよいが、生きていたら間違いなく俺を恨んでいるだろう。その恨みがお前に向かわんとも限らん。俺もつてを頼って奴のことを調べるが……俺はルーアンに帰らねばならんからな。お前をそばで守ってやることができぬ」

「………」

「それから……」

ガンダルはまた口ごもった。

「やはり云っておこう……エイラハという魔道師にも気をつけろ。いいな」

「エイラハ……」

ヴァルーサは眉をひそめ、首をかしげた。

「さっきもおじさん、その名前をいってたけど、誰なの？　エイラハって」

「エイラハというのは、エルディィルの黒幕——奴の悪事に裏で手を貸していた魔道師、らしい。俺が盛られた毒を配合したのが奴だ、と思う。それから、おそらくはフロルスどのがやられたしびれ薬も奴のしわざだろう」

ヴァルーサの頭の芯がかっと熱くなった。

「じゃあ、そいつが……そのエイラハっていう魔道師とエルディィルが父さんの仇ってわけ？」

「そういうこと、だな」

「わかった。覚えておく。っていうか、絶対忘れない。魔道師のエイラハ……」

ヴァルーサは、じっと目を閉じ、その名を胸の奥深くに刻みこんだ。

「エイラハもまた、俺の運命のことを……そして、お前の運命のことを口にしていた」

ガンダルは半目になり、遠くを見つめるような目つきで云った。ヴァルーサは驚いて
ガンダルを見つめた。

「エイラハはこう云ったのだ。――これから数年後、俺の前に獣のように猛々しい戦士が現れるだろう、と。そして黄金律の定めにより、俺はその男に敗れるだろう、と」

「…………」

「そして、その男に――ヴァルーサ、お前を奪われることになる、と……」

「やだ、なにそれ。気持ち悪い」

ヴァルーサは自分の体を抱きしめ、身震いした。

「でも、ということはおじさん、エイラハって魔道師に会ったことがあるの？」

「会ったことがある、と云っていいのか判らんが……」

ガンダルは口ごもった。

「そんな馬鹿なことを、と思うだろうが……俺も馬鹿げたこと、と思うのだが、いまさ

っきまで見ていた夢のなかでな」

「――夢？」

ヴァルーサは目をまるくした。

「なに、おじさん。そんなおかしなことといって。それこそ、まだ夢でも見ているつもりなんじゃないの？」

ヴァルーサは笑いながら、ふざけた調子でガンダルの額に手をあて、熱をはかるそぶりをした。だが、ガンダルの表情はあまりにも真剣だった。

「夢――そうだな、あれは夢だった。あるいはまやかしだった。それは間違いない。だが、あれはただの夢ではない……俺にはそう思えてならないのだ。むろん、ただの夢であればそれに越したことはない。だが、万が一、そうでなかったとしたら……」

「…………」

「むろん、俺はそのような予言など信じぬ。たとえ、それが俺の先に待ち受ける運命なのだとしても、俺は自分の力でその運命を変えてみせる。俺の命も、お前も、そんな愚かしい予言のままに奪われなどはせん。だが、用心するのは無駄ではあるまい。そやつらが何かをたくらんでいることは十分に考えられるからな。とにかく、エルディルと――その、エイラハという魔道師には気をつけてくれ」

「――わかったわ」

ヴァルーサはまだなんとなく釈然とはしなかったが、ただガンダルを安心させたくて、素直にうなずいて見せた。ガンダルはかすかにほほえんだ。

「――さあ、おじさん。そろそろお医者さんを呼んでこないと」

ヴァルーサはガンダルの腕をそっと撫でると立ちあがった。ふと窓の外をみると、いつの間にか空が白みはじめている。まもなく商家が鳴らす魔除けの弓の音が響いてくるころだろう。リー・メイの嫁いだ先の家でも、毎朝その音を聞きながら、その日の商売の繁盛を願って祈りを捧げるのだと聞いた。しばらくすればリー・メイもまた見舞いにやってくるはずだ。ガンダルが目を覚ましたと聞いたらどれほど喜ぶことだろう。そう思うと、ヴァルーサはリー・メイに会うのがとても楽しみだった。

ガンダルへの恋心が報われないのは寂しいが、とにかくガンダルは生きて戻ってきてくれたのだ。

「じゃあ、ちょっと待っててね」

云い残すとヴァルーサはドアへと向かった。その後ろからぼそりとガンダルがつぶやく声が聞こえた。

「俺は……俺はまだ、剣闘士をやめるわけにはゆかぬ」

その声はしわがれてまるで老人のようだった。ヴァルーサは何とはなしにぎくりとして振りかえった。ガンダルは天井に目を向けたまま、誰にともなくつぶやいていた。

「俺は……エルディルに汚された全ての剣闘士の誇りを、これからの剣闘士人生をかけて取り戻さなければならぬ。かつてピュロス先生のもとで、フロルスどのとともに鍛えた強い心と強いからだ、優れた技を競い合っていたころ……あのころに全ての剣闘士が抱いていた誇りを俺は取り戻さねばならぬ。俺はこれから五年でそれを取り戻してみせる。それまで、俺は負けぬ。いまの腐りきった剣闘界では、俺はどのようなかたちであれ敗れるわけにはゆかぬ。それがフロルスどのへの最大の供養にもなるだろう」

「……おじさん」

この人はやはり剣闘のことしか頭にないのだ、とヴァルーサはあらためて思った。迷うことなくヴァルーサを置き去りにして、闘いの日々へ戻ってしまうのだ。ヴァルーサがガンダルに寄せる恋心になど、まるで興味がないのだ。もうさんざん思い知らされたようなものだが、それでもヴァルーサは云わずにはおれなかった。

「おじさん……あのね。あたし、五年後には二十歳になるのよ」

「――そうだな」

「あたし、おじさんとのあの約束、絶対に忘れないから」

「そうか」

彼女はそっとガンダルの表情をうかがった。だがそれ以上、ガンダルからのいらえはなかった。ガンダルはヴァルーサを見ようともせず、彼女になどまるで関心がないかのように、静かに目を閉じていた。ヴァルーサはそっとため息をつくと、病室を出て後ろ手にドアを閉めた。

廊下を歩くヴァルーサの後ろから、昇ったばかりの朝日が追いかけてきた。ヴァルーサの前には、彼女の影が長くまっすぐに伸びていた。だが、その影には寄り添うものなどなく、どこまでもひとりで、どこまでも孤独であった。

（あたしはまたひとりになってしまった）

（父さんはもういない……おじさんはルーアンに帰ってしまう……）

（リー・メイももうすぐお母さんになる……あたしとは違う）

（あたしはもう、ほんとうにひとりで生きていくしかないんだわ）

ふいに強烈な孤独感におそわれ、ヴァルーサは病院の廊下で声を殺してむせび泣いた。悪夢のなかでつきつけられた彼女への秘めた思いを、病室のベッドの上で目を閉じたまま複雑な思いでかみしめている闘士がいることなど、まだ若すぎる彼女にはわかるはずもなかった。

第三話　まじない小路の踊り子

1

その巨大な男が去り、その気配が遠ざかっていったとたん――

紅鶴城の大広間はにわかに騒然となった。

広間に詰めかけていた貴族や貴婦人、文官、武官、騎士、近習、小姓――そういった者たちがいっせいに大声で話しだし、それが高い天井にこだまして、うなるような音の波が一気に爆発したのだ。

むろん、宴に花を添えるために呼ばれていた、女神劇場の踊り子たちも例外ではなかった。美しく化粧をし、肌もあらわな衣装を身にまとった娘たちはそこかしこで輪をつくり、興奮してかしましく、たったいまの出来事について語りあっていた。

「――いまのって、なに？」

「びっくりしたあ」

「もう、あのふたりがあのまま暴れだしていたらと思ったら――」

「ほんと、そう。怖かったよねえ……」

あまりにもみなが話に夢中になっていたものだから、ヴァルーサは気づかれることなく仲間たちの輪から離れることができた。いまでは劇場一の人気を誇る踊り子は、そのままあたりをうかがいながら壁際をこっそりと移動し、誰にもみとがめられることもなく、首尾よく広間をするりと抜けだした。

普段であれば、彼女のような卑しい踊り子が勝手に広間から抜けだそうとしようものなら、たちまち警備の者にとめられ、厳しく詰問されてしまうだろう。だがいまは、大広間にいる誰もが興奮し、口々にわんわんと叫ぶようにしゃべり、まわりのことになど目もくれていなかった。タイス伯爵配下の警備兵も例外ではなく、すっかり自分たちの任務を忘れてしまったようだった。だから身分の低い娘がひとり、敏捷に扉のすきまから出てゆこうとしていることになど、誰ひとりとして気づくはずもなかったのだ。

大広間の外には、これまた広々とした天井の高い廊下がのびていた。あまり紅鶴城を訪れたことのないヴァルーサには、いったいどちらに何があるのか、さっぱり見当がつかない。だが、どの方向に向かえばよいかはすぐに判った。廊下の向こうから、ずしん、ずしんと重々しく響く足音と、じゃらじゃらという鎖の音が聞こえてきたからだ。

（あっちだ）

ヴァルーサはあたりに気を配りながら、音のする方向へと早足で向かっていった。その足もとは先ほど、伯爵や大公の面前で踊ったときの素足のままだ。固く冷たい大理石の床が、ぴたぴたと吸いついて小さな足音をたてる。髪は高々とクム風に結いあげられ、ふんわりとした薄い絹の衣装から引き締まった小麦色の肌が透けてみえている。やや小さめの黒い乳あてからあふれんばかりの豊かな胸は、ずっと密かに恋する男との一年ぶりの逢瀬を前に高鳴っていた。が、それは喜びよりもむしろ、驚きと不安によるものであったかもしれぬ。

（まさかガンダルおじさんが、あんなことをするなんて……）

（それに、あのグンド！　力もスピードも、おじさんにぜんぜん負けてなかった。体はおじさんより一回り以上も小さくみえたのに）

ヴァルーサは、ぷっくりとした唇をくっとかみしめた。真っ赤な紅の香気が、ほのかな苦味を伴ってふわりと口中に広がってゆく。

紅鶴城の大広間を騒然とさせたのは、二人の巨大な、異様な風貌の戦士であった。

ガンダルと、グンド。

二十年以上にわたりクムの剣闘界に君臨する大闘王と、彗星のごとくあらわれた異形の剣士。

まもなく始まる今年の大闘技会で、おそらくは大闘王位をかけて闘うであろうともくされる二人が、初めて顔を合わせたのだ。

ガンダルは、大仰に鋲をうちつけた革のよろいで全身を覆っていた。頭にもおなじような素材の兜をかぶり、ぎらつく目だけをそこからのぞかせていた。そして鉄の箱のような巨大なかかとがついたブーツを履き、とがった爪のついた手袋をはめ、胸にはじゃらじゃらとした鎖の飾りをつけていた。最近のガンダルはほとんど人前に出ようとはせず、たまに姿を見せるときにはいつもこのような奇怪なかっこうで、自らの肉体をなかなか人目にさらそうとはしなかった。

いっぽう、グンドが身につけていたのは、ごく普通の剣闘士の正装であった。身長二タールを超える極めてたくましい体の持ち主だが、その服装は短い足通しに幅広のサッシュ、肩当てだけの裸の上半身に茶色のマントといういでたちで、特に目を引くものはない。

だが、異様なのはその頭であった。

豹頭――

グンドは、英雄として名高いケイロニアの豹頭王グインとそっくりの豹頭だったのである。

この異形の戦士ふたりの顔合わせは、当初から異様な雰囲気に包まれていた。そしてなんと、あろうことかこの紅鶴城の大広間で、それもクム大公やタイス伯の面前で、その二人の巨大な戦士がいきなり激しく槍を合わせたのだ。

ヴァルーサは、その光景を目にしたときの衝撃を思い出し、身震いした。幸い、ほんの二、三合ほどで双方とも槍を収めたが、それでもその迫力たるや、尋常なものではなかった。そもそもガンダルとグンドが、少なくとも戦士として相まみえるのは闘技場の上だけのことでなければならなかったはず。このようなことは前代未聞、決してあってはならぬことだ。

ましてや先に相手に槍で挑みかかったのは、大闘王ガンダルのほうであった。ヴァルーサがよく知るその人となりからすれば、冷静さを欠いたようなとても考えられぬふるまいだ。その前にグンドに向けていたあからさまな挑発の言葉も、闘いを前にした心理的な駆け引きだとしてもガンダルにしてはいささか度が過ぎているようにみえた。それだけにただならぬことが起こりつつあるのではないか、という不穏なものを感じずにはいられない。次第に小走りになってゆくヴァルーサの息が小さく、短くはずみはじめた。

(ああ、どうしよう！　あの二人がもうすぐ闘技場で命をかけて闘うかもしれないなんて)

あの忌々しいエルディルのように悪辣な手を使う者さえいなければ、正々堂々と闘う限りガンダルは誰にも負けない、負けるはずがない、とこれまで信じてきた。しかし、その確信にもいまや決して小さくはないひびが入りつつある。先ほどの二人のやりとりの中で、グンドがガンダルと闘うのをあからさまに嫌がっていたのが救いといえば救いだが、それもどこまで本気だか判らぬ。大闘技会の前ともなれば、大小さまざまな駆け引きがなされるのはもはや常識だ。グンドがガンダルとの大闘王位決定戦に臨む前に敗れてくれれば、と願わずにはいられないが、このところタイスで暮らしているだけで否応なしに耳に入ってくるグンドの評判からして、その可能性は小さそうだ。

噂では、もともとは豹頭王グインのまねをして、ちっぽけな一座で剣技を披露していた大道芸人だったのだという。むろん、これまで剣闘界では無名もいいところの存在だったが、それがタイス伯の目にとまって闘技会に出場することになるやいなや、タイスの誇る四剣士——白のマーロール、青のドーカス、黒のゴン・ゾー、赤のガドスの四人を次々とあっという間に破ってしまったというのだから驚きだ。当然、大闘技会にはクム全土から名だたる剣闘士が集まってくるのだが、それでもあの個性豊かな手練れの四人をやすやすと破るほどの腕の持ち主がそうそう現れるとは思えない。

これはどうあってもガンダルとグンドは、闘技場で雌雄を決さずにはおかないだろうということを、ヴァルーサはいやでも認めざるをえなかった。

紅鶴城の廊下は思いのほか入り組んでいた。ずしん、ずしんという、全身に重々しい鎧をまとったガンダルの足音が変わらず響いていたから、ヴァルーサは自分がどこに向かえばいいのかは正確にわかっていたが、何度か廊下を曲がっているうちに、もとの大広間に戻るにはどうすればいいのか、すっかり判らなくなってしまった。少々不安になりながらヴァルーサはまた足を速めてガンダルを追いかけた。

そのとき、奇妙な影が彼女の視界のはじに映った。ヴァルーサははっと立ち止まり、廊下に置かれていた大理石の大きな彫刻のかげに体をひそめ、そちらをこっそりとうかがった。と、その目が大きく見開かれた。

(あれは、グンド！)

ヴァルーサが歩いている広い廊下から脇へとそれる長細い通路の向こうに、その姿はあった。その特徴的な獣頭と巨軀を見まごうはずもない。それは間違いなく、先ほどガンダルとすさまじい槍の応酬をみせたばかりの豹頭の戦士であった。

ヴァルーサがそっと覗いているなどとはまったく気づかぬようすのグンドは、なにやら考えこむようにうつむき加減にそろそろと歩いていたが、やがて突きあたりの壁龕《へきがん》の下に疲れ切ったように座りこんでしまった。そのまま、またじっと何か考えこんでいるようだ。

(グンド……なぜ、こんなところにいるのかしら。それもひとりで)

ヴァルーサの胸に疑惑の黒い雲がわいた。

(さっきの広間にいるはずのグンドがなぜここに？　それも部屋に戻るでもなく、こんなところをうろついているなんて……)

（まさか……まさかガンダルおじさんに対して何かをたくらんでいるのでは……）

ヴァルーサの脳裏に五年前の悪夢がよみがえった。あの年の水神祭りの大闘技会のとき、大闘王位決定戦の相手であったエルディルが卑劣にも使った毒によって、ガンダルは四日間も意識を失ったまま、生死の境をさまよったのだ。考えてみれば、エルディルもグンドも、小屋主は同じタイス伯爵だ。また同じような手を使ってこないとも限らない。

それになんと云っても気になるのは、あの豹頭だ。あの豹頭がいやでも不吉な記憶をよみがえらせ、不安をかき立てる。

（とにかく、こんなところでのんびりしているわけにはいかない。ガンダルおじさんのところへ早く行かなくちゃ――）

ヴァルーサはグンドを鋭くにらみつけると、気づかれぬように彫刻のかげからそろりと抜け出した。そして足音をできるだけ忍ばせながら、先ほどまでよりも早足で再びガンダルのあとを追いはじめた。

（――五年か。もう五年もたつのか。あのエルディルとの闘いから……）

魔道伯ラン・ダルが調合した没薬入りの香をたきこめた部屋の中で、ガンダルはひとりごちた。腕や脚には絶え間なく、ぴりぴりとした痛みがはしる。ガンダルの手は、その腕を無意識になでていた。

先ほどまで全身にまとっていた鎧は、このガンダルだけのために紅鶴城の一角に用意された部屋に入るなり、すべて脱ぎ捨ててしまった。むろん、ロイチョイの遊女が履く高下駄の化け物のような醜悪な鉄下駄もだ。あのような馬鹿げた格好をガンダルが好んでするわけもないが、それは彼の秘密を隠すために編み出した苦肉の策であった。

鎧を脱いだガンダルの全身は、分厚い包帯で覆われていた。

五年前の水神祭りで彼を襲った恐ろしい毒は、その後も彼の体をむしばみ、苦しめていた。全身にできた浮腫は、あれからも現われたり消えたりを繰り返しながら、ちくちくとした痛みとかゆみでガンダルをいらつかせていた。こうして特別な没薬を満たした部屋にいるうちは症状も治まっているが、いったん外へ出るとそうもいかない。ことに長い時間、日に当たってしまうと症状がひどくなった。それを抑えるためには、名医ホァンが調合した高価な軟膏を絶えず全身に塗り、ゾルーディアのミイラのように包帯をぐるぐると巻いて肌を乾燥させないようにするくらいしか手がなかった。そのようにして不快な治療を根気よく続けていればこそ、闘技場で闘う一ザンほどのあいだだけ、見た目だけは以前と変わらぬ肉体を観客の前にようやくさらすことができるのだった。

しかし彼の顔に浮かぶ、まるで老人のような醜いシミは、医学と魔道の力をもってしてもいかんともしがたかった。かつてのガンダルは、その筋肉と同様に外見も若々しさを保っていたものだが、これもおそらくは毒のせいなのだろう。髪もだいぶまばらになり、顔だけみればもう七十歳ほどにさえみえたかもしれぬ。齢五十を超えてなお、自らの年齢に逆らうように体を鍛えあげてきたガンダルにとって、自らの老いを不当につきつけるかのようなその容貌の変化は、どうあっても許しがたいものであった。

それがガンダルに愚かしい甲冑をまとわせたのだった。

あれからガンダルは以前にも増して孤独を好むようになった。大公から与えられた広い屋敷に肉体を鍛えあげるための道具を次々と持ちこみ、また専用の練習場を作らせ、ほとんど外に出ることもなく黙々と筋肉の維持に努めた。信頼する付け人以外の人を遠ざけ、近づけないために「ガンダルは赤ん坊の肉を喰らうらしい」「殺した相手の心臓を生で喰らうらしい」などという化け物じみた噂を自ら流した。かつて未曾有の剣闘士、永世大闘王としての彼に向けられた敬意と畏怖の目は、いつしか人ならざる魔の者を見るような好奇と嫌悪の目に変わっていった。だがそれでも、老人のような顔と包帯だらけの痛々しい肉体を人目にさらすよりは、ガンダルにとってはましだった。

クムの大公もタリオから息子のタリクに代替わりしたいま、彼のその秘密にまつわる全ての事情を知るものは、ラン・ダル伯とホァン、長いこと付け人を務めているファンの他、ごく親しい限られたものだけとなっていた。

（それにしても――）

　ガンダルは、いささか乱暴に包帯を体から巻き取りはじめた。黄ばんだ包帯の下から現われた肌には、毒々しい緑のべたべたした膏薬がまとわりついている。臭いこそほとんどしないものの、その様子はまるで黒死の病に冒された病人の溶けかけた肌のようだ。包帯を剝がすたびに、肌のぴりぴりとした痛みがおそってくる。だが、ガンダルはもはや、その痛みをほとんど感じてはいなかった。ただ、その脳裏に浮かんでいたのは、先ほど初めて顔を合わせた豹頭の男の射貫くように鋭い眼光であった。

（あやつ……ただものではない。あの力、あの鋭さ。このガンダルの攻撃を正面から受けとめるあやつがただの大道芸人であるわけがない。やはり……）

　あの男は、本当はケイロニアの豹頭王そのひと、英雄として名高いグインだとしか思えない。

　そう思うとガンダルの身内には、常に彼を苛んでやまない体の痛みさえも忘れさせる、熱い炎が燃えさかる。

　今年もまもなく、タイスの水神祭りが始まろうとしていた。かつて、隆盛を誇ったピュロス道場にほとんど住みこむようにして、親友のフロルスらと競い合って剣技を磨いてきたガンダルにとって、タイスは第二の故郷ともいうべき土地である。しかし、今では師も親友もこの世を去り、彼もまたタイスをあとにして久しく、この頽廃の都を訪れるのも年に一回、水神祭りが行われる一旬前後だけになってしまった。

毎年、タイスを訪れては新たな挑戦者と剣を交え、相手を苦もなく叩きふせてはルーアンへと帰る。それはもうガンダルにとっては単なる年中行事のようなものになっていた。毎年、今年こそは骨のある男が現われるか、と淡い期待を抱くのだが、それも結局は失望へと変わっていった。去年、決勝で闘ったサバスというタルーアンの若者は、なかなか今後に期待させる男で、ガンダルも剣闘界の未来を背負う男として見こみ、再戦を密かに楽しみにしたものだったが、そのサバスも愚かなタイ・ソン伯によって毒杯をあおらされ、命を落としたという。それを聞いたときには、ガンダルはなんともやりきれぬ怒りに、思わず自室の分厚い壁を蹴り破ってしまい、何事かと駆けこんできた付け人たちを慌てふためかせたのだった。

（あのエルディルとの闘いから五年、剣闘界を何とかもう一度、立て直したいと願ってきたが……）

むしろ剣闘界に漂う腐臭は強まるばかりだ。ガンダルはおのれの無力さに歯がみし、自らの座を脅かすほどに鍛練を重ねたものがいっこうに現われぬことに失望し、それでも抱き続けずにはいられない期待を裏切られることに飽いていた。もはや自らの肉体を鍛えあげることも、彼が愛してやまない――愛してやまなかった――剣闘を極めるためというよりも、鍛えること自体が目的になってしまったような気がする。昨年、二十連覇を達成したときには、これを期にもはや引退してしまおうかと半ば本気で思い、今年も直前まで大闘技会への参加を取りやめようと考えていたのだ。

それを思いとどまらせたのは、まさに彗星のごとくに突如として剣闘界に現われた豹頭の剣士グンドの噂だった。

グンドが噂どおりの剣士であったなら、彼との闘いに満足して俺は剣をおけるかもしれぬ。そして剣闘士というものの本当の凄さを、人々に見せつけてやることができるかもしれぬ――そこにガンダルはかすかな希望を抱き、その希望が彼をして再びタイスへと足を踏みいれさせたのだった。

そして、その希望は先ほどの一幕で確信へと高まりつつあった。

グンドこそ、彼がその登場を渇望し、対戦を望み、求めつづけた男に違いない。

ガンダルは不快な膏薬を乱暴にぬぐい取りながら、無意識のうちにぎりぎりと歯をきしらせた。その顔には獣のような笑みが浮かんでいた。

ガンダルの体の奥深くから、久しぶりに溶岩のような熱い興奮が滾《たぎ》りはじめていた。


「おい、女！　どこへ行く！」

背後から浴びせられた胴間声に、ヴァルーサはびくりとして振りかえった。しかし相手の顔を認めると、すぐさま軽く首をかしげてにこやかに微笑みかけた。

「あら、ファンさん！　お久しぶり。元気にしてた？」

「――え？　ヴァルーサさん？」

長年、ガンダルの付け人を務めているファンの張り出した眉がヴァルーサを認めて驚いたようにあがり、かなつぼ眼をぱちくりとさせて口がぽかりと開いた。

「そうよ。ヴァルーサよ。覚えていてくれたのね」

「そ、そりゃあ、そうですよ。ヴァルーサさんみたいな綺麗なひと、忘れるわけがないでしょう」

「あら、ファンさんたら。嬉しいことをいってくれるのね」

ヴァルーサが長いまつげにふちどられた大きな瞳でじっと見つめると、ファンの頬が少し紅くなったように見えた。ヴァルーサはふざけて女神劇場じこみの上目をつかい、豊かに丸みをおびた体の線を強調するように、ちょいとしなをつくってみせた。ヴァルーサを見つめるファンの視線が顔から下へとすばやく移動し、ほとんどむき出しになった形のよい乳房のあたりをさまよって、うろたえたように横に外れていった。ファンの頬がますます紅くなった。ヴァルーサはくすりと笑った。

「それにしても、なんでこんなところにヴァルーサさんが？」

「あら、あたし、さっきまでお城の大広間にいたのよ？　気づかなかった？　劇場の踊り子仲間といっしょに、大公さまの前で踊ってみせてたんだけれど――あっ」

ヴァルーサは、気づいて小さな可愛らしい舌をちょろりと出した。

「そっか、そのときはまだガンダルおじさん、広間に来てなかったものね。ファンさんも観てるわけないっか」

「え、ええ……どうもすみません」

「なんであやまるの？　あいかわらずなんだか面白いのね、ファンさん」

ふふふっ、とヴァルーサは小さく笑った。ファンの眉が困ったように八の字になり、口が小さくすぼまった。

「でも、よかった。ファンさんがここにいるってことは、おじさんもこのへんにいるってことよね。実はちょっと道に迷いかけていたのよ。やけに入り組んでいるんだもの、ここの廊下——あの突きあたりの部屋かしら？」

ヴァルーサは、廊下の先の大きな扉を指さした。ファンはうなずいた。

「ええ。でも……」

「ありがと！」

「あ、ちょっと待ってください！　いまは誰も入れるなとガンダルさんが……」

ヴァルーサはあわててひきとめようとするファンの手をするりとかわすと、走りながらファンにキスを投げ、その手をひらひらさせながらウィンクしてみせた。

「だいじょうぶよ。あたしなら。ありがと、ファンさん」

「い、いや、でも……」

ますます困ったように眉が下がってしまったファンを尻目に、ヴァルーサは部屋の扉にかけよると、小さなこぶしでコンコンと叩き、声をかけた。

「おじさん！　ガンダルおじさん！　あたしよ。ヴァルーサよ。入るわね」

いうが早いか、ヴァルーサはぎしぎしときしむ重い扉を開けた。とたんに、かすかに汗の臭いの混じった強い没薬の匂いが漂ってきた。ヴァルーサは部屋に駆けこむと、急に立ち止まり、目の前の光景にちょっとあきれて目をくるりとまわした。

部屋では上半身裸になったガンダルが、五十スコーンはあろうかという鉄アレイを両手にひとつずつ持ち、全身から滝のように汗を流しながら交互に引きあげていた。ガンダルはヴァルーサにちらりと目を向けたが、そのまま何も云わずに息を荒くしながらトレーニングを続けた。このようなときにガンダルに話しかけても、何も答えが返ってこないのはもう判っている。ヴァルーサはしかたなく床にぺたりと座ると、両手で膝を抱え、こどものように体を前後に揺らしながらその様子を見守った。

ガンダルのトレーニングは十タルザンほども続き、ようやく終わった。ガンダルは無言のまま大きく息を吐き、鉄アレイを床にそっとおくと、大きなタオルを取り出して全身をぬぐった。ヴァルーサは、くんくんと空気をかいだ。部屋にはガンダルの汗の臭いが充満している。普通の女性なら顔をしかめるような臭いかもしれないが、幼いころから道場で育ったヴァルーサにとっては、なんとも懐かしい臭いでもある。ただ、大好きなマンネンロウの香りが混じっていないのだけが彼女には残念だった。

「――誰も入れるな、とファンにはいっておいたのだがな」

ガンダルは眉間にしわを寄せてヴァルーサをじろりとにらみ、タオルで首の後ろをぬぐいながら云った。ヴァルーサは立ちあがり、両手で軽く尻のあたりをはたくと肩をすくめた。

「でも、その《誰も》のなかに、あたしははいってないでしょ」

ヴァルーサは腰に手をやると、上目で挑戦的にガンダルを見つめ、にこりと微笑んでみせた。ガンダルはなおも不機嫌そうにヴァルーサを見つめていたが、やがて耐えきれなくなったかのように、ふっと笑みをもらした。それを見て、わずかに残っていたヴァルーサの緊張もすっかりほどけた。ヴァルーサはふふふっ、と声をたてて笑うと、小走りにガンダルに駆け寄り、その太い胴にぎゅっと抱きついた。

「おじさん、久しぶり！　会いたかった……」

「ああ、久しぶりだな」

ガンダルの大きく分厚い手が、ヴァルーサの肩をそっと抱いた。

「だが、今日こんなところで会うとは思わなかったぞ。お前も紅鶴城にいたのか。何をしていた」

「何をって」

ヴァルーサはくすりと笑った。

「あたし、さっきもおじさんと同じ部屋にいたのよ。おじさんには全然気づいてもらえなかったけれど」

「同じ部屋だと？」

ガンダルはヴァルーサからすこし身を離して彼女の顔をいぶかしげにみつめた。

「同じ部屋というのは……大広間か？」

「そう。おじさんが来るちょっと前に、劇場の仲間と大公さまの前で踊っていたの。そのあと、おじさんが来るって聞いてたから、そこで会えると思って楽しみにしていたんだけれど、おじさん、あたしにちっとも気づいてくれないんだもの。あの豹頭のグンドばっかりみててさ」

ヴァルーサは軽く口をとがらせた。

「それに、なんだかますます凄いかっこうしているし、仕草がすごく芝居がかってるし、いきなりグンドに向かって槍を振りまわすし……いったいおじさん、どうしちゃったのかと思って、びっくりして目をまわしちゃったわ。そしたらもう、さっさとおじさん出て行っちゃうし」

「………」

「しょうがないから、あとでヤン・ミー夫人に怒られるの承知で、だまって広間を抜け出して追いかけてきちゃった」

「……お前、あれをみていたのか」

ガンダルが渋い顔をした。

「みてたわよ。かぶりつきの特等席でね――それより」

ヴァルーサは、そっとガンダルの固く盛りあがった胸をなでた。

「具合はどう？　まだ痛むの？　さっきもあんなにしっかりと鎧を着ていたってことは、ぐるぐる包帯を巻いていたのでしょう？」

「うむ。まあ、痛みはたいしたことはない。かゆみのようなもので、いらいらさせられることもあるが、もうなれた。だが、薬を塗らんわけにはいかぬのでな。闘技会では日の光に肌をさらさねばならぬから、そのための用心のようなものだ」

「そう……それならいいけど」

ヴァルーサは、そっと目を伏せた。

「――ねえ、おじさん」

「なんだ」

「こういうことをいったら、おじさんに怒られるかもしれないけれど……」

ヴァルーサは下くちびるを軽くかんだ。

「あたし……今年はもう、おじさんは闘技会に出ないんだと思ってた」

「…………」

「ていうか……でてほしくないんだわ、あたし。おじさんに。今年の闘技会には」

「――なんだと？」

ガンダルの声が驚いたようにすこし大きくなった。ヴァルーサは、やはりガンダルを怒らせてしまったかと、おそるおそる様子をうかがった。だがガンダルの表情は穏やかであった。ガンダルはだまって片方のまゆをあげ、問いかけるようにヴァルーサを見つめた。

「去年――」

ヴァルーサはためらいがちに口を開いた。

「去年、決定戦でサバスに勝ったあと、おじさん、あたしにすごくサバスのこと褒めてたじゃない？　久しぶりに見こみのあるやつが出てきたって。こういうやつが出てくれば、昔のような剣闘界を取り戻せるかもしれない、って」

「ああ」

「あのあと、確かにタイスの剣闘士たちは、すごく意気盛んだったのよ。やっぱり、タイスの剣闘士にとって、『打倒ガンダル』っていうのは最大の目標だから――おじさんとのサバスの闘いぶりをみて、すごく刺激を受けた人たちも多かった。ハンさんとか、マオさんとか、ピュロス道場に通っていた人がたまに女神劇場に会いに来てくれるんだけれど、みんななんだか目の色が違ってた。おじさんがいったとおり、昔、あたしがまだ小さかったころの道場のような雰囲気をすごく感じたんだわ。あたし、おじさんが本当はいまでもエルディルの毒に苦しんでいるのに、それをむりやり隠して剣闘界の誇りを取り戻すために闘っていたのを知ってたから、それがすごく嬉しかった。やっとおじさんの苦労が報われる日が来るんだ、って。でも……」

「…………」

「あれからすぐにサバスがタイス伯に殺されて、それで……一気にまた元に戻っちゃった。っていうか、前よりもなんだかみんな元気がなくなっちゃって……」

ヴァルーサはガンダルの顔を見あげた。

「……そういうのみてると、なんだかもう、みんな腑抜けちゃってるな、と思っちゃうのよ、あたし。おじさんはひとりでこんなに頑張っているのに、他のみんなにはもう、剣闘界を良くしようとか、剣闘士としての誇りを取り戻そうとか、なんだかもうどうでもいいみたいなのよね」

「…………」

「だからもう、いいじゃない、おじさん。闘わなくても――おじさんのことだから、おおかたグンドの噂を聞いて、それで今年も来る気になったんだろうと思うんだけど」

ガンダルがかすかに苦笑したのを見て、図星だとヴァルーサには判った。

「でも、あのグンドもあやしいものだわ。だって、あいつ、さっき……」

「なんだ」

ガンダルの顔つきが急に真剣になった。

「グンドが何かしたのか」

「何かした、ってわけでもないんだけれど……」

ヴァルーサは、先ほど偶然目にしたグンドの奇妙なふるまいについてガンダルに話した。

「あんなところをひとりでふらふらしているなんて、あいつ絶対に何かたくらんでるわ。それになんたって、小屋主はまたしてもあのタイス伯だもの」

「……ふむ」

ガンダルは考えこむようすをみせた。ヴァルーサは勢いこんで云った。

「ね。だからもう、いいじゃない。だっておじさんはクムの武将でもあるのよ。剣闘士が武将になる、これこそが剣闘士が誇り高きものだってことを先代の大公さまが認めてくださった何よりの証拠じゃない」

「武将か」

ガンダルの声にかすかな苦みが混じった。だが、ヴァルーサはそれに気づかなかった。

「そうよ、武将よ」

　ヴァルーサは必死に説得を試みた。

「おじさんは武将なのよ。だから、あんなどこの馬の骨とも判らない、にわか剣闘士のグンドみたいなやつと、わざわざおじさんが剣を交えることなんかないんだわ。絶対にろくなことにならない。そんな気がするのよ、あたし」

「…………」

　ガンダルはしばし無言のまま、ヴァルーサの肩を抱いていた。が、やがてヴァルーサを離すとくるりと背を向け、部屋の隅においてあった巨大なソファにどかりと腰をおろした。

「――武将か」

　ガンダルは再び云った。今度は先ほどよりも苦々しい口調になっていた。ヴァルーサもさすがに気づいて口をつぐんだ。

「武将といっても名ばかりだ、ヴァルーサ」

「…………」

「あれはもう、二年前――いや、三年前のことになるのか。いまはなきユラニアの紅玉宮での惨劇をきっかけに、ゴーラの僭王――当時はまだモンゴールの将軍だったイシュトヴァーンと先のタリオ大公さまが戦ったとき、俺は当然、武将として大公さまの横で剣を振るうものだと思っていた」

「…………」

「そのときは奮いたったものだ。長年、剣闘士として鍛えあげてきた剣技を、ようやく狭い闘技場ではなく、柵も観客席もない本物の戦場で思う存分に活かすときがきたのだからな。お前も知っているだろうが、剣闘士の剣など、しょせん一対一の闘いのための剣、見せ物のための剣だ、という者もいる。幾多もの戦場での乱戦を生き抜いてきた本物の戦士の前では、剣闘士など何の役にも立たんとな。そんな奴らを見返してやるときが――剣闘士の強さは本物だということを証明するチャンスがついに来た、と思ったのだ。だが――」

ガンダルはぎりっと歯がみをした。

「俺がどんなに直訴しても、大公さまは俺を戦場へは連れて行ってくださらなかった。大公さまは確かに俺に武将の地位だけは与えてくださったが、やはりしょせんは剣闘士、戦さで力を発揮する本物の武将ではない、と思っておられたのだろう。お前はルーアンに残って剣技と闘技を磨け、そして万が一に備えよ、とだけ言い残されて、そして――二度と戻ってはこられなかった」

「…………」

「俺をおそばに置いておいてくだされば、大公さまの命を必ずやお救いしてみせたものを……それどころか、大公さまの命を奪ったと聞くカメロン将軍を必ずや返り討ちにしてみせたものを、とそれが俺にはいまでも悔やまれてならぬ」

「おじさん……」

「剣闘士などはな、やはりそのようなものだとしか思われていないのだよ、ヴァルーサ――まあ、そのおかげで、あんな愚かしい鎧兜を身につけていても、化け物じみた噂を流しても、せいぜい笑われるか、顔をしかめられるか、そのくらいですむのだがな」

ガンダルは自嘲気味に笑った。ヴァルーサは何も云えず、ただガンダルの顔を見つめていた。

「だが――」

ガンダルは、そばの水差しから直接、水をぐびぐびと飲んだ。

「そこに現われたのがグンドだ」

「…………」

「聞けば、たいそう立派な体格の豹頭の戦士だという。ケイロニアの豹頭王グインとそっくりのな。それればかりではない。剣技にも優れ、このところの闘技会で圧勝続きだというではないか。ドーカスやマーロールのような、それなりに骨のある剣闘士ですら、まるで歯が立たなかったという。そんな男がついこの間まで大道芸人をやっていたなど、そんな話、どう考えたっておかしい」

「…………」

「知っているか、ヴァルーサ——いま、グイン王は行方知れずなのだそうだ」

「——えっ？　そうなの？」

「そうだ」

ガンダルは深くうなずいた。

「先のパロでの戦さのあと、そのまま失踪してしまったのだという。ケイロニアやパロではずいぶんと手をつくして探しているらしいが、いまだに見つからないらしい」

ガンダルはふっと笑った。

「ケイロニアからグイン王が失踪する。そしてグイン王とそっくりの、素性も定かではない凄腕の剣士がタイスに現われる。これはもう、簡単な足し算のようなものだ——むろん、それが単なる偶然で、グンドは本当に自称するとおりの大道芸人なのかもしれぬ。だが、少なくとも俺には、そんなことはにわかには信じられん」

「…………」

「だから、こうして確かめにきた」

「——それで……」

ヴァルーサはこくりとつばを飲み、おそるおそる尋ねた。

「それで……どうだったの？　グンドは、グイン王なの？」

「——ああ」

ガンダルはうなずいた。

「むろん、確かな証拠はない。なんどかかまをかけてみたが、そうやすやすとこちらの手に乗るようなやつではなかった。だが、あの力、スピード、反応は隠しようもない。やつはあらゆる意味で本物だ。本物の戦士だ。ただの大道芸人であることなど、決してありえない」

ガンダルは獰猛に笑った。

「間違いない。あいつは、グインだ」

2

「そんな……」

ヴァルーサは、あまりの衝撃に言葉を失っていた。

「これは俺にとって千載一遇のチャンスだ」

ガンダルの目は爛々と輝いていた。

「グイン王といえば、もはや中原に知らぬものとてない英雄のなかの英雄だ。指揮官としても戦士としても優れ、知られる限りでは無敗を誇るという。二十年間無敗の俺にとって、これほどふさわしい相手がいると思うか？」

「………」

「それにグインを倒せば、俺は――剣闘士がこの世で最強だということを証明することができる。なにせ相手は、それこそ幾多の戦場で数々の強豪と剣を交えてきた、正真正銘の最強の戦士なのだからな。いまは亡きユラニアのオー・ラン将軍も、そのユラニアを滅亡させたゴーラのイシュトヴァーン王も、グインが登場するまではケイロニア最強といわれた金犬将軍ゼノンも、グインとの手合わせではあっさりと敗れ去ったのだと噂に聞く。ならば——」

「…………」

「ならば、グインを倒すのは俺だ。俺しかいない。このクムの大闘王ガンダルこそが地上最強の剣士なのだ。乱戦を戦い抜いてきた強者だと？　笑わせるな。俺は何十年ものあいだ、毎日、何もかもを剣のみに捧げ、この肉体と精神とを鍛えあげてきたのだ。剣闘士は、負けぬ。たかが武将になど、絶対に負けぬ。それを俺は、今度こそはっきりと証明してみせる！」

「…………」

ヴァルーサはぼうぜんとしてガンダルをみつめていた。闘技場ではともかく、いつも——少なくともヴァルーサの前ではいつも冷静だったガンダルが、これほど興奮しているようすを目にするのは、おそらく生まれて初めてだったからだ。先ほどの大広間でのガンダルのふるまいに感じた違和感がますます強くなり、大きな不安となってヴァルーサの身内に広がっていった。

（おじさん、やっぱりいつもと違う……）

（ああ、どうしよう！　悪い予感がしてならない……でも）

ヴァルーサは少しためらったが、おずおずと口を開いた。

「でも、おじさん……」

「なんだ」

「グンドが、ほんもののグイン王だなんて……そんなこと、やっぱり信じられない。だって……なんで、ケイロニアの王さまが、わざわざ大道芸人なんかに化けて、タイスの大闘技会に命がけで出てこなくちゃいけないの？　そんなの……まるでサリュトヴァーナ女神が場末の酒場で客を取ってるようなものじゃないの！　そんなこと、ありえない。どんなに酔狂な王さまだって、そんなことするわけがない！　意味がないもの。そんなこと、あたしにだって判るわ」

「だが、そうなのだ」

ガンダルはかたくなに云いはった。

「この俺が、肌で感じたのだ。あいつは、グインだ」

「違う！」

ヴァルーサは、激しくかぶりを振った。

「違う……違う！　絶対に違う！　グンドは、グンドよ。ただの大道芸人よ！　ほんもののの豹頭王なんかじゃ絶対にない！　おじさんが——偉大な大闘王がわざわざ闘ってやるほどの相手じゃないのよ！」

「——ヴァルーサ」

ガンダルはちょっと驚いたように、困惑した顔でヴァルーサをみつめた。ヴァルーサはソファに駆けより、ひざまずいて必死にガンダルにすがりついた。その瞳から涙があふれ出した。

「お願い、おじさん。今年の大闘技会には出ないで。グンドとは闘わないで。お願い……」

「ヴァルーサ」

ガンダルはふっと小さく笑いながら、ため息をついた。

「どうした。お前、なんだかおかしいぞ。まるで、俺がグンド……いや、グインに負けると思っているみたいだな。いつものように笑って応援してはくれないのか」

「グインじゃないってば……」

ヴァルーサは、ガンダルの膝にひたいを押しつけてむせび泣いた。

「あいつは、ただの大道芸人のグンドなんだってば……」

「わかった、わかった」

ガンダルは、なだめるように優しくヴァルーサの肩をなでた。

「ともかく、相手がグンドだろうが、グインだろうが、俺は負けぬ。心配するな、ヴァルーサ」

「…………」

ヴァルーサはなおもひくひくとしゃくりあげていた。ガンダルは、子供をあやすようにヴァルーサをそっと抱えあげ、優しいまなざしでその瞳を見つめた。

「いったいどうした、ヴァルーサ。何かあったのか」

「——なにもない」

ヴァルーサは泣きながら首を横にふった。

「ただ、あたし……怖いのよ。あの——あの予言が」

「予言」

ガンダルはヴァルーサをそっとおろし、考えこむようすをみせた。

「予言、か」

「そうよ。おじさんがエルディルの毒にやられたときにいってた、あの予言」

「…………」

「あたし、はっきり覚えているわ。おじさんは、こういったのよ——これから数年後、俺の前に獣のように猛々しい戦士が現れるだろう。そして黄金律の定めにより、俺はその男に敗れるだろう。そして、その男にヴァルーサ、お前を奪われることになる——って。そんなふうに、エイラハとかっていう魔道師に予言されたんでしょう？」

ヴァルーサはまたガンダルにすがりついた。

「獣のように猛々しい男、よ？　そうよ、グンドはまさに獣——豹頭じゃないの！」

「…………」

「あたし、怖い」

ヴァルーサは、ガンダルの目を見つめた。

「あたし、怖いのよ、おじさん。だから、お願い。もう、闘技会には出ないで……」

「大丈夫だ、ヴァルーサ」

ガンダルは微笑みながらかぶりを振った。

「確かに、そんな予言をされたことがある。だが、お前も覚えているだろう。それは夢のなかの話だ。そして、俺はこうも云ったはずだ――俺はそのような予言など信じぬ。たとえ、それが俺の先に待ち受ける運命なのだとしても、俺は自分の力でその運命を変えてみせる。俺の命も、お前も、そんな愚かしい予言のままに奪われなどはせん、とな」

「…………」

「大丈夫だ、ヴァルーサ」

ガンダルはもう一度云った。

「俺は、負けぬ。必ず勝って、お前のところに戻ってくる。これまでと同じように」

「……わかったわ」

ヴァルーサはそっとため息をついた。やはりガンダルにとっては、何をおいても剣闘が第一なのだ。ガンダルから剣闘を奪うことなど誰にもできようもないのだ。これまで何度も思い知らされてきた事実が、またしても重く、ヴァルーサの心を押しつぶそうとしていた。

だが、その押しつぶされそうな心がヴァルーサを大胆にさせた、のかもしれぬ。

「わかったわ。あたし、おじさんを信じる」

「ああ」

「――ただね、ひとつだけお願いがあるの」

「なんだ」

「抱いて」

ヴァルーサは、ガンダルの目をひたと見つめた。ガンダルはいっしゅん面食らったような顔をしたが、素直にソファから立ちあがると、卵を抱く母鳥のようにそっとヴァルーサを抱きしめた。

「こうか」

「違う。そうじゃない」

ヴァルーサはガンダルからもがくように身を引き離した。

「おじさん。あたしもう、小さな子供じゃないのよ」

ヴァルーサはもう一度、強い意志をこめてガンダルを見つめた。その瞳からまた涙があふれた。

「お願い。あたしを、抱いて、抱いて」

「な……」

ガンダルは、ぎょっとしたような顔になった。

「なにをいっている、ヴァルーサ。おまえ……」

「抱いて。いますぐ」

ヴァルーサは、結いあげていた髪をさっとほどいた。長くつややかな黒髪がさらりと背中に流れた。ヴァルーサは羽織っていた白い薄ものをはらりと落とし、クム風にふんわりとふくらんだ絹のパンツをするりと脱いだ。

「――やめろ、ヴァルーサ」

ガンダルはあえいだ。

だが、ヴァルーサは意に介さなかった。最後に残った小さな黒い乳あてと白い腰布をためらうことなく外し、思い切りよく放り投げた。ダンサーらしく、無駄なく引き締まった小麦色の美しい裸があらわになった。ガンダルはまた大きくあえぎ、ヴァルーサから目をそらした。ヴァルーサはガンダルにゆっくりと歩み寄り、その体をそっと抱きしめ、豊かな乳房を押しつけた。ガンダルのたくましい上半身から、その体温がじかにヴァルーサの肌に伝わってきた。

「あったかい」

ヴァルーサはうっとりと云った。

「だめだ、ヴァルーサ」

ガンダルはふるえる手でヴァルーサの肩をおさえ、そっと引き離した。ヴァルーサはガンダルの目をとらえようとしたが、ガンダルはかたくなに目を背けていた。

「俺は、抱けぬ。お前のことは、まだ」

「――まだ？」

ヴァルーサはきっとして云った。

「まだ、ってどういうこと？　いったでしょう。あたし、もう子供じゃないのよ。二十歳になったのよ。いつまでも子供あつかいしないで」

「違う。そういう意味ではない」

ガンダルは、のどになにかがからんだようなしわがれ声で云った。

「俺は、まだ剣闘士だ。剣闘士であるあいだは、俺は女を抱けぬ――いや、抱かぬ。そう誓ったのだ。かつて剣闘士になるためにタイスにわたってきたときに。マヌの神殿で誓ってしまったのだ。だから、俺は抱かぬ。まだ、抱けぬ。たとえ、それがお前でも」

「たとえ、あたしでも――？」

ヴァルーサは目を見張った。

「それって……」

「そうだ」

　ガンダルはまたあえいだ。

「俺は……愛している。お前のことを。ずっと愛してきたのだ……エルディルとの闘いのあと、長い悪夢から目覚めたとき、俺のそばで涙をためて見守ってくれていたお前の顔を見たときから。あのとき、俺にはまるでお前が慈母のようにみえた。年齢が俺の半分もゆかぬ、まだ少女だと思っていたお前の顔を見て、俺はまるで母に抱かれた幼い日のような安らぎを覚えたのだ。そして思った――なんと美しいひとなのだろうと。これほどに美しい女性が、俺のそばにいたのかと」

「…………」

「それからお前は俺にとって、たったひとりの特別な存在になった――むろん、それまでも俺はお前を愛していた。だが、それは親友の愛娘に対する愛情、あくまでも親類の子供に対するような愛情だった。だが、あの日から変わった。俺はあの日から、ずっとお前を欲していたのだ。男として、女としてのお前を……だが、俺はまだお前を抱けぬ。なぜなら、俺はまだ剣闘士だからだ」

「…………」

「俺はまだ剣闘士なのだ、ヴァルーサ。お前からすれば、何を勝手なことをと思うかもしれぬが、まだ剣闘士をやめるわけにはゆかぬ。俺の心が、体が、全身の血が熱く燃え、求めているのだ。ようやく俺の前に現われた好敵手であるグンド――あるいはグインとしての闘いを。おそらく、俺はこのためにこれまで、けっして楽とはいえぬ剣闘士としての人生を歩んできたのだろう。あやつと闘い、倒すまでは、俺は剣闘士をやめられぬ。もし、やつと闘えなければ――俺はただの抜け殻になってしまうだろう」

「…………」

「かつて、俺はお前に、二十歳になったら嫁にしてやるといった」

ガンダルはようやくヴァルーサを見た。ヴァルーサはその顔をじっと見つめた。

「あれは――あのときはただ、泣きじゃくる小さなお前をなだめるために云った言葉だった。だが、いつしかあの言葉は、俺にとっても大切な約束になっていた。お前は――お前はそう、とうとう二十歳になったのだな、ヴァルーサ」

「そうよ」

ヴァルーサの目から滂沱の涙があふれた。

「あたし、ようやく二十歳になったのよ、おじさん」

「ああ」

ガンダルは目を閉じ、大きく息を吐くと、ヴァルーサの前に静かにひざまずいた。

「――結婚してくれ」

ガンダルは、うやうやしくヴァルーサの手を取った。

「俺の妻になってくれ、ヴァルーサ。この闘いが終わったら——この闘いに勝利したら、俺はすぐにお前を迎えにゆく。これが最後だ。これを最後に、俺は剣闘士であることをやめる。だからそれまで、もう少しだけ待っていてくれ。頼む」

ガンダルは、ヴァルーサの右手にそっとくちづけた。ヴァルーサの体にふるえが走った。それは、これまでに感じたことのない歓喜のふるえだった。

「ガンダルおじさん——」

ヴァルーサは涙にかすむ声で云い、ガンダルの首にしがみついた。

「わかったわ。待っているわ、あたし。もう予言のことは気にしない。おじさんを信じてる。だから——絶対に勝って帰ってきてね。あたしをひとりにしないでね。お願い。約束よ」

「ああ」

ガンダルは、裸のヴァルーサをそのぬくもりごと優しく抱きしめ、力強く云った。

「俺はかならずお前のもとへ帰ってくる。これまでと同じようにな。この大闘王ガンダル、すべての誇りにかけてお前に誓う。俺はけっしてお前との約束を違えはせぬ」

「ええ」

ヴァルーサはガンダルから少し身を離し、その矜持《きょうじ》と、慈愛と、理解にあふれた目をみつめて云った。

「ええ。わかっているわ。おじさんは約束を必ず守る人。そうよ。だって、おじさんは、これまでも、これからもずっとあたしの最高の英雄なのだもの」

3

だが――

その約束は守られなかった。

紅鶴城のかたすみで、不世出の大闘王が小さな踊り子に愛を告白してからおよそ一旬。

タイスの人々を興奮の渦に巻きこんだ水神祭りもいよいよ幕を閉じようとしていた。

昼には大闘王位決定戦が行われ、数万もの観客を熱狂させた最終日も、あと一ザンほどで日没を迎える。日が落ち、月が昇れば、それと同時に水神祭りの後夜祭がはじまり、街は最後の狂乱の夜を迎えることになる。

――頽廃の都。

毎年、タイスはこの時分、そのふたつ名にふさわしい淫蕩な空気に満たされる。普段は抑えられている人々の欲望がすべて解き放たれ、すべてのよろいを脱ぎ捨てて性に乱れる男女の嬌声と悲鳴とが夜の街に交錯する特別な時間が訪れるのだ。

後夜祭――それはオロイ湖の守り神たる水神エイサーヌーと、その愛人にしてタイスの守り神たるラングート女神が、一夜だけすべての不道徳に許しをあたえる時間である。独り者も、妻子や夫、恋人がいるものも、その夜が明けるまでは屋外で、誰とでも、何度でも性の交わりを重ねてよい、という——世界最大の快楽の街、モラルなどすでに存在しないかのように思われるタイスだが、それでも最後に残されたわずかな慎みまでもが葬られ、何もかもが許される最高の——あるいは最悪の——一夜が年に一度だけやってくる。そんな淫靡《いんび》な闇への期待がタイスの街を熱くおおいつくすのだ。

だが、今年の人々の熱気のなかには、例年とは違う異質な何かがあった。

それをもたらしたのは、二人の男の壮絶な闘い、そして壮絶な死であった。

（なんという——なんという闘いだったのだろう）

（あんな闘いは、これまで見たことがなかった……これからもおそらく見ることはないだろう）

（死闘、というのは、あのような闘いをいうのだな……）

大闘王ガンダル。

かつてはタイスにとって最大の英雄であり、その後はタイスにとって最大の敵となった男。

ほんの数時間前《ザン》、二十年にわたり圧倒的な力で剣闘界に君臨し続けた男が、大闘技場の真ん中、数万の観客の目の前で非業の死を遂げたのだ。

脇腹に剣がぶかぶかと柄まで埋まり、折れた剣先でのどを切り裂かれ、おびただしい量の血にまみれて白砂の上に横たわっていたその姿は、ガンダルをひいきにしていた者にも、ガンダルを嫌っていた者にも、ひとしく哀悼の念とある種の感慨とをつよく感じさせるものであった。

それは確かにひとつの時代の終わりであった。ガンダルとグンドとの凄まじい闘いに熱狂した人々は、落ち着きを取り戻すにつれ、もはやガンダルの闘いを決してみることはできないのだという事実に気づいて愕然とした。観客たちはこれからの楽しみが半ば奪われたことを認めざるを得ず、剣闘士たちは長年目指してきた目標がふいに目の前から消えさったことに戸惑いを隠せなかった。

その彼らをさらに落胆させたのが、午後遅くなって伝えられた、新たな大闘王グンドの死であった。ガンダルを斃《たお》すのとひきかえに、左腕をほぼ切断されるほどの重傷を負って運ばれた豹頭の剣闘士グンドもまた、出血多量で命を落としたというのだ。間違いなく史上最高の試合として、後世に至るまで語り継がれるであろう死闘を繰り広げた稀代の剣闘士をふたりとも失ったことに、タイスの人々はただ呆然とするしかなかった。

とはいえ、彼らにとってそれは、要するに「よくあること」でもあった。

剣闘を好む観客のほとんどは、剣闘士とは闘技場で命を落とすもの、と思っている。そして、闘技場ではひいきの剣闘士にそれぞれに声援を送りながら、どこかそのような残虐なもの——死、あるいは瀕死の重傷、そういったものを期待しているところがある。実際には、闘技場で命を落とす剣闘士は人々が思うほどには多くなく、ほとんどは年老いて引退するか、せいぜいが負傷——日常生活にはさほど支障はないが、剣闘士としては致命的な負傷により、その剣闘士生活を終えるものだ。だが好事家のなかには、剣闘士が剣闘士として闘技場で斃れ、その生涯を終えることこそ、剣闘士としての理想であるのだと主張するものが多い。ガンダル、そしてグンドの死は、そのような大多数の人々にとっては、いずれは吟遊詩人によって歌われ、語り継がれてゆくであろう、理想的な《物語》の終焉でもあったのだ。

だが、剣闘士にも家族がおり、友人がおり、愛するものがいる。当然ながらそういったものにとっては、その死は吟遊詩人が語る美しい物語などではなく、あくまでも実際に起きてしまった大いなる悲劇でしかないのであった。

ヴァルーサの前には、高く白い壁がそびえ立っていた。

いったいもうどれくらい、その壁を見つめていたのだろう——

いいや、見つめていたわけではなかった。単に目の前にその壁があるというだけで、実はなにも見ていなかった——見えていなかった、のかもしれない。

ふと気づけば、周囲には誰もいなくなっていた。あたりには賭け屋や食べ物の屋台がところせましと軒を連ね、大勢の人でごったがえしていたはずだが、いまはもう屋台などどこにも見あたらず、誰ひとりとして残っていない。ただ、大量の食べ物のくずやごみが散乱しており、黒いカラス《ガーガー》が何羽も集まってそれをつついているだけだ。風はほとんどなく、高い壁で日は遮られ、周囲はすっかりその影につつまれている。

ガンダルがこの白い壁の向こう——大闘技場で闘っていたのは、ほんの少し前のことだった、と思う。ヴァルーサもむろん、同じようにこの壁の向こう側、観客席の最前列でガンダルの勝利を祈りながら、その闘いを見守っていた。

——はず、なのだが。

（なんで……）

ヴァルーサは、大闘技場を囲む石畳にじかにぺたりと座りこんだまま、ぼんやりと考えていた。

（なぜ、あたしはここにいるんだろう……）

ガンダルとグンドが大闘技場で剣を交えた瞬間のことは覚えている。そのあとの息詰まるような試合のことも。激しい闘いの末、ガンダルがグンドの剣を叩き折り、ガンダルが勝った、と誰もが思ったであろう瞬間のことも。

だが、そのあとの記憶がほとんどなかった。

はっきりと覚えているのは、試合が終わったあと、ほとんどちぎれかかった左腕を押さえ、その傷口から大量の血を流していたグンドの姿と、そして——

その向こうに仰向けに倒れ、脇腹から剣をはやし、おびただしい血にまみれたまま、ぴくりとも動かないガンダルの姿だけであった。

（それから……あたしはどうしたのだろう……）

その瞬間、悲鳴をあげながら観客席から闘技場に飛び降りようとして、まわりの観客に止められたような、おぼろげな記憶がある。それを逃れようと必死にもがいていたところを警備兵におさえられたような記憶もかすかに残っている。

だが、そのあとの記憶はまったくの空白だった。ふと気づけば、こうして地べたに座り、誰ひとりいなくなった大闘技場の外で、呆然とその壁を見つめていたのだ。

（いまは……いったい）

ふと見れば、日はもうすっかり傾いている。ガンダルとグンドの試合が始まったのは正午のことだった。どのくらい試合が続いていたかは覚えていないが、どんなに長くとも一ザン《ザン》は続かなかっただろう。

（ということは……）

もう何時間もほとんど意識もないままに、こうして座っていたのだろうか。あるいはどこかをふらふらとさまよったあげく、またここへ戻ってきてしまったのだろうか。とても信じられないが、そうとしか思えない。ヴァルーサは、まるで自分が呆けてしまったような――なんだか長い眠りから覚めたような気分になっていた。

（あれが夢……ただの悪い夢だったらいいのに……）

だが、そうではないことは、ヴァルーサにも判っていた。

彼女が小さなころから憧れつづけ、愛しつづけた男。そしてわずか十日ほど前、ヴァルーサの前にひざまずいて「妻になってくれ」と云った男は、もうこの世にはいないのだ。

（嘘つき）

（ガンダルおじさんの嘘つき……必ずあたしのもとに帰ってくるって約束したのに……絶対に約束を守るっていったのに……）

（――結婚してくれ、っていってくれたのに……）

ヴァルーサの頬を涙がつたった。その涙が目にしみる。まぶたが重く、はれぼったい気がする。おそらくこうして、自分でも気づかぬままにずっと泣いていたのだろう、とヴァルーサは悟った。

ガンダルに会いたい、とヴァルーサは思った。そのぬくもりをもう一度だけ、その肌でじかに感じたい、と切実に欲した。それがかなわぬというのであれば――もうぬくもりも失われてしまったというのなら、手を握るだけでもいい。頬をなでるだけでもいい。ガンダルにいつまでも触れていたい、と願った。かつて父フロルスが、ガンダルと同じように剣闘で斃れたときも、ヴァルーサは病室のまくらもとでずっと父の手を握り、その最期を看取ったのだった。

（でも）

ヴァルーサはふいに気づいた。

（あたし、ガンダルおじさんがどこにいるのか知らない）

ガンダルの遺体がどこに運ばれたのか、当然ながらヴァルーサは何も聞かされていない。かつて父が運ばれた病院だろうか。それとも宿舎にしていた紅鶴城に戻ったのだろうか。それとも。

五年前に父が亡くなったときには、父のたったひとりの家族としてすぐに大闘技場の控え室に呼ばれ、そのまま病院まで付き添って看取ることができたのだったが——

（そうだ……あたし、ガンダルおじさんの家族じゃないんだわ）

ヴァルーサは目の前が暗くなるような思いがした。

そう、ヴァルーサはガンダルの家族ではない——少なくともまだ家族ではなかった。ガンダルに結婚を申しこまれたことも親友のリー・メイにこっそり話しただけで、それ以外には誰にも教えていない。ガンダルもあの性格だ。まだ、誰にも話していなかったに違いない。

むろん、例えば付け人のファンなどは、ヴァルーサがガンダルの親友だったフロルスの娘であり、ガンダルと親しくしていることは承知しているはずだ。だが、ここ数年は文のやりとりこそ欠かさなかったものの、実際に顔を合わせるのは年に一度、水神祭りのときくらいのものだったのだ。とても家族あつかいしてくれるとは思えない。

（ということは、あたし――）

ヴァルーサは戦慄した。

（あたし、おじさんに会えないかも――会わせてもらえないかもしれない）

（……いやよ、そんなのいや！）

（ああ、どうしよう……）

ヴァルーサは震える足で立ちあがった。そしてその場をうろつきながら、パニックになった頭で必死に考えた。だが、なにもいい考えは浮かんでこなかった。

いつしか、日はすっかり傾いていた。西の空にはあざやかな夕焼けが浮かんでいる。まもなく日が沈んでしまうだろう。もうすぐ後夜祭が始まる――

そのとき、ヴァルーサははっと思い出した。

（そうだ、リー・メイ）

（あたし、リー・メイのところに行かなきゃいけないんだった）

そしてヴァルーサはひらめいた。

（リー・メイに聞けば、何かわかるかも）

いまでは二人の子持ちになったリー・メイの義父は、薬草を商っているタイスでも有名な豪商だ。西タイスのヨー・ハン、と云えば、ちょっとした事情通なら誰でも知っているなかなかの実力者である。貴族のあいだにも顔が広く、それなりに発言力もあるらしい。敬虔なミロク教徒としても知られ、とても温厚で優しいおおらかな人だ。身分の卑しい踊り子であるヴァルーサがリー・メイのもとを訪れてもさげすむこともなく、嫌な顔ひとつせずにいつもにこにこと迎えてくれる。剣闘も好きで、特に同じミロク教徒でもある青のドーカスが大のひいきなのだという。その息子にリー・メイが見初められたのも、そうした剣闘がらみの縁《えにし》があったからだと聞いた。ヨー・ハンなら剣闘界にも顔が利くから、この程度のことならすぐに調べてくれるだろう。

ミロク教徒の家であるから、貞淑を重んじるヨー・ハン一家は後夜祭には決して参加しない。しきたりにしたがって家に閉じこもり、厳重に鍵をかけ、扉にはカンの葉をつなぎあわせて作った『貞淑の輪』を目印としてかける。そうすれば狂乱の宴とは無縁に、静かに一夜を過ごすことができると定められているのだ。

実はヴァルーサも後夜祭には一度も参加したことがない。その日は毎年、いつもリー・メイのところで一緒に夜を過ごしていたし、今年もそうする約束だ。ヴァルーサはむろんミロク教徒ではなく、ごく普通のタイスの娘であるから、さほど貞操にこだわる気持ちはない。しかもいまでは、ロイチョイ一といわれる女神劇場で、その清楚な美貌と可憐な舞で高い人気を誇る踊り子であるから、何かにつけていいよってくる男もたくさんいる。だが、ガンダルを一途に思い続けていたヴァルーサにとっては、他のつまらぬ男と肌を合わせることなどまっぴらごめんだったのだ。とはいえ、歓楽街ロイチョイのまんなかにある下宿で、夫も恋人もいない踊り子がひとりで『貞淑の輪』をかけて閉じこもっていようものなら、それこそ周囲から変人あつかいされてしまうだろう。それでヴァルーサはリー・メイに頼み、後夜祭の日には西タイスの彼女の家でともに一夜を過ごさせてもらっていたのだった。

（とにかく、まずはリー・メイのところにいってみよう）

ヴァルーサはようやく少し落ち着きを取り戻した。手足の震えがおさまりはじめ、苦しかった胸も少し楽になったような気がした。ヴァルーサは大きく深呼吸をし、自分を叱咤した。

（だめよ、ヴァルーサ。しっかりしなくちゃ――あたしは、もう子供じゃない。あたしはかつての大闘王フロルスの娘。そして大闘王ガンダルの、そう、妻なのだから。いつまでも泣いていちゃだめ。剣闘士の娘として、そして妻として、毅然としていなくちゃ。そうでないと、父さんにもおじさんにも顔向けできない）

ヴァルーサは両手で涙をぬぐうと、ぴしゃりと頬をたたき、空を見あげた。夕焼けの赤が濃くなり、あたりはだいぶ薄暗くなってきたようだ。ということは、後夜祭が始まるまでもう時間がないということだ。それまでにリー・メイのところに行かなければ、厄介ごとに巻きこまれないとも限らない。

（いそがなくちゃ）

ヴァルーサはあわてて大闘技場をあとにした。その背後からけけけけけっ、とガーガーの鳴き声が追いかけてきた。妙に甲高く、しわがれたその声は、まるでヴァルーサを嘲笑う老人の声のようにも聞こえた。ヴァルーサの体がかすかに震え、目にはまたじわりと涙がにじんできた。ヴァルーサは子供がいやいやをするように大きく首を振ると、耳を塞ぎ、うしろを決して振りかえらないようにしながら、西に向かって一目散にかけだした。

だが、ヴァルーサの決断は少し遅すぎたのかもしれぬ。

ヴァルーサが大闘技場からほど近い波止場通りに着いたころには、あたりはずいぶんと暗くなり、通りにはおよそ十タッドごとにかがり火がたかれていた。タイス一の目抜き通りは、閑散としていた大闘技場とはうってかわり、大勢の人でごったがえしていた。聞けば、まもなく各種競技で優勝した闘王たちのパレードが行われるという。例年ならとっくに行われている時間だが、今年は少し進行が遅れているらしい。

西タイスに向かうには、この通りをどうしても渡らなければならないが、とにかくものすごい人で身動きもままならない。それでもやっとの思いで人をかき分け、ようやくいちばん前まで出てみたものの、今度はいかつい鎧を着こんだ護民兵に止められてしまった。どうやらパレードの隊列が通り過ぎるまでは、誰も通りをわたれないらしい。近くにいた気のよさそうな護民兵にちょっとだけ媚びを売り、どうにか渡らせてくれないかと頼んでみたが、「危ないからいまはだめだ。もう少し待て」と云われてすげなく押し戻されてしまった。

（ああ、もう……）

ヴァルーサはじりじりとしたが、あきらめるしかなかった。

そうしているうちにも、あたりはだんだん暗くなってきた。いらいらして無意識に足踏みをしているヴァルーサとは対照的に、まわりの人々の期待が次第に高まっているのが伝わってくる。あちらこちらから、いろいろなうわさ話が聞こえてくる。そのなかのひとつがヴァルーサの耳をとらえた。

「――けっきょく、次の大闘王は誰になるんだ？　パレードには誰が来るんだい？」

「黒毛のアシュロンだと聞いたけどな」

「アシュロン？　――ああ、決定戦前の試合でグンドに負けたやつか。《奇蹟の剣士》とかっていう」

「そう、それよ。グンドにはまるで子供あつかいされるし、ガンダルと闘ったわけでもない。そんなやつが大闘王とはばかばかしいが、これぱかりはな。なにせ、ガンダルもグンドも死んじまったんだから。棚ぼたってえのは、まさにこのことだ。《奇蹟の剣士》なんてのは、えらくたいそうな名乗りだと思っていたが、こうしてみると、まあ確かに奇蹟を起こしたには違いないわな」

へらへらと笑いながらガンダルの死を語ることばに、ヴァルーサはいっしゅん体が硬直し、頭をがんと殴られたような気分になった。ふっと気が遠くなりかけ、足の力が抜け、その場にしゃがみこんでしまいそうになったが、ぐっと歯を食いしばり、かろうじて耐えた。だが、ヴァルーサが衝撃を受けたのは、ガンダルの名を聞いたからだけではなかった。

（グンドも、死んだ……）

ヴァルーサが最後に目にしたとき、豹頭の剣闘士はガンダルの凄まじい剣すじに左腕をほとんど切断され、大量の血を流しながらうずくまっていた。幼いころから道場になじんでいたから、剣闘士たちの大小さまざまな怪我をみてきたが、あれではたとえ治癒したとしても回復までには相当の時間がかかるのは歴然としていたし、左腕が元どおりに動くようになるとはとうてい思えなかった。もう二度と剣闘士として活躍することが難しい重傷であったことは間違いない。だが、あれほどの偉丈夫が命まで落としてしまうほどの怪我とは正直思えなかった。

やはりガンダルとの死闘は、グンドの人並み外れた体力をも完全に奪ってしまうほどのものだったのだろう。だから重傷とはいえ、通常であれば助かるはずの怪我にも耐えることができなかったのに違いない。ガンダルの命を奪うということは、グンドほどの剣士をもってしても自らの命を捧げなければ到底なしえないことだったのだ——ヴァルーサはぼんやりとした頭でそんなことを思ったが、それが嬉しいことなのかどうなのか、自分でもよく判らなかった。

ヴァルーサが物思いにとらわれているうちに、パレードの隊列がやってきて、人々の歓声と大量の紙吹雪《コンチー》を浴びながら目の前をあっという間に通過していった。それでようやく波止場通りの通行も許され、人々がいっせいにあちらこちらに散らばりはじめた。ヴァルーサもはっとして気を取り直し、急いで通りをわたり、小走りでリー・メイのもとを目指した。

そのときにはもう、すっかり日が暮れてしまっていた。ということは、そろそろ水神広場では、エイサーヌーとラングートの両神にいけにえの羊が捧げられているころだ。そしてそれが終われば、後夜祭のはじまりが告げられるはずだ。そうすれば、街じゅうのたいまつやかがり火が消され、月のほかにはあかりとてない暗闇のなかで乱倫の一夜が始まってしまう。それまでにはなんとかリー・メイの家にたどり着いておきたい。ヴァルーサは、興奮して街をうろついている大勢の人をかきわけるように先を急いだ。

（はやく行かなくちゃ。もう後夜祭がはじまってしまう……）

波止場通りからセンダ通りへと向かうアジサシ通りをヴァルーサはひた走った。いつもなら歩いてもせいぜい十五タルザンほどのどうということのない距離だが、今日は走ってても走ってもたどり着かないような気がする。通りにはこれでもかといわんばかりに人があふれかえり、気の早いものたちはもう道ばたでいちゃつきはじめている。水神広場のほうからは、何度も熱のこもった大勢の歓声があがっている。

（だめ、もうまにあわない……）

ヴァルーサは立ち止まって息をととのえると、思い切って通りを外れ、脇道に入った。ヴァルーサの勘がはずれていなければ、この脇道を突っ切ればリー・メイの家の裏手に出る。距離的にはこれが一番の近道のはずだ。ヴァルーサはごちゃごちゃと小さな飲み屋や長屋が建ちならぶ細い路地を走り抜けようとした。

が――

ちょうど路地のまんなかほどに達したとき、ぽぽんっ、と後夜祭の始まりを告げる花《はな》狼煙《のろし》があがる音がした。続いてあちらこちらで爆竹が激しく鳴る音がした。それと同時に人々の歓声と指笛の音が鳴り響き、その人々の手で街じゅうの松明やかがり火がいっせいに消された。

（ああっ）

ヴァルーサの周囲は一瞬のうちに暗闇に包まれた。なにしろ幅が二タッド程度しかない狭い路地である。月の光もまったく差しこまず、あかりといえば頼りなげにまたたいている無数の星だけだ。ヴァルーサは方向感覚を失い、路地がどちらに向かって続いているのかさえ判らなくなった。

(落ち着いて。落ち着くのよ)

ヴァルーサはひとつ大きく深呼吸すると、そろそろと手探りで路地を進みはじめた。こんな狭い路地でも——あるいはこんな路地だからこそかもしれないが——あちらこちらで男と女が、あるいは男どうし、女どうしがいちゃつきあい、むつみ合う気配が濃厚にただよってくる。あぶれてしまったものたちは、今ごろ必死で相手を探しているだろう。そんな輩に見つかってしまったら、何をされたものやら判らない。ヴァルーサの胸は大きく高鳴りはじめた。

そのときだった。

ヴァルーサの足首を何者かがいきなりつかみ、思いっきり引っぱったのだ！

「きゃあああっ！」

完全に不意をつかれたヴァルーサは、悲鳴をあげながらその場に倒れこんだ。そしてそのまま、路地のわきの狭い隙間にずるずると引きずりこまれた。

「いやあっ、やめてっ！」

ヴァルーサは、湿った土の上をうつぶせに引きずられながら必死で抵抗したが、両足首をがっしりとつかんだ手はとてつもなく力が強く、ダンサーとして鍛えているはずのヴァルーサがどんなにもがいてもびくともしなかった。

「ああっ……！」

ヴァルーサは絶望してうめき声をあげた。その背中に誰かの大きな体が覆いかぶさり、ヴァルーサの腕を容赦なく後ろにねじりあげた。ヴァルーサは思わず苦痛にうめいた。その何者かはまるで獣のように、はっはっと激しく息づいていた。その呼気は、どぶのようなひどい腐臭がした。ヴァルーサはその悪臭から少しでも逃れようと、じたばたしながら顔を背けた。だが、背中にねじあげられた腕はぴくりとも動かず、完全に身動きを封じられてしまった。

「ははははははっ！　つかまえたぞ、つかまえたぞ！」

ヴァルーサの背中から、愉悦にまみれた男の声が聞こえた。

「久しぶりの獲物だ！」

男は笑いながら、ヴァルーサの腕を後ろ手に縛りあげた。そのままぐいっとヴァルーサの体をひっくりかえすと、その胸もとに右手をつっこみ、ヴァルーサの乳房を乱暴にもてあそんだ。がさがさと荒れた男の手が肌をはいまわる感触に、ヴァルーサの背筋に怖気《おじけ》が走った。

「いい体してるじゃねえか、ねえちゃん」

「やめて、やめてってば！　助けて、誰かあっ！」

ヴァルーサは必死で叫んだ。男はひひひっとあざわらった。

「むだだ、バカが。今日は後夜祭だぞ。どんなに叫ぼうが、誰も助けになんぞくるものか」

男の腐臭混じりの呼気が近づき、ヴァルーサの耳のなかをなめくじのように舌がはいまわった。ヴァルーサは悲鳴をあげて両足で男を蹴ったが、男の力は異常に強く、痛痒などまるで感じないかのようにびくともしなかった。男は大声で笑いながら、ヴァルーサの頬を思い切りひっぱたいた。それはヴァルーサがいっしゅん気を失いそうになるほどの強烈さだった。

「抵抗してもむだだ！　物乞いにまで身を落としたといえど、このエルディルさまにお前のような小娘がかなうものか！」

「――エルディル……ですって？」

あまりにも意外なその名に、ヴァルーサは凍りついた。

「エルディルって、まさか、あのアルセイスのエルディル――？」

「お？」

暗闇のなかで、男がにやりと笑った気配がした。

「嬉しいじゃねえか。俺のことを覚えてくれてるやつがいるとはね。そうよ、かつて大闘技会で大闘王ガンダルをあと一歩のところまで追いつめたアルセイスのエルディルさまよ」

「な……」

ヴァルーサはしばし言葉を失った。

「まさか……エルディル……まだ生きていたの？」

「ああ、もちろん生きているさ。この通り」

エルディルののどから粘つくような笑い声がもれた。

「もっとも、あのガンダルの野郎のせいで背骨をやられて、すっかり足萎えになっちまったがな。自慢のトートの矢も役立たずになっちまった。タイ・ソン伯には毒をあおされそうになるしな。ま、すんでのところでどうにかごまかして、命長らえただけで御の字ってもんかもしらんが――それからというもの、こうしてちっぽけな路地で両腕だけで体を引きずりながら、泥をすすって生きてきたのさ」

「……………」

「だが、生きていればこそいいこともある」

エルディルは舌なめずりをしたようだった。

「ガンダルの野郎、今日の試合でおっ死《ち》んだらしいな！　俺をこんな目にあわせやがった報いが、ようやくやつにも訪れたってわけだ。膝だけならともかく、腰までこなごなにしやがって……それさえなきゃ、俺だってこんな血へどを吐くような思いをしなくてすんだものを……ざまあみろってんだ」

「……何いってるのよ！」

ヴァルーサはかっとして叫んだ。

「もともと、毒使ったり、しびれ薬しこんだり、あくどい手を使ったのはあんたのほうでしょ！　あんたのあの毒のせいで、ガンダルおじさんが何年間もどれだけ苦しんだと思ってるのよ！」

「あん？」

エルディルは驚いたように云った。

「お前、いったい誰だ？　何でそんなことを知っている？」

「そんなことどうでもいいわ」

ヴァルーサは、暗闇をとおしてエルディルをにらみつけた。

「しかもあんたは、あたしの父さんを殺した！　卑劣な手を使って、体の動かなくなった父さんを笑いながら刺し殺したんだわ。——エルディル……アルセイスのエルディル！　あたしはあんたを絶対に許さない！」

「——なんだと？」

エルディルのたくましい腕が、ヴァルーサをぐいと引き寄せた。

「お前、まさか……」

そのとき、どこぞの酔狂が打ちあげたらしい花狼煙が路地を一瞬だけ照らしだした。エルディルのぼさぼさにもつれた金髪と薄汚れた顔が、ヴァルーサの目の前で閃光のようにひらめいた。その薄青い瞳がヴァルーサの顔をじっとみつめた。エルディルは笑いだした。

「ははっ、お前……お前――ヴァルーサじゃねえか！　こいつはいいや！　なんだよ、今日はつきまくりじゃねえか！　とうとう俺にもディタの幸運の目が回ってきたってか？」

再び闇に閉ざされた路地にエルディルの哄笑が響きわたった。ヴァルーサはあぜんとして身を震わせた。

「――あんた、あたしのことを知ってるの？」

「ああ、もちろん」

また闇がにやついた気配がした。

「あの当時、いろいろとこっそり調べさせてもらったからな。それに噂も聞いているぜ。いまじゃなんでも、あの女神劇場でクム一の踊り子とか云われているらしいじゃねえか。ひとから絵姿をみせてもらったこともある。えらいべっぴんに描かれていたが、どうやら本物も負けてねえな」

　くくくっ、とエルディルは笑った。

「こいつはいい。間違いなく高く売れる」

「売れる、って……」

　ヴァルーサは思わず息を呑んだ。

「売れるってあんた……あたしに何をするつもりなのよ！」

「だから、売るのさ。人買いにな」

　エルディルは含み笑いしながら云った。

「この後夜祭はな、俺みたいな人間にとっちゃ大チャンスなんだ。男も女も真っ暗闇のなかでバカみたいに無防備にうろつきやがって、しかもどんなに悲鳴をあげたところで誰も知ったこっちゃねえ。だから足萎えの俺でもこうしてじっと蜘蛛みてえに網張って、お前みたいなバカがひっかかるのを待っていられるってわけさ。そうしてうまく引っかかってくれりゃあ、闇の市場で手ぐすね引いて待っている人買いがいい値で買ってくれるのさ――高く売れるぞ、お前は。間違いなく極上品だ」

「ふ……ふざけないで！」

　ヴァルーサは恐怖に震えながら、エルディルから何とか逃れようと足を必死にばたつかせた。

「あたしになんか悪さしてごらん。あたしになんかあったなら、あんたなんか——あんたなんか、きっと今度こそガンダルおじさんが……あっ」

ヴァルーサははっと気づいて口をつぐみ、悔しさのあまりくちびるを強く噛んだ。

「はあ？　ガンダルがどうした？　きっとお前を助けて、俺をこてんぱんにやっつけてくれるってか？」

すかさずエルディルが馬鹿にしたように鼻を鳴らして云った。

「そうかなあ。俺にはとても、あいつにいまさらなにかができるとは思えんがなあ。よう、ヴァルーサ嬢ちゃん」

エルディルは片手でヴァルーサのあごをくいと持ちあげた。

「う……うるさい！　だまれ！」

ヴァルーサは悔しまぎれに闇に向かってつばを吐いた。ぺしゃり、となにかにあたる手応えがした。

「ほお……生意気してくれるじゃねえか」

エルディルの口調が微妙に冷たくなった。ヴァルーサは思わず首をすくめた。と、その頬に強烈な平手が飛んできた。その平手は、何度も往復してヴァルーサの両頬を打った。ヴァルーサの口のなかが切れて血の味がにじんだ。

「ガンダルなんかこねえよ！　お前の父ちゃんのフロルスと一緒に、いまごろはあの世でへらへらと呆けてやがらあ。へん、この足萎えひとりにすら抵抗できねえくせに。生意気なことぬかしてんじゃねえぞ、このくそあまが！」

　エルディルの平手がなおも飛んでくる気配がした。ヴァルーサは涙だけはみせるまいと歯を食いしばり、首を縮めて耐えようとした。そのとき、エルディルの背後から声がかかった。

「やめんか、エルディル。せっかくの売り物に傷がつくではないか」

　エルディルははっとしたように動きを止めた。ヴァルーサは声の主を求めて、エルディルの背後の闇を透かしみた。だが、何か布がこすれるような音がするだけで、その年老いてしわがれたような声の持ち主はみえなかった。

「かわいそうにのお、ヴァルーサ」

　声の主がそばにきて、ヴァルーサの頬をなでた。まるで子供のように小さな手だが、妙にしなびて乾いた感触があった。

「このようなことになりかねんぞ、とだいぶ前にガンダルに予言してやったのだがな。あやつも素直に、わしのいうことを聞き、わしに服従していれば良かったものを……」

「――予言？」

　ヴァルーサは目をまるくした。

「予言って……それって、ガンダルおじさんがいってた魔道師の――」

「おっと、名前は口にせんほうがいいな」

声の主が遮った。そして妙に優しげな口調で云った。

「今日はつらい思いをしたであろう、ヴァルーサ。なにせ最愛の恋人——いや、夫を亡くしたのだからな。そのうえ、こんなところで父の仇に組み伏せられ、いままさに人買いに売られようとしている——なんと数奇な運命であることよの、お前も」

声の主は笑った。まるで狂ったガーガーのように奇妙な笑い声だった。

「こんな日はさっさと寝てしまうがよい。あとはわしがすべて良いようにしてやろうからな。さあ、眠れ。眠るのだ、ヴァルーサ。黒蓮の深き夢のなかで——そしてわしのことは忘れろ。名前も何もかも——それから、もうひとつ」

「…………」

「念のために云っておくが、グンドはただの大道芸人だ。決してケイロニアの豹頭王グインなどではない。ガンダルはそのように云いはっていたようだが、残念ながらそれはただの思いこみに過ぎぬ。それをしっかり心に刻みこんでおけ。サイロンで暮らすようになっても、そのことだけは忘れるな。わしを困らせるでないぞ。よいな」

「——え？」

ヴァルーサは呆然としていった。

「それって……サイロンで暮らすって、いったい——」

聞きかえそうとしたヴァルーサの耳もとで不気味な含み笑いが響き、さらさら――と粉のようなものがこぼれる音がした。その甘やかな匂いを嗅いだとたん、ヴァルーサの意識は糸が切れたようにぷつりと途絶えてしまった。

4

「おい、婆さん。ずいぶんときれいな踊り子じゃねえか。どこで手に入れたんだ？」

男は、アラクネーが差し出した杯を受け取りながら云った。小男だが、信じられないほどにでっぷりと太り、声を発するたびに垂れさがったのどの肉がぷるぷると震えている。

《蜘蛛使い》アラクネーの結界は、小路に面した入口から階段を下りた地下にある。そのせいか、その空気はいつでもひんやりと冷えているのだが、それでも男のひたいやうなじにはぷつぷつと汗の玉が浮かんでいた。

アラクネーはひそかに男をさげすみながら、そばにいた踊り子に合図をした。壺を捧げ持った踊り子は、小男の横にひざまずくと、その杯に酒を注いだ。どろりとした濃い赤にふつふつと泡がわいている奇妙な酒だ。男は杯のなかをみてちょっと顔をしかめ、匂いを嗅いでみたりしながら、おそるおそる口へともっていった。が、得心したようにひとつうなずいた。

「――悪くないな。何の酒だい？」

「聞かないほうがいいよ」

　アラクネーは薄く笑った。

「サイロンのまじない小路で出された酒だの料理だのについては、あんまり余計なことを聞くもんじゃない。だまって飲み食いするか、それともはなから口に入れないか、どっちかにするんだね」

「なんだよ、脅かすなよ。そんなヘンなものが入ってるのか？　これ」

　小男が渋い顔をした。

「大丈夫さ。約束どおり、あんたの男を強くするものしか入ってないよ」

「ほんとだろうな？」

　男はうろんそうに杯の中身をすかしてみている。アラクネーはそれを見て低く笑った。

「――先月のテッソスの奴隷市でね。手に入れたのさ」

「この踊り子か？」

「そう。――ヴァルーサ、下がっていいよ」

　老いた魔女は踊り子に向かってひらりと手を振った。踊り子はうやうやしく一礼すると、酒の壺を抱えて奥の間へと下がっていった。

「思わぬ掘り出しものだったよ。タイスの踊り子でね」

「ふーん」

「生娘なのさ」

「――えっ？」

男は驚いて顔をあげた。

「タイスの踊り子で、生娘だと？」

「そう。珍しいだろう？」

「そりゃあ……」

男はまたおそるおそるひとくち酒を飲んだ。

「クムのタイスっていやあ、五歳以上の娘に処女はいないって云われる土地柄じゃねえか。まあ、そいつは話半分で大げさにしても――あの娘は、いくつだい？　どうみたって……」

「二十歳だっていってたね」

「だろう？　そんなもんだよなあ。しかも踊り子で、あんなに別嬪で、それで生娘だと？　そんなもの、タイスどころか、このサイロンでだってそうそうお目にかかれるもんじゃねえが――確かなのかい？　あの娘が嘘ついてるんじゃねえのか？」

「間違いないよ。あたしがこの指とこの目で確かめたからね」

「へえ……そうか、あの娘、生娘なのか」

男の口もとにいやらしい笑みが浮かんだ。

「おっと、あらかじめ云っとくけどね。あんたにはあの娘は抱かせないよ」

「なんだよ。金ならたんとはずむぜ」

「金の問題じゃないのさ」

「じゃあ、なんだい」

「まあ、いろいろと考えていることがあってね」

アラクネーはすましていった。

「ふーん」

男は不満そうだった。

「ところで、その酒はどうだい。効いてきたかい？」

「ん？」

男はいっしゅん、遠くを見るような目つきになった。次の瞬間、にんまりと下卑た笑みが浮かんだ。

「おお、おお！　効いてきた、効いてきた！　なんだかトートの矢が熱くなってきやがった。やっぱりアラクネー、お前は頼りになるなあ。くーっ、たまらねえ――なんだよ、ますますさっきの娘っこを抱きたくなってきちまった。よお、金はいくらでも出すからさあ。頼むから抱かせてくれよ」

「だからだめだよ。あの娘はね」

　アラクネーはにべもなく断った。

「ドゥエラならいいよ」

「ドゥエラかあ。ドゥエラはなあ、もうさんざん抱いたしなあ」

　男は口をとがらせた。

「そんなことより、せっかく酒が効いてきたなら、さっさと愛人のところにいって喜ばせてやったらどうなんだい？　そもそも、それがあんたの目的だったんだろうに」

「おっと、そうそう。忘れるところだったぜ」

　男はにやりと笑い、そそくさと立ちあがるとふところから一ラン金貨を取り出し、アラクネーの目の前に置いた。

「ありがとうよ。おかげで助かりそうだ。釣りはいらねえ」

「おや、えらく気前がいいね」

「ま、いつも世話になってるからな。ほんの気持ちだ――それより」

　男はアラクネーにちょっと顔をよせてにまにまと云った。

「あの娘、もしあんたの気が変わったら、ぜひ俺に抱かせてくれ。ここ久しく、生娘なんて味わったことがないからさ」

「ああわかったよ。気が変わったらね――ほら、さっさといきなよ」

「おお、じゃましたな。またくるぜ」

「あいよ」

男は最後に右手をあげてあいさつすると、ふうふういいながら急な階段をのぼっていった。まもなく扉の閉まる音がした。

「――ふん、相変わらずしょうもない色ぼけ親爺だね」

アラクネーは曲がった腰で杯を片付けながらひとりごちた。

「誰があいつなんかにヴァルーサを抱かせてたまるもんかね。あの娘を破瓜させる相手はもう決まってるってのに」

「――ほう。決まったのか」

背後から妙に甲高い年老いた声がした。アラクネーは驚いて飛びあがった。手にした杯から、粘ついた酒のしぶきが飛んだ。アラクネーはどきつく胸を押さえながら振り向いた。

「なんだ、エイラハのじいさんかい」

アラクネーはほっとして云った。

「なんだい、いきなり。びっくりさせないでおくれよ。心臓に悪いったらありゃしない……そもそも、いつの間にどうやってあたしの結界に入りこんだんだよ」

「さっきの男が出て行ったときさ」

背中にこぶをしょった蝦蟇のような矮人はすまして答えた。

「お前、あいつのために結界をちょいと開けてやっただろうが。そのすきにするりとな」

「そりゃまた、ずいぶんと礼儀正しいことで。ありがたいねえ、まったく。油断も隙もありゃしない。ほんとうに男ってやつは、どいつもこいつも……」

アラクネーはぶつぶつと不平を云った。

「まあ、そう怒るな」

エイラハはにたにたと笑った。

「ところで、あの娘の破瓜の相手が決まったということは、わしの話に乗るということだな」

「ああ、乗らせてもらうよ」

アラクネーはうなずいた。

「あたしもこのまじない小路に結界を張って何年にもなる。蜘蛛使いのアラクネーといえば、それなりに名前も知られてきたし、自分で云うのも何だが大の得意の糸占いはよくあたるとちまたでも評判だ。だが、こうして女だてらにせっかく魔道師になったのなら、どうでもいいような連中のどうでもいいような運命を読むばかりじゃなく、やっぱりもう少し大きなことがしてみたい、と思っちまったのさ。なにしろ、あんたが云ってた来年の《会》ってやつは、とてつもなくでかいんだろう？」

「そうよ」

　エイラハは得たりとばかりに何度もうなずいた。

「この機を逃せば、もう何百年かはこのような機会は訪れんだろうな。逆に云えば、この機を捉えれば、われわれ魔道師には何百年に一度しかできぬような相当のことをやってのけることができる、ということだ」

「何百年に一度ね」

　アラクネーはため息をついた。

「そう聞くと、あたしみたいな小物はやっぱりぶるっちまうけどね。そのために慣れない呪殺なんて恐ろしいものも引き受けるようになっちまったし……でも、せっかくあんたのおかげでタイスの踊り子の生娘なんて珍しいものが手に入ったんだ。このチャンスを逃すようじゃ、魔道師なんて名乗っていられないね」

「そうよ。それでこそ」

　エイラハは呵々と笑った。

「それで娘の破瓜の相手はどうしてる？」

「あいかわらず地下にいるよ」

　アラクネーはぼそりと云った。

「地下の深い秘密の石牢のなかにね。――いま、あんたに教わったやり方で精をつけさせているところさ。ま、もう二、三日ってところかね。用意ができるには」

「そうかい」

エイラハはにたりと笑った。

「じゃあ、またその時にわしも用意を調えて来るとしよう。なんといってもタイスは世界最大の快楽の都――あの娘、われわれ魔道師にとっちゃあ、淫猥な闇のエネルギーに満ちた結界で育った無垢で美しい花のようなものだ。そういうものには、得てしてその闇のエネルギーが濃縮して溜めこまれているもの。それを上手く利用してやれば――その奇蹟の花がお前さんの手で果たしてどんな実を付けるのか、実に楽しみだな」

「おかえり」

ドゥエラはベッドに寝そべったまま阿片の煙管《きせる》から口を離し、奥の部屋に戻ってきた娘に声をかけた。

「大丈夫だったかい？　あのでぶに嫌なことはされなかったかい」

娘はうつむきかげんに小さく首を横にふると、だまって部屋のすみにある自分のベッドに戻った。そのままベッドの上で、膝を抱えてすわったまま、何かをじっと考えているようだ。

「――どうだい、あんたもたまには阿片でもやらないかい？　気分が良くなるよ」

ドゥエラは誘ってみたが、娘はやはり黙って首を振るだけだ。

ひと月前にアラクネーが奴隷市から連れ帰って以来、娘はずっとこんな調子である。

（まあ、無理もないがね）

ドゥエラはため息をついた。

（まじない小路の奴隷ともなれば、お天道さんすら主《あるじ》の許しなしにはおがめないんだからね。あたしみたいに年季の入った踊り子ならともかく、やってきたばかりの娘には辛くて当たり前だろうね）

あたしも最初は不安だったんだから――とドゥエラは当時のころを思い出し、そっと目を閉じてひとくち阿片を吸った。

まじない小路――それは北の大国ケイロニアの首都、サイロンの中心部にある百タッドほどの小さな通りである。低い石づくりの古い家が建ちならんでいる、一見なんのへんてつもないような通りだが、それはあくまで見かけだけのことだ。

いや、まじない小路も確かにかつては、同じタリッド地区のさみだれ小路や酔いどれ小路とさほど変わらぬ、なんのへんてつもない通りであったのだと聞く。

しかし、一人の魔道師がこの通りに住みつき、占いの店を出してから、この小さな通りは徐々に世にも奇怪な通りへと姿を変えていったのだという。魔の者は魔の者を呼ぶ、とよく云われるが、まさにその言葉のとおり、次から次へと占い師や魔道師、呪術師、悪魔払い、そういった怪しげなものばかりが通りに住みつくようになり、いつしかそこはパロのクリスタルと並ぶ魔道の中心地として、人々の好奇と畏怖が向けられる場所となったのだ。いまではもう、どんな怪異が起こっても不思議ではない場所として、サイロンはもちろんのこと、中原に暮らすものなら誰でも一度はその名を聞いたことがあるに違いない。

アルセイスの場末の踊り子であったドゥエラが、道楽者だった父のこさえた借金のかたとして売られ、流れ流れてこのまじない小路にたどり着いたときにも、こんな噂を耳にした。まじない小路はひとつではない、そこに住まう魔道師の数だけまじない小路があるのだ――という話を。

それが真実なのかどうかは、女魔道師の踊り子に過ぎないドゥエラには判らない。だが、アラクネーの部屋が外から見た間口からは想像もつかないほど広々としていることを考えると、そう考えなければつじつまが合わないような気もする。しかもアラクネーの家には、まだドゥエラが入ったことのない部屋さえもいくつもあるのだ。

（――まったく、気味の悪いところへ来ちまったものさね。阿片でも吸ってなきゃ、頭がおかしくなりそうだよ）

もう何年もここで暮らし、すっかり慣れた自分でさえもそうなのだから、ここへ連れてこられたばかりのあの娘には、さぞかし辛いことだろうね——とドゥエラの思いはまたそこへ戻るのだった。

ここへ来てからというもの、娘はほとんど口をきいていない。辛抱づよく話しかけた末にかろうじて聞き出したのは、娘の名がヴァルーサで、年齢は二十歳だということ、クムのタイスの踊り子だったが、誘拐されて人買いに売られ、奴隷市でアラクネーに買われた、ということくらいだ。

だが意外なことに、娘がもっとも強い反応を示したのは、ドゥエラがなにげなく、自分はアルセイスの出身だと云ったときだった。アルセイス、と聞くなり、娘がびくっとして顔をあげ、ドゥエラを見つめて体を震わせたのだ。

（——どうしたね、急に。アルセイスがどうかしたかい？　もしかしてアルセイスに行ったことがあるのかい？）

そのときのドゥエラの問いに、娘はちょっとためらったあと小さくうなずいたのだった。

（何年か前……タイスの劇場の巡業で行ったことがあるわ。二ヶ月くらい）

（そうかい）

（ええ……）

（そのときに、何か嫌なことでもあったのかい？）

ドゥエラはじっと娘の目を見つめ、先を続けるのを待ったが、娘はまたうつむいて黙りこんでしまった。

（どうした？　辛いだろうが、話せば少し楽になるよ）

できるだけ優しく話しかけたが、娘からはもう何も返ってこず、その話はそれきりになってしまったのだった。

そうはいいながらも、ドゥエラはアラクネーのもとでの暮らしはましなほうだと思っている。十年ほど前、まだそれなりにうぶな十代のころに初めて売られたユラニアの貴族の家では、それはもうひどい扱いを受けたものだった。ろくなものは食わせてもらえず、何かというと鞭をふるわれ、時にはその貴族や息子たちから縄で縛られたうえに折檻のような陵辱まで受けた。その後、その貴族はユラニアとケイロニアとの戦争をきっかけに没落し、ドゥエラもそのときに人買いの手を経てサイロンに移ってくることになったのだが、そのころに比べれば、アラクネーの踊り子としての生活は天国のようなものだ。腹を減らさない程度に食事はできるし、こうしてたまには阿片も吸わせてくれる。全裸になって大蛇を巻きつけて踊ったり、黒魔術の生贄にされた動物の血を浴びたり、ベッドで男の相手をしたりすることなど、どれほどのことがあるだろう。たまには乱暴な客もないではないが、そんなときもアラクネーに訴えれば、二度とその客は顔を見せなくなる。奴隷主としては最上の部類だろう。

だが、それも辛酸をなめてきたドゥエラだからこそ云えることだ。自分にも親にも何の落ち度もなく、掠《さら》われて売り飛ばされたという娘にとっては耐え難いことには違いない。アラクネーがもらしたには、まだ生娘だと云うからなおのことだ。いまのところは、まじない小路の踊り子としての作法のようなものを教えるだけで客は取らせていないようだが、近いうちにはどこの誰とも知らぬ男にその蕾を散らされることになる。

（せめて、優しい男が最初の相手だといいね――）

ドゥエラにはそのくらいしか、その娘のために祈ってやることはできないのだった。

ヴァルーサのために沐浴の準備をするように、とアラクネーがドゥエラに命じたのは、その四日後のことだった。

アラクネーの結界の一角には、井戸から温かい湯がわき出ている不思議な部屋がある。そこには大きなたらいも置かれており、いつでも沐浴ができるようになっている。もっとも、奴隷であるドゥエラはそこを自由に使うことはできない。だが、客を取らされるときにはまずそこで体を磨くように命じられ、終わったあとにはまた体を流すことが許される。

つまり、ヴァルーサが沐浴を命じられたということは、これから初めての客を取らされるということだ。ヴァルーサが生娘だというのが本当なら、初めての男ということにもなる。ドゥエラはちょっと心配になってヴァルーサをちらりと見たが、娘はそれが判っているのかどうなのか、黙ってベッドの上で膝を抱えて座っているだけだ。気のせいか、いつにも増して反応が鈍いようにも見える。

「今日はちょっと特別な相手なんでね。ドゥエラ、ヴァルーサを手伝って、しっかり体を磨いてやっておくれ」

アラクネーの言葉にドゥエラは黙ってうなずくと、ヴァルーサを促して沐浴の部屋へと連れていった。ヴァルーサも素直についてきたが、その表情にはあいかわらず生気がない。沐浴をするように促しても、ヴァルーサはどうしていいのかも判らぬ様子でぼおっと立ちつくしたままだ。

ドゥエラは仕方なく、ヴァルーサが羽織っていた粗末なガウンを脱がせ、素裸にしてたらいのなかに立たせると、肩から何度も湯をかけ、ぬか袋でかいがいしく全身を磨きあげてやった。ヴァルーサの若々しく張りのある小麦色の肌が、またたく間に輝きを取り戻してゆく。最後にアラクネーから渡された香油を全身に塗りこんでやると、まるでブロンズの女神像のような美しい姿ができあがった。その体からは、ほのかに花のような甘い香りもただよってくる。ドゥエラは大きく深呼吸してその香りを吸いこみ、豊かに均整の取れたヴァルーサの体を惚れ惚れとして眺めたが、このあと娘の身に起こるであろうことを思うと、自分が良いことをしてやったのかどうなのか、なんとも複雑な気分であった。

「準備はできたかい？」

半ザンほどが過ぎたころ、部屋の扉からアラクネーがしわ深い顔をのぞかせた。ドゥエラはうなずいた。

「はい」

「じゃあ、ヴァルーサを連れてついてきておくれ」

ドゥエラは、まだぼんやりとした様子のヴァルーサにガウンを掛けてやり、肩をそっと抱くようにして部屋から連れ出した。アラクネーはそれを確認すると、黙って向かいにあるいかにも重そうな扉の前に立ち、何やら呪文を唱えた。するとその扉が音もなく手前に開いた。その向こうには、地下へと続く長い階段が、かがり火に照らされてゆるやかに螺旋を描きながら続いていた。ドゥエラは思わず目を疑った。これまで何年もアラクネーに仕えてきたが、この結界にさらに地下があるとはまったく知らなかったからだ。

ドゥエラの驚きに気づいたのだろう。アラクネーはドゥエラの顔を見てかすかに笑うと小さく手招きした。

「ついておいで」

ドゥエラはヴァルーサの腕をそっと取り、背中を優しく押してその長い階段を下りさせた。その階段はぐるぐると深く、どこまでも続いていた。ドゥエラは自分とヴァルーサの両方の足もとに気を配りつつ、肩にひとつ鬼火をのせたアラクネーの後についてその狭い階段を慎重に下った。

果たして何回らせんをまわったのだろう。いったいこの階段はどこまで続くのか――ドゥエラがさすがに不安になりはじめたころ、ふいに階段が終わり、突きあたりに小さな扉が現われた。アラクネーはその前で立ち止まり、振りかえるとドゥエラからヴァルーサの手を受け取った。

「ご苦労だったね、ドゥエラ。あとはあたしがやるからね。あんたは部屋に戻って待っていておくれ」

アラクネーはヴァルーサの手を引きながら、右手で扉の取っ手を引いた。扉が軽くきしんで開いた。そのアラクネーの手がぶるぶると異様に震えているのにドゥエラは気づいた。何かがおかしい、とドゥエラは思った。

(今日は特別な客だ、とアラクネーは云っていたけど――それにしても、こんな地下でいったいヴァルーサに何をさせようというんだか……しかも、アラクネーがあんなに緊張しているのは見たことがないよ)

そういえば、以前は受けていなかった呪殺をアラクネーが引き受けるようになったのも、ヴァルーサがやってきてからのことだ――とドゥエラは気づき、軽い戦慄を覚えた
（いったいどうなってるんだか……何が起こってるんだろうね）
だが、奴隷であるドゥエラには、その謎の答えを手に入れるすべはなかった。アラクネーとヴァルーサは扉の向こうに消え、ドゥエラだけがひとり、胸に大きく渦巻く疑問とともにぼんやりとした闇のなかに残された。

「連れてきたかね」

アラクネーとヴァルーサを出迎えたのは、矮人エイラハであった。

二人がくぐった小さな扉の向こうには、暗く広い空間が広がっていた。床はごつごつと岩が波うち、灯りらしい灯りとてない。ただ、エイラハの両肩に灯った鬼火だけが、彼の周囲を青白く照らし出していた。アラクネーも矮人にならい、鬼火をもうひとつ増やした。ぽっ、とまわりが少しだけ明るくなった。

「ああ、エイラハ。待たせたね。ごらんの通りさ。しっかり磨きあげて連れてきたよ」

「そうかい。――おお、確かに香油のいい匂いがするな。よしよし」

エイラハはヴァルーサに鼻を近づけてにやりと笑った。醜くつぶれた顔に浮かんだ笑みが、鬼火に照らされて不気味に揺れた。アラクネーはヴァルーサをちらりと見やった

が、娘には何の反応もなく、やはりただぼんやりと無表情にたたずむばかりであった。

「黒蓮が効いてるようだね」

アラクネーはつぶやいた。

「で、あれはどうしてる？　大人しくしてるかい？　もう準備はできたのかい」

「ああ、もちろん。ほれ、このとおり」

エイラハがぱちりと指を鳴らすと、鬼火がいちだんと大きくなった。闇に閉ざされていた部屋の奥が照らし出された。そこには、頑丈な格子に囲まれた巨大な石牢があった。その中でじっとうずくまっているものを見て、アラクネーはこくりとつばを飲みこんだ。

暗闇にぼんやりと浮かびあがったそれは、巨大な黒い塊であった。いかにも獣くさい臭いと、ふっ、ふっという不気味な息づかいが聞こえてくる。昆虫の腹のように丸くふくれあがった胴から真横に何本も伸びた長い脚は、いまは体の横にぴたりと折りたたまれている。そしてその二本の前脚のあいだから、凶悪に赤く光る複眼がふたつ、こちらをにらみすえていた。アラクネーは思わず身震いした。

「ううっ、なんでこんなもの飼っちまったんだろう」

アラクネーはぼやいた。

「どう見たって、ばかでかい蜘蛛の化け物にしか見えやしない。それにあの全身のトゲときたらもう……ああ、やだ。見るたびに寒気がする」

「蜘蛛使いのアラクネーともあろうものが、何を云っておる」

　エイラハはこらえきれぬように笑った。

「まさにおぬしのその二つ名にふさわしいと思うて、わしがわざわざ黄泉から呼び出してやったというのに。なんと、蜘蛛使いのアラクネーは、蜘蛛が嫌いだったのか」

「嫌いじゃないさ」

　アラクネーは抗議した。

「糸占いに使う蜘蛛たちは、そりゃあ可愛いものさ。どんなに大きくったって、せいぜい手のひらにのる程度だもの。餌だって、ハエだの蛾だのこおろぎだのを与えてやれば満足してる。でも、あれは……」

「まあ、確かにな」

　エイラハはにたにたと云った。

「あれは人喰いだし、脚を広げたさしわたしは三ターールほどもあるからな」

「そうだよ。いかもの好きのあたしでも、あんなものを好きになれっていうのはどだい無理な話さ」

「しかし、あれの食欲のおかげでお前の呪殺もよく効くと、裏じゃあなかなかの評判だというじゃないか。それでだいぶん稼いだんだろうに」

「まあね。でも、それがいいことなんだかどうなんだか、あたしには判らないよ」

「ふん、弱気だの」

エイラハは小馬鹿にしたように云った。

「まあ、よい。こうしていても時が移る。はじめようじゃないか」

「そうだね」

アラクネーはため息をついた。

「さっさと始めて、さっさと終わらせちまおうかね。――どうすればいい？」

「まずはその娘をよこせ。その娘がいないことには話にならん」

アラクネーは大人しく、ヴァルーサをエイラハに引き渡した。

「これからわしとおぬしが行う術は、先だってパロの王妃にキタイの竜王が行った術と原理的には同じものだ。この――」

エイラハはぼんやりと立っているヴァルーサの下腹部のあたりを手でばくぜんと示した。

「この娘の胎内に、この《蜘蛛》が持つ闇の種子を産みつけさせる。前にも話したように、この娘にはタイスの街そのものが持つ闇のエネルギーが凝縮されておる。淫猥な欲望に満ちた巨大な結界とも云うべき街のエネルギーがな。種子はそのエネルギーを糧として育つ。そして来年に訪れる《会》が触媒となってそのエネルギーが何十倍にも増大し――すさまじい量のエネルギーを吸収して孵化した種子をこの娘が産み落とすことになる。そうして生まれたそれは、いまおぬしが飼っているこの《蜘蛛》よりもはるかに巨大なダークパワーを持つ、しかもおぬしとわしに忠実な僕《しもべ》となるはずだ」

エイラハはトーガをだらりとはおった両手を広げた。

「そのパワーがあれば、相当のことができる！　このサイロンを支配することさえも――そう、かつてかの竜王がアモン王子を通じてクリスタルを魔の結界と化し、支配したように。わしらも同じようにサイロンを闇の結界と成し、その王と女王として君臨することができるのだよ」

「…………」

「この娘のからだに塗りこませた香油は、この《蜘蛛》にとってはいわば媚薬のようなものだ」

エイラハは石牢へと通じる小さな扉の鍵をがちゃりと開けた。

「こやつはあまり目はよくないが、鼻はきく。この香油の匂いを嗅げば、この娘のことを同族の雌と信じて疑わぬであろう」

エイラハはヴァルーサを石牢のなかへと押しやると、扉を閉めた。アラクネーはおろおろと手をもみ絞った。

「本当に大丈夫だろうね？　この娘、喰われてしまったりしないだろうね？」

「大丈夫さ。――ほれ、見てみろ。《蜘蛛》のやつ、さっそく反応しておる」

エイラハの云うとおり、《蜘蛛》のようすが明らかに変わっていた。いままでうずくまっていたものが、急にもそもそと起きあがり、ふっ、ふっという呼吸音が激しくなっていた。《蜘蛛》は無表情にたたずむヴァルーサにゆっくりと近づくと、その全身を触角で探った。すると、にわかに興奮したように、ぎぎぎぎっと奇妙な音をたてながら、二本の後脚だけで立ちあがった。その脚のあいだから、赤紫色の奇妙なものが屹立していた。ぬらぬらと濡れたその先端からは粘液のようなものが垂れている。アラクネーは思わず目を背けた。

「おお、いやだ」

アラクネーはわなないた。

「ああ、もう、あたしはなんでこんな罪作りなことをしてるんだろう――ねえ、エイラハ。頼むから、この娘にはせめてなにも判らないようにしてやっておくれよ」

「ああ。判らないどころか、娘には最高の夢を見せてやるさ。――ほれ」

エイラハはトーガのふところから曲がりくねった小さな杖を取り出し、石牢の格子ごしにヴァルーサの肩を軽くたたいた。そのとたん、それまでぼんやりとしていたヴァルーサの顔に、急に生気が戻った。これまでどこを見るでもなく、半分ほどしか開いていなかった瞳が動き、その焦点があったようにみえた。アラクネーは息を呑んだ。

「ちょっと、じいさん、なにするんだい！　せっかく黒蓮を効かせていたのに、これじゃあ、この娘に何もかも判っちまうじゃないか！」

アラクネーの抗議に、エイラハはうるさそうに手を振った。

「大丈夫だと云っておろうが。黙ってみておれ」

「ああ、もう」

アラクネーはまた手をもみ絞った。ヴァルーサはじっとあたりを見まわし、そしてその視線が目の前に立っている妖魅に向けられた。ヴァルーサの目が驚いたように大きく見開かれた。その口が、何かを叫ぼうとするかたちに開いた。アラクネーはとっさに耳をふさぎ、その悲鳴を聞くまいとした。

が――

ヴァルーサの口から漏れたのは、悲鳴ではなかった。

「――ガンダルおじさん！」

ヴァルーサの顔にぱあっと歓喜が広がり、そしてくしゃくしゃにゆがんだ。その瞳からは涙があふれだした。

「ああ、ガンダルおじさん！　やっと迎えに来てくれたのね！　嬉しい！　ずっとずっと会いたかった！」

ヴァルーサは、妖魅にむかって大きく両腕を広げた。《蜘蛛》は四本の前脚でヴァルーサを抱えると、そのままゆっくりと押し倒し、体の下に包みこむように覆いかぶさった。ヴァルーサの体は巨大な《蜘蛛》の胴体に隠れ、すっかり見えなくなった。アラクネーは呆然として、エイラハを振りかえった。

「これは――いったい……」

アラクネーは無意識に首を横にふっていた。

「これは、いったい――この娘は何を云って……相手は蜘蛛の化け物じゃないか……ガンダルだって？　ガンダルっていったい誰なのさ」

「この娘の死んだ恋人さ」

エイラハはまたにたにたと云った。

「――恋人だって？」

アラクネーはぼんやりとエイラハの顔を見つめた。そして突然、エイラハが娘に何をしたのかを理解した。アラクネーはあえぎ、悲鳴をあげた。

「あんた！　あんた、この娘に……」

アラクネーは震える指でエイラハを指した。

「あんた、なんてことを――この娘に術をかけたんだね！　そして、この化け物を、よりにもよって死んだ恋人だと思わせたのかい！　あんた……そんな――そんな、なんてひどいことを……」

「なにがひどいのだ。よいではないか」

エイラハは高らかに笑った。

「この娘はな、死んだ恋人に別れを告げることもできなかったのだよ。それからというもの、もう長いこと恋人に一目だけでもと会いたがっていたのだ。だから会わせてやっただけのことだ。それのどこが悪い？　娘にとっては夢が叶っただけのこと、訳のわからぬうちに妖魅に破瓜されるくらいなら、いっそ恋人に破瓜されたと信じているほうがよっぽどよかろう。この娘はいま、自分が思い描く理想の恋人を幻のなかに見ておるよ。じつに幸せなことではないか——それに、この娘の恋人も身長二タールをはるかに超える化け物じみたやつではあったからな。大差あるまいて」

「…………」

啞然として二の句が継げずにいるアラクネーに、追い打ちをかけるようにエイラハは云った。

「そうそう、ひとつ云い忘れておったがな——この《蜘蛛》、これで用無しになるわけではない。こやつはいずれ、この娘が産み落とすものの最初の大事な餌になる。だから、それまできっちりと世話をしてやるように。決してこやつの腹を空かせぬようにな。さもないと——さて、何が起こってもわしは知らんぞ」

エイラハの口が耳までぱっくりと裂け、けけけっと甲高い笑い声が漏れた。アラクネーは口をぱくぱくとさせるばかりで、なにも云うことができなかった。

（あたしは……）

アラクネーはしびれる頭でぼんやりと考えた。

（あたしは、この男に騙されたのだろうか……いったい、何の片棒を担がされたのだろう……）

（あたしは、とんでもない間違いを犯したのかもしれない……）

アラクネーの心に疑惑と後悔の念がわき起こりはじめていた。その念をかき消すかのように、ヴァルーサのくぐもった喜悦の声だけが地下の小昏い部屋に響いていた。

5

「なんか、最近ヒマだよね。客がちっとも来ないんだもの。ここんとこ、アラクネーもどこにも連れていってくれないし」

ベッドの上に座ったヴァルーサは、爪切り用の小さなナイフで器用に足の爪を整えながら云った。柔らかい体で右足を口もとまで引き寄せると、ふっと爪のくずを吹き飛ばし、しげしげと爪のようすを確かめている。やがて得心がいったのか、ぽんと足を投げ出すと、ナイフをぱちりと折りたたんで引き出しに放りこんだ。

「どうしちゃったんだろう。しばらく前から客が減ったな、と思っていたけれど、ここひと月ほどはさっぱりだわ」

「——なんでも、サイロンはいま流行病で大変らしいよ。黒死の病でね。もう大勢やられているらしい」

ドゥエラの言葉に、ヴァルーサは驚いたように顔をあげた。

「そうなの？」

「ああ」

　ドゥエラは阿片の煙管を一口吸った。

「前によく、小さなでぶが来ていただろう？　金持ちで、やたらと気前がいい」

「ああ、あの、ちょっと気はいいけど、すごくえっちなひと」

「そう。あいつも黒死にやられたらしい。あっという間だったってさ」

「え、ほんとに？」

「ああ。アラクネーが云ってた」

「そう……あのおじさん、死んじゃったんだ。かわいそう」

　ヴァルーサは目を閉じ、祈るようなしぐさをした。ドゥエラは驚いた。

「おや、あんた、あんなやつのために祈ってやるのかい？　ずいぶんと優しいんだね」

「だって、かわいそうじゃない」

　ヴァルーサは心外な、という顔をした。

「あのおじさん、あたしにとっては、はじめての客のようなものだったのよ。なんだ、もう生娘じゃないのか、ってがっかりされちゃったけど。それに、ちょっとしつこい感じもあったけれど、ずいぶんとやさしくしてくれたわ。悪い人じゃなかった」

「ふーん。——ま、あんたのそういうところもあたしは好きなんだけれどもね」

　ドゥエラはまたひとくち阿片を吸った。

「それにしても、あんな金持ちがあっさりと病にやられちまって、あたしたちみたいな奴隷のほうがアラクネーの結界のおかげでこうして無事に生き延びてるってのはね。皮肉なもんだね、人生ってやつは」

「――なんだか、ずいぶんと年寄りくさいこというのね。ドゥエラったら」

ヴァルーサはくすりと笑った。

「ところでドゥエラ、阿片はやめなよ。いったでしょう？　あたし、タイスにいたころにさんざん阿片でおかしくなっちゃったやつのこと見てきたんだから。劇場のおかみも口を酸っぱくしていってたわ。阿片にだけは絶対に手を出すなって。あれはおそろしいことになるからって」

「大丈夫さ」

ドゥエラは薄く笑った。

「この阿片はね、タイスの緑阿片よりもずっと弱いから。たまにこうして吸ってるぶんには、そうたいそうなことにはならないさ」

「でも……」

「ま、いいじゃないかね。このくらい好きにさせておくれ」

ドゥエラはさえぎるように云った。ヴァルーサは不満そうに口をとがらせたが、それ以上は何も云わなかった。

このところ、ドゥエラとヴァルーサはすこぶる仲がいい。まるで姉妹のようだね、とアラクネーにからかわれたこともある。じっさい、とても天真爛漫なところのあるヴァルーサをみていると、ほんとうの妹のように可愛くて仕方なくなることがドゥエラにはある。それを知ってか、ヴァルーサもドゥエラには自然に甘えてくるのがまた可愛らしい。

（去年、この娘が連れてこられたころには、こうなるとは想像もつかなかったけれどもね）

ドゥエラは阿片に少し陶然としながら、ぼんやりと思った。

（あれからもう、一年か。ずいぶんと経っちまったもんだね……それにしてもあの日、この娘にいったい何があったんだか）

ヴァルーサが初めての「特別な客」を取らされたあの日、暗い地下深くから戻ってきたヴァルーサとアラクネーのようすを見て、ドゥエラは仰天したのだった。それまで、何を話しかけてもほとんど反応がなく、暗く沈んで無表情だったヴァルーサはじつに幸せそうに満面の笑みを浮かべており、一方のアラクネーは真っ青な顔で、まるでこの世の終わりを迎えたかのようにぶるぶると怯えているようにみえたからだ。ヴァルーサは、どう見ても見ず知らずの客に陵辱されたあとのようにはみえなかったし、アラクネーもその「特別な客」とやらをうまくもてなした後の遣り手にはとてもみえなかった。これじゃあ、まるで役割が逆――ヴァルーサが遣り手で、アラクネーが初めての客を取らされたみたいじゃないか、とドゥエラは呆れ、その自分の想像がなんだか可笑しくて思わず吹き出しそうになったものだ。

それからのヴァルーサは、それまでとはまるで別人だった。いつも生気にあふれ、喜怒哀楽をはっきりと表し、アラクネーにもドゥエラにも積極的に話しかけては感じよくふるまうようになった。もともと綺麗な娘だと感心はしていたが、ほんとうはこれほどまでに魅力的で、人を好きにさせずにはいられない娘だったのか、とドゥエラはただただ驚くしかなかった。いったいどんな魔法を使ったんだい、と冗談まじりにアラクネーに尋ねたが、魔女はやはり妙に青い顔をして、別にあたしはなにも、とつぶやくように答えるだけだった。

だが、そんな様子を見て、アラクネーも見習い期間は終わりということにしたのだろう。それからはヴァルーサにも普通に客を取らせるようになった。が、それもヴァルーサは特にいやがるでもなく、朗らかにこなしていた。客からの評判も上々で、みながヴァルーサと寝たがるものだから、ドゥエラは一時期ずいぶんと暇になったものだった。

もっとも、そんなときでもヴァルーサはドゥエラを姉のように慕い、何かとたててもくれたから、ドゥエラも面白くない気分を味わうはめにはならなかったのだが。

いまではドゥエラと同じように、大蛇を裸に巻きつけて呪《まじな》いの踊りを踊ったりもしている。そういうことがイヤじゃないのかい、と前に聞いたときも、ヴァルーサはけろっとして云ったものだった。

（だって、あたしはタイスの娘だもの。男と寝るのが好きなわけじゃないけれど、だからって別にどうってことないわ。それに子供のころは曲芸団にいたから、蛇みたいな動物もあつかい慣れているし）

ここに来たころのヴァルーサのようすを思えば、とても想像できないようなこたえにドゥエラは呆気にとられた。いったい初めて客を取らされたあの日に何があったのか、とかなりしつこくヴァルーサに聞いてみたが、ヴァルーサはふふふっ、と意味ありげに笑うだけで、それを決してドゥエラに打ち明けようとはしないのだった。

（——まあ、なんにせよ、ヴァルーサが元気になって良かった。おかげであたしもなんだか、毎日笑って暮らせるようになったしね）

ドゥエラはのんびりと阿片を吸い、ベッドの上で退屈している様子のヴァルーサを好ましく眺めながら、小さな幸福感にひたっていた。

そのころ、その同じ結界のなかで——

アラクネーは、そんな幸福感とはほど遠いところにいた。

（どうしよう……ああ、どうしよう）

老いた魔女は自室に閉じこもり、どうにも落ち着かずにうろうろと歩きまわっていた。

（もう、かれこれひと月もあれに餌をやっていないよ……このままだと――やばい。ああ、やばい）

こんなことになったのも、すべてはサイロンを襲った黒死の病のせいだ。

数ヶ月前、静かにサイロンに蔓延しはじめた流行《はや》りやまいは、次第に猛威をふるいはじめ、ひと月ほど前からはまさに猖獗《しょうけつ》を極めていた。

アラクネーが人喰いの化け物を飼いはじめてから、そのえさ集めにと不本意ながら始めた呪殺も、黒死が流行りはじめてからはぱたりと依頼が来なくなってしまった。それも当然であろう。見つかれば重い罪に問われる呪殺をわざわざ依頼せずとも、いまやサイロンには身近に死があふれていたのだから。

それでアラクネーはしかたなく、またしても良心の呵責と闘いながら、身よりのなさそうな浮浪者を選んでは、ひそかに《蜘蛛》に与えていた。だが、その浮浪者もひと月ほど前からはまったく手に入らなくなった。黒死の病が浮浪者たちをついに死滅させ、街から一掃してしまったからである。

困ったことに《蜘蛛》は健康な人間しか喰わぬ。流行病で死にかけた人間を喰ってくれればかえってありがたかったかもしれないが、そうした黒死の臭いを少しでも感じさせるものには《蜘蛛》は見向きもせぬ。そして、そんな臭いをみじんも感じさせぬ者など、王宮を除けばもはやいまのサイロンの街には皆無といっても過言ではないのであった。

（いったい、どうすればいいんだろう……）

アラクネーの頭のなかでは、ヴァルーサの胎内に闇の種子を植えつけたあの日にエイラハが発した警告がなんどもこだましていた。

（決してこやつの腹を空かせぬようにな。さもないと——さて、何が起こってもわしは知らんぞ）

あのとき、エイラハは悪辣な笑みを浮かべながら、さらりと思わせぶりに云ってのけたのだった。

腹立たしいことに、あれ以来エイラハはまったく姿を見せぬ。それまでは熱心にアラクネーに甘言をささやいておきながら、である。アラクネーは、その甘言にうかうかと乗ってしまった自分を叱り飛ばしたい気分だった。

（そもそも、サイロンの闇の女王として君臨するなんて、そんな大それたこと考えたこともなかったのにね……なぜ、あのときに限ってそんなことを考えちまったんだか）

おかげで、あんな不気味な化け物に怯えながら暮らさなければならなくなったのだ。

もはやアラクネーには、ヴァルーサの胎内で静かに育っているであろう闇の種子のことなど、どうでもよくなっていた。そもそも、あれ以来、ヴァルーサの体には何の変化もみられない。だから、いまとなってはそんなものがほんとうに育っているのかどうか、怪しいものだと思いはじめてもいる。とにかく、そんなことよりも何よりも、いまはあの凶暴な《蜘蛛》の食欲を満たしてやるにはどうすればいいのか、ということだけで頭がいっぱいだった。

（とはいっても、もうこのあたりじゃあ、手に入る餌――健康な人間なんてひとりも見あたらないしね……）

否。

ほんとうはいるのだ。ふたりだけ――

ドゥエラとヴァルーサが。

これまで踊り子として、忠実に彼女に仕えてくれた娘たちが。

そのことに思い至るたび、アラクネーは心臓が冷えるような思いがする。

アラクネーにとって、それはまさにドールの禁断の誘惑だった。むろん彼女は、世に名高い《世捨て人》ルカや《ドールに追われる男》イェライシャのようなヤヌスの白魔道の信奉者というわけではなく、アレクサンドロスの魔道十二条などという馬鹿げたものに従うつもりはない。とはいえ、〈闇の司祭〉グラチウスのように何もかもをドールに捧げるというのも、自分のような小物にとっては身を滅ぼす道であるとわきまえているつもりだ。だが、エイラハの話にうかうかと乗ってしまってからというもの、自分ではもうとどめようのない力で、ドールの黄泉への道を突きすすんでしまっているような気がする。

進むも地獄、退くも地獄——進退窮まるとはまさにこのことだ。

（ああ、もう）

アラクネーは、力なく椅子にすわりこみ、頭を抱えてうつむいた。だが、そうしたところでよい考えなど浮かぶはずもないことは、彼女にもよく判っていたのだった。

それからまもなく、ドゥエラとヴァルーサに久しぶりの沐浴が命じられた。

ということは、ひさびさに客を取らされるということだ。アラクネーの踊り子になって久しいヴァルーサもすっかり慣れたものだが、ドゥエラとふたりというのはなかなか珍しい。むろん、これまでにもふたりを両脇にならべて楽しもうという極めて好色な客もいたし、なかにはドゥエラとヴァルーサにウラニアめいたこと——女どうしの秘めごとのまねをさせて、自分は酒を飲みながらそれを眺めているだけという酔狂な客もいた。だが黒死の病のせいで客足が途絶えているいま、久しぶりに訪れた客がどうやらそんな妙な性癖の持ち主らしいということが、ヴァルーサにはなんとなく可笑しかった。

「男ってほんと、馬鹿っていうか、へんだよね」

ヴァルーサは、ドゥエラの背中をぬか袋で流してやりながら云った。

「世のなか、大変なことになってるんでしょう？　それなのに、わざわざこんなところにきてこんなことしたがるなんて。他にやることあるんじゃないのかなあ」

「こんなときだからこそ、なんじゃないのかね」

ドゥエラが含み笑いしながら、肩ごしに応じた。

「こんなときだからこそ、って？」

「こうして恐ろしい病がはやって、いつ自分がやられちまうかもしれない、ってときだからさ。そういうときだからこそ、どうせまもなく死んじまうかもしれないなら、いままでちょっと勇気がなくてできなかったような、変態めいたことをしてから死のうと思ったんじゃないのかねえ――ま、それもたしかに酔狂だし、好色だし、馬鹿なことだとは思うけれどもね。最後にちょっとした夢を見たい、っていうところなんだろうよ」

「ふーん」

ヴァルーサは感心した。

「やっぱり、ドゥエラってすごいよね。男のことっていうか、世のなかのこと、ほんとよく判ってるよね」

「そんなことはないよ。判らないことだらけさ。しょせん、奴隷の踊り子だもの――でもまあ、あんたよりは十ほども年を食ってるからね。年の功ってやつさ。ただ……」

「ただ？」

「ただ、こういうときだけに、それこそやけになって、ほんとうに妙なことを考える客がいないともかぎらない。あたしたちをこっぴどく痛めつけようとするようなやつがね。まあ、あんまりひどければアラクネーが止めにはいってくれるだろうが、そこだけはちょいと気をつけておいたほうがいいかもしれないね」

「なるほどね」

ヴァルーサはまた感心した。

「そんなときはひさびさに、むかし習った闘技の出番かしらね」

云うとヴァルーサは、裸のまま見事なまわし蹴りを披露してみせた。しなやかな筋肉が躍動する。ドゥエラは驚いたように笑った。

「おやおや、あんたそんな特技も持っていたのかい？」

「うん。死んだ父さんが剣闘士だったから。小さいときにしばらく習ってたんだわ」

「こりゃ、頼もしいね」

今度はドゥエラが感心したように云った。

「じゃあ、あたしは念のため、小さなナイフでも忍ばせていくとするかね」

沐浴を終えたふたりは体をぬぐうと、ガウンを羽織って部屋へ戻った。ドゥエラは言葉どおり、引き出しからナイフを取り出してふところに忍ばせているようだった。

そこへアラクネーがふたりを呼びにきた。なんだかげっそりと目に見えてやつれ、顔には血の気がなく、しわやしみのせいもあって青黒くさえもみえる。目は心なしか血走り、表情も何だかいつもよりずいぶんとこわばってみえる。ここのところ、どうもアラクネーのようすがおかしいとはうすうす感じていたが、今日は一段とそれを強く感じる。いったいどうしたのかしら、とヴァルーサはいぶかしく思った。ちらりと振りかえるとドゥエラと目があったが、彼女もどうやら同じように感じているらしく、けげんそうな顔をしていた。

「——今日は、ふたりには特別な客をもてなしてもらわなくちゃならない」

アラクネーががさがさとした声で、まるでつぶやくように云った。

「だから、場所もいつもとは違うところを用意した。——ほれ、前にいちどだけ、ヴァルーサを連れていったことがあっただろう。あの地下の部屋をね。あのときはヴァルーサだけだったが、今日はドゥエラもいっしょに頼むよ」

アラクネーはふたりについてくるように促すと、例の地下深くへと通じる扉の前であのときと同じように呪文を唱えた。扉が音もなく開いた。その先にはやはり、緩やかにらせんを描いた暗い階段が続いていた。アラクネーは右手に青い鬼火を灯すと、ゆっくりとその階段を下りていった。ヴァルーサとドゥエラも素直にその後に続いた。

「——特別な客だってさ」

ドゥエラがヴァルーサにそっとささやいた。

「そういえば、あんたがはじめて客を取ったときも、アラクネーは同じようなことをいって、あんたを地下へ連れていった。もしかしたら、そのときと同じ客なんじゃないのかね？」

「――うーん、違うと思う」

ヴァルーサは少し考えてかぶりを振った。

「もう、あの人はこないと思うし……それに、もしあの人だとしたら、呼ばれるのは絶対にあたしだけだわ。ドゥエラは呼ばれないと思う」

「おや、なかなかひどい言いぐさじゃないか。そりゃまあ、あたしはあんたと比べたら大年増もいいところだけれどもさ」

「ああ、ごめん。そういう意味じゃないの。ただ、あのひとは、ほんとうに特別な人だから。その――あたしにとって」

「あんたにとって？」

「そう。あたしにとって特別なひと……」

そのときの思い出がヴァルーサの脳裏にあざやかによみがえった。黙りこんだヴァルーサにドゥエラがなにか話しかけているようだったが、その声はもうヴァルーサの耳には入らなかった。

（ガンダルおじさん……）

あのとき、誘拐され、奴隷として売られて絶望していたヴァルーサに奇蹟が起こったのだった。あの大闘技会で命を落とし、もう二度と会えないと思っていた恋人が、ふいに目の前に現われたのだから。

サリュトヴァーナ女神に許しを得て、一晩だけお前に会いに黄泉から帰ってきた――と懐かしい低い声でガンダルは云ったのだった。

あの日、ヴァルーサは絶望の淵から一気に幸福の絶頂にまでひきあげられた。恋い焦がれてやまなかった恋人のぬくもりにつつまれ、体のなかにも恋人の存在をいっぱいに感じていた。ガンダルから伝わってくる心地よい波がヴァルーサをなんども高みへと押し上げ、そのたびにヴァルーサは歓びにむせんだ。

そして、まさに夢のようなひとときが終わり――最後にガンダルはヴァルーサの額にそっと口づけをして云ったのだった。

――生きろ、と。

何があっても笑って生きろ、と。

そうしてガンダルは優しい笑みを残し、また黄泉へと今度こそ永遠に去っていったのだった。

（そのおかげで、あたしはもういちど生きてみようと思ったんだわ）

ヴァルーサは、そっとおなかに手をやった。

　あのあと、ヴァルーサはすっかり自分を取り戻し、もしかしたらガンダルの子を宿すことができたのではないかと淡い期待をもった。残念ながら、その願いはかなわなかったことがまもなく判ったが、それでもなんとなく、彼女の胎内にはガンダルが残していった何かがいきづいているような感覚が残っていた。それはときおり脈うつように、その存在を彼女に知らしめていた。そしていま、あのときガンダルとようやく結ばれた地下に近づくにつれ、その脈が強く、大きくなっているようにヴァルーサは感じていた。

（さっきはあんな風にドゥエラにいったけれど……もしかしたら、もういちどガンダルおじさんに会えるのかも……）

　そう思うと、ヴァルーサは胸の高鳴りをおさえることができなかった。

　ふと気づくと長い階段が終わっていた。目の前には小さな扉があった。アラクネーに導かれるがままに、ヴァルーサとドゥエラは扉をくぐった。そこにはこのあいだと同じように、あかりもない暗い空間がひんやりと広がっていた。ただアラクネーの右手の鬼火が、彼女の周囲だけを青く照らしだしていた。

「ここで待っていておくれ。いま、連れてくるから」

　アラクネーはそう云いのこすと、その広々とした空間の奥へとむかっていった。ヴァルーサとアラクネーは闇のなかに残された。あたりはしんと静まりかえり、ふたりの息づかいだけが小さく聞こえていた。ただ、どことなく獣くさいような臭いだけがただよっていた。

「――なんだか、えらく不気味なところだね。あかりすらもないなんて。前もこうだったのかい？」

ドゥエラが不安そうに云った。

「うーん……ここまで暗くはなかったけれど、薄暗くはあったわ。でも、このあいだとはなんだかずいぶんと雰囲気が違うかも……」

ヴァルーサも不安になり、目をこらして闇の向こうを透かしみようとした。かなり離れたところに、アラクネーの鬼火がかすかに浮かんでみえる。

と、奥のほうから何かががちゃりと外れる音がした。続いてぎぎぎぎーっ、と大きな扉が開くような音がした。アラクネーの鬼火がゆらめきながら、こちらへ戻ってきた。そのうしろから、がさがさ、ざわざわと硬いものがこすれ合うような音と、ふっ、ふっという大きな獣の息づかいのような音が聞こえてきた。ヴァルーサの背筋に冷たいふるえが走った。ヴァルーサは思わずドゥエラの腕にしがみついた。ドゥエラのからだもまた震えていた。

「――もしかして、なにかやばいことが起こるんじゃないかい、これ」

ドゥエラがヴァルーサにささやいた。

「アラクネーのようすもなんだか怪しかったし……どうもイヤな予感がするよ。ヴァルーサ、いまのうちにこっそり逃げよう」

「……うん」

ふたりは足音をできるだけ忍ばせながら、もときた扉のほうへ戻りはじめた。そこへアラクネーの鋭い声が飛んだ。

「お待ち！　逃がさないよ！」

その声と同時に、床の上を何かががちゃがちゃと音をたてながらふたりに迫ってきた。ふたりは小さく悲鳴をあげ、足をはやめて逃げようとした。が、次の瞬間、ヴァルーサの右足首に冷たい金属の輪ががちゃりとはまった。ヴァルーサは足をとられ、その場に派手に転んだ。隣ではドゥエラも同じように転んだ気配がした。ヴァルーサはもがいて右足を自由にしようとしたが、頑丈な輪はがっちりと足首に食いこみ、びくともしなかった。手で触れると、その先には長い鉄の鎖がつながっていた。

「――アラクネー！」

ドゥエラの叫び声がした。

「あんた、これはどういうことだい!?　あたしたちに何をしようっていうんだい！」

「こんなことをしてすまないね。だけど、もうしかたがないんだよ。これしか方法がないんだ」

青い鬼火が近づき、そのなかからゆらりとアラクネーが姿を現した。その赤茶けた髪はざんばらに乱れ、その顔にはこれまでみたこともないような恐ろしい狂気の表情が浮かんでいた。鬼火のゆらめく光が、その顔をいっそう青白く、不気味に照らしだしていた。ヴァルーサは思わず息をのみ、わずかにあとずさった。

「それもこれも黒死の病が悪いのさ……いや、あんなインチキ魔道師の戯れ言にうかうかと乗っちまったあたしが悪いのさ……だけど、こうなっちまった以上、もうしかたがないんだ。もう、おまえたちしか残っていないんだよ……」

「なんのことだい！　あんたのいっていることはさっぱりわからないよ！」

ドゥエラが怒声を浴びせた。だが、その声はまるでアラクネーには届いていないかのようだった。

「最初はね、呪殺を受けた相手を餌にしていたのさ……というか、こいつの餌にするために呪殺を受けていた。だけど、黒死のせいで誰も呪殺なんか頼みにこなくなっちまった。いまじゃもう、街に出たって、誰の姿もみかけやしない……でも、こいつは新鮮な餌しか見向きもしないんだ。もうかれこれひと月も何も食べさせてやっていない。だからもう——あんたたちしか残ってないんだよ」

「アラクネー！　あんた——だから、何をしようと……」

ドゥエラがさらに云いつのろうとしたときだった。

アラクネーの背後から、突然、赤く光る二つの複眼が現われた。ドゥエラののどが、ひっ、と鳴るのが聞こえた。その複眼がゆっくりと近づいてきた。がさがさ、ごそごそという何かがこすれる音がいちだんと強くなった。そして、ぼおっとした燐光のなかに、その複眼の持ち主の巨大な体がおぼろげにみえてきた。丸くふくれた腹。真横に何本も伸びた脚。複眼の下にある昆虫のようなあご。そのきしきしと音をたてて閉じたり開いたりしているはさみのような口からは粘ついた液がだらだらとたれ、強い酸のような刺激臭を発している。それを見たヴァルーサは喉も裂けんばかりの悲鳴をあげた。ドゥエラは大声で叫んだ。

「《蜘蛛》！　アラクネーの《蜘蛛》！　ああ、なんてこと！　あの噂はほんとうだったのかい！」

「噂ってなに!?　あれはいったいなんなの？」

ヴァルーサは必死に鎖を外そうともがきながら尋ねた。ドゥエラは早口にこたえた。

「少し前に客から聞いたことがある。アラクネーは巨大な蜘蛛の化け物を飼っていて、それに呪殺の相手を襲わせているんだって。なんでもその相手を生きたまま、皮を剝いで喰っちまうらしい。そんときはあたしも、アラクネーにそんなものを飼うほどの甲斐性はないよって笑いとばしたんだけれど。まさかほんとうにいたなんて！」

「生きたまま皮を剝ぐ！」

ヴァルーサは震えあがった。

「いやよ――いやよ、そんなの！」

「ああ、あたしだってごめんだね。――アラクネー！」

ドゥエラは怒鳴った。

「あんた、あたしたちをこいつの餌にするつもりなのか！　なんてことをしやがる！」

「すまないね、ドゥエラ、ヴァルーサ。ほんとはあたしもこんなことはしたくないんだけど、しかたないんだよ。頼むからおとなしく成仏しておくれ」

こたえるアラクネーの声が遠くから聞こえた。

「ふざけるんじゃないよ！」

ドゥエラは絶叫し、ふところからナイフを取り出した。その刃が鬼火にかすかにきらめいた。

「こんなやつに喰われて死んでたまるもんかね！」

ドゥエラは両手でナイフを握ると、《蜘蛛》を脅すようにまっすぐにつきだした。

《蜘蛛》はぐふ、ぐふと奇妙な音をたてながら様子をうかがっているようだったが、やがてじりじりとふたりにむかって歩き出した。

「ああっ、来る！」

ヴァルーサはあえぎ、そばに落ちていた大きな石を拾いあげて《蜘蛛》にむかって力いっぱい投げつけた。石は狙いどおりにその頭に命中したが、《蜘蛛》はびくともしなかった。次の瞬間、《蜘蛛》が大きく飛び跳ね、ヴァルーサめがけて襲いかかってきた。

「きゃああっ！」

ヴァルーサは、思わずその場にしりもちをついた。《蜘蛛》の顎《あぎと》が目の前に迫った。と、ドゥエラがヴァルーサと《蜘蛛》のあいだに割ってはいり、ナイフで《蜘蛛》の目の下を思い切り突いた。かつん、と硬い音がしてナイフははじかれたものの、《蜘蛛》は驚いたように少し身を退き、そして前脚でドゥエラに殴りかかった。ドゥエラは間一髪でそれをかわしたかにみえた。が、前脚のとげがかすかにドゥエラの右腕をかすめていた。

「痛っ！」

ドゥエラはナイフを持ったまま腕を押さえた。とげにやられた傷の周囲が、みるみるうちに赤黒く腫れあがってきた。

「ドゥエラ、大丈夫!?」

ヴァルーサはドゥエラに駆け寄り、助け起こそうとした。ドゥエラは苦しそうに云った。

「ああ、たいしたことはない——だが、こいつのとげ、どうやら毒があるみたいだ。くそっ、痛いったらありゃしない……」

「ああっ、ほんとだ！　すごく腫れてる！　どうしよう……」

ヴァルーサは少しでも手当をする方法がないか、あたりを見まわした。が、むろん、役に立ちそうなものはなにもない。

そのとき《蜘蛛》がふたりに覆いかぶさるように勢いよく立ちあがった。その顎が大きく開き、そこから大量の粘液が飛んだ。ヴァルーサとドゥエラはとっさにそれを避けた。その粘液の一部がヴァルーサの鎖にかかり、じゅっと音をたてて煙があがった。その煙をまともに吸いこんで、ヴァルーサは激しくむせた。が、ふと気づくと、唾液のかかった部分の鎖が溶けかかっていた。ヴァルーサはすかさず、その部分を石で強く叩いた。ぶつん、と大きな音がして鎖が切れた。ヴァルーサは急に自由になっていた。

「切れた！」

ヴァルーサは叫び、今度はドゥエラの鎖を切ろうと石でがんがんとたたきはじめた。しかし、粘液にやられていない鉄の鎖は太く、ヴァルーサの力だけでは切れそうになかった。そこへ《蜘蛛》が再び襲いかかってきた。ヴァルーサはとっさにドゥエラを引っ張り、かろうじて《蜘蛛》の攻撃をかわした。もっとも《蜘蛛》はふたりを嬲《なぶ》っているつもりなのか、すぐにはふたりを仕留めようとはせず、また少し離れて様子をうかがっているようだ。ヴァルーサはその隙にと、なおもドゥエラの鎖を切るという絶望的な試みに取りかかった。だがヴァルーサが石を持ちあげた手を、ドゥエラがそっと制して早口で云った。

「ヴァルーサ、もういい。あたしのことはいいから、あんただけでもお逃げ」

「だめよ！　ドゥエラを置いていけない！」

 ヴァルーサは激しくかぶりを振った。しかし、ドゥエラはヴァルーサの目をひたと見つめて云った。

「いいから、あんたはお逃げ。逃げて、そして誰かに助けを求めておくれ。ここはなんといってもまじない小路だ。この《蜘蛛》をやっつける方法を知っているやつが必ずいるはずだ」

　ドゥエラはかすかに微笑んだ。

「あたしは、まだ大丈夫だ。いささか頼りないが、このナイフでもう少し抵抗してみるさ。だから、あたしが生きているうちに、急いで助けを呼んできておくれ」

「……わかったわ」

　ヴァルーサは泣きながらうなずいた。

「すぐに助けを呼んでくる。それまで頑張って待っていてね、ドゥエラ」

「ああ、わかった。頼んだよ、ヴァルーサ――あたしの可愛い……妹」

「うん……」

　ヴァルーサは涙をぐいとぬぐうと、ドゥエラの唇にそっと口づけた。そして後ろ髪を引かれる思いで、部屋の外へ――地上へと続くらせん階段にむかってかけだしていった。

それからヴァルーサはひた走った。絶望と闘い、《蜘蛛》の恐怖から逃れ、姉とも慕う友を救うために。じゃまなガウンを脱ぎ去り、ほとんど何も身につけぬ状態で、どこまでも続く長い階段を、息を弾ませながら必死に走った。じゃらじゃらと切れた鎖を引きずり、つりそうになる腿やはぎをはげましながら、死にものぐるいで階段をのぼり続けた。そしてようやく元の結界にたどり着き、さらにおもてへと続く階段を一気に駆けあがり――

ついにヴァルーサは、長らく囚われていたアラクネーの家から外へ足を踏み出した。助けて――と絶叫しながら。

自由と、そして運命とが彼女を待つ、夜闇につつまれたまじない小路へと。

外へ飛び出した彼女の目の前には、ねずみ《トルク》のような小男と、マントをはおった巨大な戦士が立っていた。ふたりとも、驚いたように彼女を見つめていた。戦士は豹頭であった。ヴァルーサはその豹頭が持つ意味にすら気づかぬまま、とっさに夢中で戦士の腰にしがみついた。

「助けて！　皮を剝ぐ気よ！　ああ、神さま！」

ヴァルーサは豹頭の戦士の胸に顔をうずめ、しゃくりあげた。

その体から、かすかにマンネンロウの香りがただよってきたような気がした。

第四話　黄金の盾

1

ヴァルーサは、薄暗い闇のなかで目を覚ました。

何やら夢を――それも夢魔エライアスがみせるという悪夢を見ていたような気がするが、それがどのようなものだったかはもう覚えていない。ただ少し激しくなった鼓動と、背中ににじむ冷たい汗だけをその名残として感じるだけだ。

（ここは……）

ヴァルーサは、まだぼんやりとした頭であたりをそっと見まわした。

そこは広々とした豪奢な寝室だった。壁には常夜灯がともされ、その炎が揺れてじじっ、と小さな音をたてている。ふと見あげると、水晶の窓からは青白いイリスの光が差しこんでいる。巨大なベッドに敷かれた布団は雲のようにやわらかく、高い天蓋から吊り下げられた純白のレースのカーテンはゆらゆらとかすかに揺れて月光にきらめいていた。

　ヴァルーサはほっと安堵のため息をついた。

（そうだ……ここは後宮――戻ってきたんだったわ。昨日の夜の恐ろしい冒険から、王さまと一緒に）

　昨夜、黒死病の流行がようやく沈静へと向かう兆しを見せたサイロンを、世にも奇怪な怪異が襲ったのだった。

　そのとき、ヴァルーサはケイロニアの王宮たる黒曜宮にいた。半月ほど前にひょんなことからまじない小路で出会い、彼女を危地から救ってくれた豹頭王グインの誘いに応じ、表向きは王の側女として後宮で暮らしていたのだ。しかし平穏だが無為な日々は、ヴァルーサにとって退屈なものでしかなかった。だから彼女は、久々に宴で顔を合わせた王に別れを告げ、王宮を去ろうとしていたのだった。

　怪異が起こったのは、まさにそのときだった。

　サイロンの夜空を覆いつくすように巨大なふたりの魔道師の顔が現われ、不気味に下界を見おろして人々を震えあがらせたのだ。

　黒死に続く災厄の兆しに、ただちにグイン王は自ら行動を開始し、急ぎサイロンの街へとむかった。そしてヴァルーサもそれに同行した。なぜなら、そのふたりの魔道師のうちのひとりの顔――エイラハ、と名乗った侏儒《しゅじゅ》の魔道師の顔に見覚えがあるような気がしたからだ。

それからは、まさに息つく間もない冒険のときであった。雷鳴とどろく嵐のなか、姿を見せぬまま空中を駆けまわり、その巨大なひづめでサイロンの街並みを蹂躙したグラックの地獄の馬。サイロンを、そして豹頭王をおのが手にせんと激しく争った、年ふりた五人の醜い魔道師たち。そして空中に浮かぶ巨大なモノリス——東方最大の魔道師たるキタイの竜王の結界のなかで繰り広げられた最後の闘い。

それはとても一夜の出来事とは思われぬ、長く苛烈な試練であった。だが、豹頭王はそれに見事に勝利し、サイロンを邪悪な魔道師たちの魔の手から救った。そしてヴァルーサは、王とともに過ごした冒険のなかで、いつしかグインに強く惹かれてゆく自分に気づいていた。おそらくはグインもヴァルーサに対して同じことを感じていたのだろう。グインとともに再び王宮へ戻ったヴァルーサは、今度こそ豹頭王の寵愛《ちょうあい》を受ける愛妾として彼とはじめて結ばれ、しっとりと熱く愛を交わしたのだった。

ヴァルーサの身内には、そのときの心地よい余韻がまだはっきりと残っていた。ヴァルーサはそっと横をうかがった。そこには彼女に背を向けて静かに寝息を立てている豹頭の戦士の姿があった。

（——王さま）

ヴァルーサは、むきだしになったその大きな背中に、そっと寄り添って頬をよせた。

薄い絹の寝衣をとおして、その体温がじんわりと心地よく伝わってきた。ヴァルーサはふっとため息をもらし、静かに目を閉じた。

（なんだか、とても信じられない。ついこの間まで、あたしはまじない小路の踊り子だったのに……こうして王さまのベッドで、その横に寝ているなんて）

そもそも、どうしてこんなに、たった一夜でグインのことを深く愛してしまったのだろう――

むろん、ガンダルのことを忘れたわけではない。いまでもガンダルのことを思うたびに胸が締めつけられ、自然と涙があふれてくる。ガンダルのことが恋しくて、切なくて、会いたくてたまらなくなる。だが、あの冒険の一夜をともに過ごすうちに、いつしかグインの存在がガンダルと同じくらい――もしかしたらそれ以上に大きくなってしまったのだ。

（恋はくせもの、夜にまぎれて、流れ矢のように心を射抜く……）

かつて父フロルスがよく、そんな詩をつぶやいていたのを思い出す。昨夜、自分に起こったことはまさにそれだったのだ、とヴァルーサは認めざるをえなかった。時間とは生ける者のためのものであって死せる者のためのものではない、と誰かが云っていたが、それはこういうことを云っていたのか、といまさらのように思う。

おそらくヴァルーサは、グインのなかにガンダルと同じものをみたのだろう。それは、例えば強靭さであり、高潔さであり、不屈の精神であった。だがそれと同時に、ガンダルにさえもみられなかった強さと、そして彼女のなかにもある弱さをも、ヴァルーサはグインのなかにみたのだ。

あの冒険のさなか、グインは狡猾な魔道師の術にはまり、彼の唯一の弱点とも云うべき王妃シルヴィアの幻影に怯える姿をみせた。それはヴァルーサには、まるで孤独に傷ついた男の魂そのものが泣きさけぶ声のように聞こえた。その瞬間、彼女はその魂を救わなければいけない、と強く思った。だからヴァルーサはこう叫び、グインに激しくくちづけをしたのだ。

（あんたはそりゃ強くてたくましくって、あたしがこれまで一度だってクムでも、アルセイスの都でも、タリッドにきてからさえ見たこともないような男の中の男じゃないの！　ああ、王さま、あたしを見て、ヴァルーサを見てよ！　あたし、ずっと、王さまがあたしを後宮にたずねてきてくれるのを心待ちにしてたのよ！）

それはある意味、グインを救わんがためだけにとっさについた嘘であった。しかし、その言葉を口にしたあとで、それはあながち嘘ではなかったのだ、とヴァルーサは気づいた。なぜなら、グインほどに大きなものを一身に背負って闘うひとをみたのは確かに初めてだったからだ。そして彼女も確かに、身内に抱えている孤独な魂を救ってくれるひとをずっと求めつづけていたからだ。だからあの言葉を口にした瞬間こそが、ヴァルーサがグインを本気で愛しはじめた瞬間だったのかもしれない——いまとなってはそんな気がしてならないのだ。

まじない小路の卑しい踊り子と、英雄として名高いケイロニア王が、こうして一夜にして恋に落ちる——そんなおとぎ話のようなことがほんとうに起こるとは。しかも自分が、その《おとぎ話》の主役になろうとは。そのようなこと、つい一昨日までは想像もしていなかったのだが。

（王さまとあたし——こんなにも違うふたりが結ばれることになるなんて、いったいどんな運命のいたずらだったのかしら）

ヴァルーサの脳裏に、王と出会ってからのことが走馬灯のようにかけめぐりはじめていた。

（最初は——そう、アラクネーの《蜘蛛》から王さまが助けてくれたんだったんだわ……）

それまで踊り子として——奴隷として仕えていた蜘蛛使いのアラクネーに騙され、その魔女が飼っていた巨大な蜘蛛のような化け物に、ヴァルーサは仲間のドゥエラとともに餌として与えられそうになったのだった。

幸い、つながれていた鎖が切れたため、ヴァルーサは危ういところで外に逃げ出すことができた。だが、ドゥエラを助けることはできなかった。それからまもなく聞こえた断末魔の悲鳴が、そのことをヴァルーサに冷酷に告げたのだ。そして悪夢はそれだけでは終わらなかった。アラクネーが黄泉から呼び出した《蜘蛛》――その飢えた化け物が飼い主たるアラクネーをも喰らい、その生首を凶々しい口に咥えたまま外へ這い出してきたのだ。

そのときヴァルーサは、友を守れなかった絶望と、未知なる怪物への恐怖に怯えきっていた。その彼女を救ったのが、偶然にまじない小路を訪れていた豹頭王グインだったのである。

グインはヴァルーサを後ろにかばい、敢然と《蜘蛛》の前に立ちはだかった。その冴えわたる剣技はまたたくまに怪物の脚を何本か切り飛ばし、さらにはその最大の弱点とも云うべき両目の視力を奪った。しかし、それでも《蜘蛛》の旺盛な生命力はみじんも衰えることはなかった。グインとヴァルーサ、そしてグインに同行していた女衒のアルスの三人は、剣の刃すら通さぬ強靭な体と毒のとげを持った《蜘蛛》の激しい攻撃に追いつめられ、ついに絶体絶命の窮地に陥った。そのとき《黒き魔女》タミヤが彼らに救いの手を差しのべた。彼らはその結界に招き入れられ、かろうじて難を逃れたのだった。

（そしてあたしは、王さまに連れられて王宮へやってきた）

いまでも、あのときなぜ自分は素直に王宮についてきたのだろう、と不思議に思う。むろん、アラクネーが《蜘蛛》に喰われてしまった以上、その奴隷であったヴァルーサには帰る場所がなくなってしまった、というのは確かにある。だが、だからといって卑しい踊り子――まじない小路の奴隷として、半ば娼婦のような暮らしをしていた自分が王宮に行ったとしても、どんな待遇を受けるかということくらいは容易に想像がついた。それくらいなら、サイロンの街なかで別の仕事を探すなり、それが無理なら別の土地を目指すなり、あるいは長い旅にはなるが、タイスへ帰ろうとするなりしてもよかっただろう。しかし、それでもなお王宮へと向かったのは、たぶん、王の一言に懐かしい――だが少しほろ苦い思い出がよみがえったからだ。

あのとき、グインはヴァルーサにこう云ったのだった。

(よければついて来るがいい。黒曜宮にはお前ひとりの室などいくらでもある)

それはかつて、ヴァルーサが養父フロルスを亡くして孤独の身になったときに、ガンダルがかけてくれた言葉をまざまざと思い出させた。あのときガンダルもまた彼女にこう云ったのだ。

(俺の屋敷に来るといい)

(お前ひとりの部屋などいくらでもある)

――と。

いまにして思えば、そのころまだ十五歳であったヴァルーサには、ガンダルのそっけない口調の陰に隠されていた複雑な心情のことなど、あまりにも未熟に過ぎたがためにまったく理解できていなかったのだ。のちにガンダルから愛の告白を受け、ようやくヴァルーサはそのことを理解したが、そのときにはもう遅かった。それからまもなくしてガンダルは逝ってしまったのだから。

まじない小路で暮らす日々のなかで、ヴァルーサはなんどもそのことを思い、悔やんだものだった。俺の屋敷に来るといい、とガンダルに云われたとき、つい意地を張ってひとりで生きる道を選んでしまったが、もしそのときガンダルについて行けば、あるいはまったく違う人生が――こんな奴隷に身を落とすこともなく、ガンダルも命を落とすことのない、幸せな人生が待っていたのではないかと。

だからグインに、よければついて来るがよい、お前ひとりの室などいくらでもある、と云われたときには、そのときのことを思い出して涙があふれてきたのだった。だからこそ、まだ出会ったばかりの――むろん、命を救ってくれたことへの感謝の思いもあったし、とても好もしい男だと魅かれてもいたが、いまのような愛情などはまだ感じていなかったグインの誘いをむげに断ることなどできなかったのだ。

そしてもうひとつ、ヴァルーサにはどうしてもグインと同行し、その目でしっかりと確かめておきたいこともあった。

ガンダルと闘い、その命を奪い、そして自らも命を落としたという謎の豹頭の剣闘士グンド――

あのグンドは、ほんとうは豹頭王グインだったのではないか、という疑いが――というよりも、ガンダルのためにはそうであって欲しいという願望のようなものが、ヴァルーサの胸のうちににわかにわいてきたのだ。

むろん、ヴァルーサがかつてガンダルにも訴えたように、ケイロニア王ともあろうものが大道芸人に身をやつしてタイスの闘技会に出場するなどということは、どう考えても理屈に合わないことだ。それに大闘技会のあと、あの闘いでグンドは死んだと確かに耳にした。だから、グンドがグインと同一人物であるなどということは絶対にありえない。そのことについてはヴァルーサには妙に揺るぎない確信があった。

しかし実際にグインを間近で見てみると、その豹頭はむろん、背格好といい、たくましい筋肉といい、《蜘蛛》あいてにみせた力強い剣さばきといい、あまりにもグンドにそっくりだったのだ。だからもし、万が一にもグインがグンドであったなら――ガンダルが敗れた相手が大道芸人ではなく、英雄の誉れ高い豹頭王であったなら、ガンダルの死ももう少しは報われるような気がしたのだ。

だが――

(やっぱり違う。王さまは、グンドじゃない)

ヴァルーサはベッドの上にそっと身を起こし、グインのたくましい筋肉が盛りあがった左腕をそっとなでた。

(王さまの左腕には、ほとんど傷がないもの)

あの闘いでグンドは、ガンダルの鋭い太刀筋によって左腕をほとんど切断する重傷を負った。それはヴァルーサも目の前でみていたのだから間違いない。しかし、グインの左腕は歴戦の戦士とは思えぬほどに傷が少なく、そのような大きな怪我を負った形跡などみじんもみられなかった。

ということは、やはりガンダルはグインではないグンド——世に名高い英雄のグインではなく、ただの大道芸人のグンドに敗れて命を落としたのだ。

そう思うと、ヴァルーサの胸にはいつも抑えきれない悔しさがこみあげてくる。今夜もまたどうにも悔しさが抑えきれず、ヴァルーサは思わずため息をもらしてしまった。

そのため息が大きすぎたのだろう。眠っていたグインの大きな背中が身じろぎした。ヴァルーサははっとして口をつぐみ、グインの腕から手を離したが、もう遅かった。グインは寝返りをうつと、ヴァルーサのほうを向いた。そのトパーズ色の瞳がヴァルーサを見た。そのまなざしは深く、どこまでも優しかった。

「——どうした、ヴァルーサ。眠れないのか」

「ううん、ちょっと悪い夢を見ただけ。——起こしてしまってごめんなさい、王さま」

「かまわん。気にするな」

グインは太い腕をヴァルーサの肩にまわし、そっと抱き寄せた。ヴァルーサはたちまちのうちに、グインのぬくもりのなかにつつまれていた。ヴァルーサも決して小柄ではないが、グインの巨体に抱かれているとまるで自分が子供になったように感じる。もっとも考えてみれば、養父も前の恋人も大きなひとであったから、ヴァルーサはこうして大きな男のそばにいるのが一番落ち着くのかもしれない。ヴァルーサはなんだか安心してグインにぴたりと体をよせ、その胸に顔を埋めた。

「――ねえ、王さま」

「なんだ」

「王さまはどうして、あたしを王宮につれてきたの？」

「――なぜ、といわれてもな」

グインは、ヴァルーサの背中をそっとなでた。その指に絹の寝衣がからまって、ヴァルーサのなめらかな肩がむきだしになった。

「お前のことが気に入った――お前に惚れたからだ、としかいいようがないな。それではだめか」

「そんなことないけど」

ヴァルーサはつと伸びあがり、グインの鼻面に優しくキスをした。

「でも、あたしはアラクネーの――まじない小路の踊り子だったのよ。それがどういうことか、王さまも知っているのでしょう？」

「まあ、そうだ。だが、俺にとってそれはどうでもよいことだ」

グインは肩を小さくそびやかした。

「実のところ、お前がこれまでどのような生き方をしてきたのか、俺はまったく知らん。そもそもクムの踊り子だったというお前が、どういう経緯でサイロンへ移り、まじない小路に住まうようになったのかということすら俺は知らんのだからな。むろん、それに興味がないわけではない。お前がどのような過去を過ごしてきて、いまのお前になったのか、それはぜひとも聞いてみたいものだと思う。だが、俺にとって常に重要なのは過去ではない。現在《いま》だ。過去というものは、その重要な現在をかたちづくったものという意味で無視できないものだが、それ以上のものでもそれ以下のものでもない。たとえ過去を変えたいと思っても、誰も過去には干渉できないのだからな」

「………」

「俺は、いまのお前が好きだ。昨夜、嵐のサイロンで俺のそばに常に寄り添い、俺とともにひるむことなく、あの強大な力を持つ魔道師どもと闘ってくれた勇敢なお前に俺は心底惚れたのだ。お前がまじない小路の踊り子だったことなど何の関係があろう。もしかしたら、そのことですら――お前にとって辛いものであっただろうそのことですら、いまのお前をかたちづくるにあたっては欠かせない経験であったかもしれぬのだ。だからこそ、いまのお前を愛するということは、そうしたお前の過去を含めてすべて愛する

という　ことなのだと俺は思う」

「…………」

「ヴァルーサ……お前ももしかしたら聞いているかも知れぬが——俺には過去がない」

「——えっ？」

ヴァルーサは驚いて聞きかえした。

「過去がない、ってどういうこと？」

「俺は十年ほど前、気がついたらモンゴールの辺境、ルードの森にいた。そのとき、俺が記憶していたのはグインという自分の名と、アウラという謎の言葉だけだった。いったい自分が誰なのかも判らず、なぜ自分がそこにいるのかも判らず、なぜ自分が豹頭であるのかということすら判らなかったのだ。それはいまも変わらん。そして……」

「…………」

「一昨年から去年にかけて、俺はしばらく行方知れずになっていた。そのことは知っているか」

「——うん、聞いたことがあるわ」

ヴァルーサは、ガンダルがグンドと闘う直前にそんなことを話していたのを思い出した。それもあって、ガンダルはグンドのことをグインだと信じたのだった。

「実は、そのあいだの記憶もない」

グインの声に苦悩が混じった。ヴァルーサは目を見張った。

「だから――俺はおそれているのだ。その失われた俺の過去が、いずれ刃を向けてくるのではないかと――もしかしたら俺は、記憶から消え去った過去に何か大きな罪を犯しているのかも知れぬのだ。俺が豹頭という異形を持ち、全てを失ってルードの森に現われたのは、その罪ゆえなのではないかと疑うこともある。そして昨日、サイロンを襲った災厄、それもまたあるいは、俺が失った過去に成した罪が招いたものではないか、と思えてならないのだ」

「王さま……」

「ヴァルーサ、お前に過去の記憶はあるか」

「――ええ、もちろん」

ヴァルーサはおずおずとうなずいた。

「いつのころからの記憶かははっきりしないけれど……物心ついたころからの記憶はあるわ」

「ならばよい」

グインはうなずいた。

「ならば、なにも過去に怯えることはない。過去に恥じることもない。よしんば、お前が過去に何か罪を犯していたとしても、それを覚えているのならば、これから堂々と償えばよい。お前にはそれが許されている。そして、まじない小路の踊り子であったことは、決してお前の罪ではない。当たり前だがな。だから決してそのことに臆するな。俺はそんなお前であればこそ愛しているのだ。そのことを決して忘れないでくれ」

「――ありがと、王さま」

ヴァルーサは鼻をくすんと鳴らした。そしてまたグインの鼻面に、先ほどよりも激しくキスをした。

「あたしも王さまのことが好きよ。愛しているわ、何もかも」

「ヴァルーサ……」

グインの声に熱がこもった。グインの大きな手が、ヴァルーサの薄い寝衣をそっと優しくはぎとった。ヴァルーサは熱い吐息をもらし、グインの裸の胸にぎゅっとしがみついた。

「王さま……」

二人の体がぴたりと重なり合い、薄闇のなかでひとつに溶けた。夜の明ける気配はみじんもなく、イリスは空のはるか高みから地上を優しく照らしている。無粋なルアーが無情に朝を告げるまで、恋人たちにはまだまだ長い時間が残されていた。

それからの一ザンは濃密に過ぎていった。

ヴァルーサはベッドの上で薄絹の寝衣さえも身につけず、生まれたままの姿でグインにぴたりと体をよせていた。その小さな頭はグインの二の腕にあずけられ、長い黒髪はシーツに広がり、左腕はグインの分厚い胸にそっとまわされていた。その豊かな胸は愛を交わした余韻を感じさせて軽くはずみ、この季節であるにもかかわらず、全身にはうっすらと汗がにじんでいた。

「――ヴァルーサ」

ヴァルーサの耳もとで、グインの低い声が心地よく響いた。

「なあに、王さま」

「先ほどお前は、なぜお前を王宮につれてきたのかと尋ねたな」

「――うん」

「ならば、俺も聞こう。お前は、なぜ俺について王宮へやってきたのだ？」

「それは……本当のことをいうと自分でもよくわからないんだけれど」

ヴァルーサは少し躊躇《ちゅうちょ》した。とても正直に云えば、昔の恋人と同じ言葉で誘われたから、ということになるのだろうが、それをいまの恋人――それも、自分がまさにいま裸でその腕に抱かれている相手にいうのは無神経にすぎるように思われたからだ。それに大道芸人の剣闘士とケイロニア王が同一人物かどうか確かめたかったから、というのも理由としては馬鹿馬鹿しすぎる。そこでヴァルーサは、もうひとつの理由をあげることにした。

「たぶん、王さまが父さんに似ていると思ったからだと思う」

「俺がお前の父に似ているだと？」

グインの目がいたずらっぽくきらめいた。

「まさか、お前の父も豹頭なのか？」

「違うわよ、もう。王さまの馬鹿」

ヴァルーサは、グインを軽くぶつふりをした。グインは低く笑った。

「そうじゃなくて……覚えてる？　王さまがあたしをアラクネーの《蜘蛛》から守ってくれたとき、王さまはこういったのよ——俺のうしろが一番安全だ、って」

「ああ」

「それね、あたしがはじめて父さんに会ったときにもいわれたの」

「お前が父とはじめて会ったとき、だと？」

グインの声に疑問が混じった。ヴァルーサは気づいた。

「ああ、ごめんなさい。父さんっていうのは、二番目の父さん。孤児になったあたしを引き取って、ひとりで育ててくれたひと。タイスの剣闘士だったのよ」

ヴァルーサは自分が小さいころ、双子の弟とともに曲芸団にいたこと、そして父と母を早くに亡くしたことを話した。

「それである日、タイスで公演していたときに大きな地震があって、テントが崩れて――そのときに見せ物にしていた大灰色猿が逃げ出して、暴れ出しちゃったんだわ。あたしと弟は逃げ遅れて、灰色猿に襲われそうになって、それで父さんに助けられた。そのときに父さんにいわれたんだわ――俺のうしろに隠れていろ、とりあえずはそこが一番安全だ、って」

ヴァルーサは懐かしい思い出にちょっと泣きそうになりながら、くすりと笑った。

「だから、王さまに同じことをいわれたときに、そのことを思い出してちょっと可笑しくなっちゃったんだわ。《蜘蛛》に襲われていることも一瞬忘れるくらいに――それできっと、王さまに会ったばかりだったのに、なんだか他人じゃないような親近感を持っちゃったのね」

「ふむ」

グインは面白そうに云った。

「そうか。お前にとって俺は父みたいなものか」

「最初はね。ちょっとそう思った。でも、もちろんいまは違う。そうでなきゃこんなことしないわ」

ヴァルーサはグインにキスをして、舌先をちろりと差しこんでみせた。グインはまた低く笑った。

「しかし、大灰色猿とは懐かしいことを聞くものだ」

グインの言葉にヴァルーサは驚いた。

「王さま、大灰色猿を見たことあるの？」

「ああ。というか、闘ったことがある。正確には闘わされたのだが」

「え、そうなの？」

「ああ。ルードの森で意識を取り戻してまもなくな。とらわれの身となったモンゴールの砦で、そこを支配していた伯爵にたわむれに闘わされたのだ」

「――で、勝った、のよね？」

「ああ。友が投げてくれた剣のおかげでな」

「ふうん」

ヴァルーサはくすりと笑った。

「じゃあ、父さんたちが大灰色猿のガボンと闘ったときと同じね。もっともそのときには、父さんのほうが剣を投げる役だったけれど」

「ほお。では、大灰色猿と闘ったのは誰だ」

「父さんの親友よ。ガンダルっていう――とても強くて有名な剣闘士だったのよ。あたしのこともすごく可愛がってくれてね。あたしはいつもガンダルおじさん、って呼んでた……大好きだったのよ、ずっと。あたし、ガンダルおじさんのことが」

ほんとうは、大好きなどという言葉では表しきれないくらい愛していたのだが。

ヴァルーサの鼻の奥がつんとなった。ヴァルーサは涙をこらえ、小さくため息をついた。グインは記憶をたぐるように考えこみながら云った。

「ガンダルか――その名、確かに聞いたことがある。たしか、クムの剣闘士の王者として君臨していた名剣士ではなかったか」

「そう。ガンダルおじさんは二十年間も一度も負けなかったのよ。卑怯にも相手に毒を使われたりしたこともあったけれど、それでも負けなかった。本当に強くて、かっこいいひとだった。でも――最後にはとうとう負けて……あたしをおいて逝ってしまった。必ず勝って帰ってくるって約束したのに……」

ヴァルーサの瞳から、こらえきれずに涙がこぼれた。グインは何もいわずにヴァルーサを抱きしめた。

「あたし――おじさんに最後のお別れもいえなかったの。そのすぐあと、人さらいにさらわれて奴隷として売られて、遠いサイロンまで――まじない小路まで連れてこられたから……」

「――そうか」

「でも、ひとつだけ、まじない小路に来てよかった、って思えたことがあったの」

「なんだ、それは」

「ガンダルおじさんにもう一度会えたことよ」

「もう一度会えた、だと？」

グインがいぶかしげに云った。

「ガンダルは死んだのではなかったのか」

「そう。だけど——あれはたぶん、まじない小路が持つ、不思議な力のおかげなのだと思うわ。一度だけ、ガンダルおじさんが黄泉の国から帰って、あたしに会いにきてくれたのよ……少なくとも、おじさんはあたしにそう云ったわ」

ヴァルーサはうっとりとして云った。その奇妙な話を聞くうちに、グインの目に真剣な光が宿りはじめていたが、ヴァルーサはそれに気づかなかった。

「まるで夢のようだった——でも、絶対に夢じゃない。あんなに何もかもをはっきり感じられる夢なんて、あるわけないもの」

「…………」

「そうそう、そういえばね、王さま。あたし、思い出したんだけれど——いまさらこんなこと云っても遅いんだけれど、そのときだったのよ。あたしがあの、エイラハって魔道師を見たのは」

「——なんだと？」

グインはゆっくりと上体を起こした。

「エイラハは、お前がガンダルと会ったその場にいたのか」

「そう。おじさんと会うちょっと前かな。あたしの横にいて、アラクネーと何だか話しこんでたのを思い出したの。あれは何を話していたのかしら……」

「ヴァルーサ」

グインは真剣な声で名を呼んだ。ヴァルーサははっとなってグインを見た。

「なに？　どうしたの、王さま」

「お前は本当にガンダルに会ったのか。お前が会ったのは、本当にガンダルだったのか」

「――そうよ。確かにガンダルおじさんだったわ。どうして？」

ヴァルーサはきょとんとして云った。

「信じられん」

グインはゆっくりと首を横にふった。

「お前、おかしいとは思わんか――いかにまじない小路といえど、そうやすやすと死者がよみがえるわけがない。そのようなヤーンの黄金律に逆らうようなこと、いかに力のある黒魔道師といえど、そう簡単にできようはずもない。しかも、そのときにそばにいたのが、あのエイラハだと？　どう考えても、よからぬ企みがあったとしか思えん」

グインはヴァルーサをじっと見つめた。そのあまりに真剣なまなざしにヴァルーサは思わずひるんだ。

「ヴァルーサ、もう一度よく考えてみろ——お前が会ったのは、本当にガンダルだったか？　その様子に、みじんもおかしなところはなかったか？　エイラハは、本当にお前に何もしなかったのか？」

「……そういわれると、なんだか自信がなくなってきちゃうけど」

ヴァルーサは、もう一度あのときのことを思い出そうとした。だが、その記憶はぼんやりと霞《かすみ》がかかっているかのように曖昧であった。それでも必死に考えていると、こめかみの奥にじんじんと脈打つような痛みが生じてきた。ヴァルーサは眉をひそめ、奥歯をかみしめて痛みをこらえながら、ひとつひとつ記憶をたどっていった。

「どうもよく思い出せないんだけれど……あのとき——あのときはそう、あたしはドゥエラに付き添われて……アラクネーに連れられて地下へ続く長い階段を降りて、広い部屋に連れていかれて……そう、そうだわ。そこにエイラハが待っていたんだわ」

「……………」

「それで……そのあと部屋の奥に連れていかれた——のではなかったかしら。そこでなんだか、牢屋みたいなところに入れられたような気がする……そしたら、そこにガンダルおじさんがいたのよ。それを見て、なんだかはっと目が覚めたような気分になったのを覚えてるわ……それで、あたしすごく嬉しくて、飛びつくようにしておじさんに抱きついて……でも、そうよ――なんで、おじさんはあんな牢屋にいたのかしら……」

そのとき、ヴァルーサの心に何か警鐘のようなものが小さく鳴った気がした。

そういえば、二度目に同じ部屋に降りていったとき、その奥にいたものは何だったか
――

《蜘蛛》だ。

前にはガンダルがいたはずの場所に、なぜ《蜘蛛》がいたのか。

そもそも、アラクネーはいつから《蜘蛛》を飼っていたのか。

最後にヴァルーサたちを《蜘蛛》の餌にしようとしたとき、アラクネーは云っていなかっただろうか――《蜘蛛》の餌を集めるために呪殺を引き受けていた、と。

そして、アラクネーが呪殺を受けるようになったのは、ヴァルーサがあの地下の部屋でガンダルと再会を果たす前のことだ。

ということは――

（まさか）

ヴァルーサは血の気が引いてゆくのを感じた。

（ガンダルおじさんと会ったときには、あそこにはもう《蜘蛛》がいた、っていうこと――？　そんなはずは……違う！　あれは……）

ヴァルーサはもう一度、あのときのガンダルの記憶を蘇らせようとした。

が――

それまでヴァルーサがなんども懐かしく思い出していた、あのときのガンダルの優しげな面影。それはもう、これまでのようにはっきりとしたかたちをとることができなくなっていた。

(あ……ああ……ああ)

ヴァルーサはあえいだ。

ヴァルーサの記憶のなかで、ガンダルの面影がゆらゆらと陽炎のように揺らめいた。そしてその影がすうっと薄れてゆき、やがてふっと消え失せ――

その代わりにその奥から浮かびあがってきたもの、、
それは、凶々しく赤く光る二つの複眼であった。

(あ……あ……あ……)

いつしか、ヴァルーサののどはからからに渇いていた。頭のなかは毒を飲んだようにしびれていた。

(だまされた)

(あたし、だまされてたんだ。エイラハと、アラクネーに。よこしまな魔法をかけられて)

(あれは――あれは、ガンダルおじさんじゃない！)

なぜ自分はこれまで疑いもせず、ガンダルが自分に会いに黄泉から帰ってきたと信じていたのだろう――

ヴァルーサの脳裏から、これまで信じて疑うことのなかったガンダルの姿が溶けるように消えていった。ヴァルーサを優しくつつみこんでいたはずのガンダルの温かい大きな体は、冷たいキチン質の硬い甲に変貌した。そのたくましい腕は、びっしりと毒のとげが生えた何本もの脚に姿を変えた。そして、その後脚のあいだからは、赤紫色のおぞましいものがぬらぬらと屹立し――

「――いやあああああああああっ！」

ついにヴァルーサは絶叫した。そしてベッドを飛び出し、部屋のすみに置いてある洗面台にかけよって激しく嘔吐した。

「いや――いやだあっ！　そんな……あたし……ああっ……あああああっ！」

「ヴァルーサ！　どうした！　しっかりしろ！」

慌てて追いかけてきたグインがヴァルーサを後ろから抱きしめた。が、ヴァルーサは、まるでグインの腕から逃れようとするかのように身をよじらせて悶絶した。

「いやあっ！　もう、あたし……ああっ！　ああああああっ！」

ヴァルーサは喉も裂けんばかりに絶叫し、泣きわめいた。グインがヴァルーサを必死に呼び、なだめる声が聞こえたが、それはもうヴァルーサにとっては何の意味も成していなかった。豪奢な寝室も、王の体のぬくもりでさえも、すべてヴァルーサの周囲から消え去っていった。

（あたしは……あたしは……あたしのなかには……いったい……いや……いやあああっ！）

ヴァルーサの心に絶望と狂気の暗闇が急速に広がっていった。ヴァルーサの瞳は大きく開いていたが、その目にはもう何も映ってはいなかった。ヴァルーサは二度、三度とけいれんするように体を震わせ——そしてついに意識を失ってグインの腕のなかへ崩れおちた。

「ヴァルーサ！」

グインの吼えるような声が寝室に響きわたったが、その声はむろん、もうヴァルーサの心には届いていなかった。

2

「――やはり被害が大きいのは第一にタリッド、次いでケルン区、スティックス区といったところです。特にタリッドは、二階以上の建物はほとんどが崩れ、通りをがれきが埋めつくしています。あのいまいましいまじない小路だけは、なぜかほぼ無傷ですが。ケルン区やスティックス区では神殿などの高い塔が崩れたていどです。その周辺にはがれきが散乱していますが、住宅や店舗にはさほど被害は出ていません」

風ヶ丘のふところにいだかれた黒曜宮の謁見の間――その次の間としてもうけられた小会議室で、アトキア侯マローンの淡々とした報告が続いていた。

周囲には宰相ランゴバルド侯ハゾスをはじめとするケイロニアの重鎮たちが顔を揃えている。その中心にはむろん、豹頭王グインの姿がある。グインはじっと腕組みをして、悪辣な魔道師たちの手によって破壊されたサイロンの復興に関する議論に耳を傾けていた。

「したがって、住宅を失ったもののほとんどはタリッドに集中しています。現在はヤーン神殿、サリア神殿、カルラア神殿の広場のがれきを急ぎ片づけ、そこに避難所と炊き出し所をもうけ、臨時のテントを張って住民を収容しています。幸い、食糧は十分に備蓄がありますので、当面は問題なくまかなうことができるでしょう。ただ寒さが厳しいので毛布が足りません。いま宮殿はもちろん、ジャルナ区や北サイロン、南サイロンの貴族や商人の邸宅もまわってかき集めているところです。がれきの処理は護民兵、工兵、歩兵、さらに金猿騎士団や白象騎士団もかり出して急ぎ進めています。二、三日中には主な通りの通行が回復するでしょう。ただし住宅の再建に取りかかるには、ひと月ほどかかるかもしれません。それまでこの寒さのなかで避難民をどう保護するかというのが現時点での最大の課題です。それから……」

「………」

「これはカシス医師団からの指摘ですが――避難所に住民が集まっているために、黒死の流行がまたぶりかえすおそれがあります。まだその兆しは見えていませんが、黒死がまだ完全には収まっていない以上、このままではいずれそうなることは避けられないかもしれない、と医師団長のメルクリウスが申しておりました。その対策を医師団に急ぎ検討させているところです」

「――よくわかった。マローン、ご苦労だった」

グインは腕組みを解いた。

「まず、黒死についてだが——これは医師団の判断にもよるが、現在、サイロン市郊外に設けている警戒線に加え、避難所、タリッド地区にもそれぞれ警戒線を新たに設置し、三重の防除を行う。それぞれに検問所を設け、人と物資の出入りを改めて厳しく管理せよ。トールに国王騎士団を派遣させるゆえ、人員の配置についてはトールに指示をするように。むろん、黒死の流行の再燃を防ぐのが最優先だが、万が一起こった場合でもその蔓延を最小限に抑えるようにせよ。ともかくトールと、それからグロスとの連携を十分に図ることだ。よいな」

「はっ」

「それから避難所の件についてはおおむねその方針でよい。食糧と暖を十分に与えることに気を配ってくれ。特に老人と子供を優先するようにな。赤子の乳は足りているか？」

「鋭意、確保に努めております」

「うむ。——これは防除との兼ね合いもあるが、場合によってはジャルナの風待宮を避難民に開放してもよい。乳児などはそのほうが何かと都合がよいだろう。メルクリウスと相談の上、最善の策を講じるように」

「はっ」

「それから、もうひとつ気がかりなのはゴーラの——イシュトヴァーンの動きだ。いま現在はわずかな護衛のみを引き連れてパロを訪問しているという情報が入っているが、神出鬼没のやつのことだ。この機に乗じてケイロニアに奇襲をかけてくる可能性は大いにある。ことにランゴバルド、サルデス、アトキアの国境には警戒が必要だ。それぞれの選帝侯騎士団にも出動を要請せねばならぬが、それに加えて金鷹、金羊の両騎士団をゴーラとの国境付近に隠密に集中展開させようと思う。パロ方面をも視野に入れながらな――ハゾス、アレス、マローン、それでよいか」

「御意」

三人の選帝侯がいっせいに応えた。グインはうなずいた。

「アウルス侯とカメロン宰相との和平交渉のさなかゆえ、あまりおおっぴらに軍を動かしてゴーラを刺激することは避けたいが、白虎、白蛇の両騎士団にもいつでも出動できるように準備だけはさせておく。すでに銀狐騎士団には、ゴーラとパロにおける諜報活動のレベルをあげるように指示を出してある。状況によっては《竜の歯部隊》も諜報に派遣するとガウスには伝えてある。情報は逐一知らせるゆえ、警戒をゆめゆめ怠るな」

「はっ」

「とにかく対応は迅速にせねばならぬ。現場の判断で必要と思ったことは直ちに行うように。俺への報告はあとでよい。いいな。――では解散とする」

グインは席を立ち、諸侯に見送られて控えの間に戻った。扉が閉まるなりマントを脱ぎ、王冠を取って小姓に手渡した。

「シン。昼餉は後宮で取る」

「心得ております。すでに用意を命じております」

「そうか。――マルスナは来ているか」

「二ザンほど前に。おそらく診察を終えて、陛下をお待ちのことと思います」

「わかった」

グインはすばやく略装に着替え、小姓頭のシンを伴って急ぎ後宮へと向かった。そこでは昨夜遅く、突然に錯乱を起こした愛妾が、宮廷付きの医師とともに彼を待っているはずであった。

「陛下。お待ちしておりました」

急遽、病室としてしつらえられた後宮の一室、その次の間でグインを出迎えたのは、四十がらみのいかにも温厚そうな女性であった。

「マルスナ、ご苦労。待たせたな。ヴァルーサのようすはどうだ」

「いまはとても落ち着いていらっしゃいます」

宮廷医師団唯一の女医であるマルスナは、いつもと変わらぬ柔和な表情で静かにこたえた。

「そうか。体のほうはどうか」

「お喉から心音、肺音、腸音など、すべてお調べいたしましたが、いずれも異常はございません。手足のしびれや頭痛なども訴えてはおられませんでしたし、お通じも普通であったということですので、例えばなにか悪いものをお口にされたとか、毒のようなものを盛られたということはないと思います。ただ……」

マルスナは少し口ごもった。

「ただ、その、なんと申しましょうか——おなかのほうに女性特有のものと思われる不調を訴えておられましたので、そちらをすこし入念に診させていただきました。が、わたくしの診るかぎりでは特に異常はなく、そちらも健康そのものといって差し支えないかと思います。しかし、ヴァルーサさまご自身に自覚症状があり、それがもう一年ほども前から続いているということですので、そこが気がかりではございます。少し、経過を観察させていただいたほうがよろしいかもしれません」

「そうか。すると昨夜のあれは、やはり——」

「はい。なにか強い精神的ショックによるものだと思われます。それがなにであるかは、わたくしにはお話しいただけませんでしたが——こういうものの治療には、少し時間がかかることがございます。陛下もどうぞ、ヴァルーサさまに無理にお話しさせようとはなさいませぬようにお願いいたします」

「わかった」

　グインは深くうなずいた。

「改めてご苦労だった、マルスナ。非番のところ、呼びだてしてすまなかった」

「いえ。これがカシスに誓いをたてたものの使命と心得ております。なにかございましたら、いつでもお呼びくださいませ――それでは陛下、失礼いたします」

　マルスナは一礼して下がっていった。グインはそれを見送るとひとり病室に入っていった。病室の中央に置かれたベッドには、ゆったりとした厚いガウンに身をくるんだヴァルーサが身を起こしてすわっていた。

「あ、王さま」

　ヴァルーサはグインをみるなり、にこりと微笑んだ。グインは少し安堵した。

「大丈夫か。そうして体を起こしていて辛くはないか」

「うん、大丈夫。からだのほうは何ともないわ。マルスナ先生も太鼓判を押してくれたもの。あの先生、とっても優しくて親切で、すごくいい人ね。あたし、いっぺんで好きになっちゃった。なんだか、マルスナ先生に診てもらっただけですっかり元気になっちゃったみたい。ほんとはもう、こんなベッドの上に寝ていなくてもいいくらい。むしろ体を動かしたいくらいだわ」

「そうか」

グインは笑った。

「マルスナはやはり名医だな。それだけでお前に元気を取り戻させるとは」

グインは次の間に控えている女官を呼び、昼餉を運ぶように命じた。すぐさまベッドの脇にテーブルと椅子が用意され、グインとヴァルーサふたり分の食事が運ばれてきた。あつあつのパンとハムのサラダ、ゆでた卵がならび、そこに添えられた豆のスープからは温かそうな湯気がたっている。ヴァルーサが小さな歓声をあげて手をたたいた。

「わあ、美味しそう。いただきます」

さっそくヴァルーサは、パンにバターをたっぷり塗って頬ばり、ふうふうとスープをさましながら口に運んだ。嬉しそうに食べる姿にグインは思わず目を細め、自分もパンを口に運んだ。メニューは同じだが、その量はむろん、ヴァルーサの倍以上もある。

しばし病室にフォークとナイフの音だけが響いたあと、ヴァルーサがぽつりと云った。

「――ゆうべはごめんなさい、王さま。びっくりさせちゃって」

「お前が謝ることではない。謝るのは俺のほうだ」

グインはかぶりを振った。

「俺が無神経にお前を問いつめたことが悪かったのだ。過去は重要ではない、などと偉そうに云っておきながらな。妙なことにこだわってしまった。すまなかった」

「ううん。そんなことない。王さまがあたしのこと、とても心配してくれたのは判ってるから」

云うとヴァルーサは、しばし食事の手を止めてじっと何かを考えこんだ。グインはそんなヴァルーサのようすを注意深くうかがっていた。やがてヴァルーサは意を決したかのように顔をあげると、グインに向きなおり、いずまいを正した。

「あのね、王さま。あたし、やっぱり王さまにはちゃんと話しておくね」

「なんだ」

「ゆうべのガンダルおじさんの話なんだけれど……あたしね、ガンダルおじさんに可愛がられてた、っていったでしょう？　それで、あたしもガンダルおじさんのことが大好きだったたって」

「うむ」

「実は、それだけじゃなくて……ほんとうはあたし、ガンダルおじさんと結婚の約束をしていたの。ガンダルおじさんが亡くなるちょっと前に」

「――そうか」

グインは目もとだけで微笑んだ。

「やはりな。なんとなく、昨日のお前の口ぶりをみて、そんなことではないかと思っていた。ガンダルというのは、お前の恋人――少なくともお前の想い人だったのではないかとな」

グインはそっと手を伸ばし、ヴァルーサの手を取った。

「辛かったであろうな。その恋人を亡くしたときには」

「うん……」

ヴァルーサの声が少し震えた。ヴァルーサがうつむくと、その膝のうえにぽたりと涙のしずくが落ちた。

「それであたし、そのあと掠われて奴隷にされたこともあって、ずっと腑抜けてしまっていたの。なんだかもう、どうでもいいような気分になって、毎日ぼおっとすごしていたわ。ただアラクネーのいうとおりに、アラクネーのいうことだけをこなして。はじめて客を取らされたときも、ただもうどうでもよくて、なんとも思わなかった。だけど——その、はじめての客が、驚いたことにガンダルおじさんだった……」

「…………」

「あたし、そのときはほんとうに幸せだった。もう会えないと思っていたひとに会えて、ようやく結ばれたのだもの。しかもそのとき、ガンダルおじさんは、あたしにこういってくれたのよ。何があっても笑って生きろ、って——それであたしは、生きる気力を取り戻したんだわ。でも……」

ヴァルーサは苦しそうな顔をした。

「でも昨日、ほんとうのことを思い出した。思い出してしまった——あれはガンダルおじさんじゃなかった。あれは――」

ヴァルーサの顔から血の気が引いてゆき、手が震えはじめた。グインはまたヴァルーサが倒れるのではないかと心配になり、たちあがってヴァルーサのそばへいこうとした。が、ヴァルーサは小さく首を振ってそれを制した。

「――大丈夫よ、王さま」

ヴァルーサは、震える手でコップの水を一気に飲んだ。そして大きく息を吐くと続けた。

「あれは、ガンダルおじさんじゃなくて――そう、ぜんぜん別のひとだった。あたし、すっかり騙されていたのね。エイラハとアラクネーに。あたし、全然知らないひとに、あたしの初めてを奪われてしまっていたんだわ。そして、それを恋人だと思わされていた。それがショックで、あんなに取り乱してしまった。でも――よく考えてみれば、そんなことどうでもいいことだわ。だって、いまあたしが愛しているのは王さまで――しかも王さまは云ってくれたわ。過去のことはどうでもいいって。いろいろなことがあった過去のこと、すべてを含めて、あたしを愛してくれているんだって。でしょう？」

「そうだ」

グインは力強くうなずいた。

「俺が愛しているのは、過去をへて現在にいたったお前のすべてだ。そのお前を、俺は心から愛している」

「ありがと、王さま——だから、いいの。もう大丈夫」

ヴァルーサは微笑んだ。まだ顔色は少し青ざめているようには見えたのだが。

「あたしも自分に起こったことは、もう忘れることにする。いまと、これからの幸せを大事にすることにするわ。なんてったって、あたしはケイロニア王——世界に名高い豹頭王のたったひとりの愛妾なんだもの」

ヴァルーサは立ちあがり、グインのそばへ行った。そしてグインの膝のうえに横向きにすわり、グインの首を抱き寄せてキスをした。グインもヴァルーサをそっと抱きしめた。テーブルに残されたスープは少しずつ冷めていったが、ふたりともそのことはもう気にしていなかった。激務のあいまに訪れたつかの間の逢瀬は、グインにとって思いがけず甘やかなものとなった。


ヴァルーサはすっかり元気を取り戻したようだった。

マルスナの診察を受けた翌々日にはベッドを離れ、後宮の自室に戻った。明るく屈託のない彼女らしい笑顔が戻り、顔色もよく、グインをおおいに安堵させた。もっとも、それと同時に本格的に始まった王の側室としての厳しい作法の講義にはどうも閉口しているようで、毎晩グインと顔をあわせるたびにぶつぶつと愚痴をこぼしてはいたが、それでも王宮での暮らしそのものにはおおむね満足しているようにみえた。

　ヴァルーサの存在は、グインにとっても支えになっていた。黒死の病の流行と、それに続く《七人の魔道師》事件により、潤沢であったケイロニアの国庫は急速に枯渇しつつあった。そのため宰相ハゾスや、その腹心にして大蔵長官代理を務めるナルドのみならず、グイン自らも、急がねばならぬ復興と、相変わらず不穏なゴーラ－パロ情勢への対応に向けた財源の確保に頭を悩ませる日々が続いていた。むろん、それ以外にも国内外に山積みとなった問題への対応に追われ、グインの日々は多忙を極めていた。しかし、そんななかでもグインは毎夜かならずヴァルーサのもとを訪れ、激務の疲れを癒していた。またヴァルーサも、どんなにグインの訪れが夜遅くなろうとも、床につくことなく必ず笑顔で彼を迎えていた。そしてその愛嬌たっぷりの笑顔と深い愛情、なめらかな肌のぬくもりが、グインにとって何よりの活力の源となっていたのだ。

　周囲もヴァルーサがグインにもたらした影響には気づいているようだった。側近たちは、ヴァルーサが正式に側室にあがってからというもの、厳しい状況にあってもグインはよく笑うようになったと口々に云った。当初はヴァルーサの出自や経歴を問題視し、彼女をグインの側におくことには必ずしも良い顔をしていなかったハゾスも、いまではヴァルーサの率直で明朗な人がらを認め、多少なりとも一目おくようになったようであった。またその他の重臣たちのあいだにもヴァルーサに好感を持つものが増えはじめ、特にグインに近しい軍人たち――護王将軍トールや金犬将軍ゼノンなどは、側室としてのヴァルーサのお披露目として非公式に催された宴席でも彼女と積極的に語らい、クムの剣闘士たちのエピソードに興味深く耳を傾けるなど、親しげな態度を示すようになった。

そうしてひと月ほどが過ぎるころには、ヴァルーサはグインの側室として周囲から完全に受け入れられはじめていた。

が――

異変が起こったのは、そんなある夜のことであった。

その日もグインは、執務が終わるとヴァルーサの待つ後宮へと向かった。サイロンの復興にもどうやら目処がつきはじめ、懸念されていた黒死の再流行もくすぶり程度でどうにか封じこめに成功し、グインの激務にもようやく少しずつ余裕が生まれていた。だからその日は久しぶりに、まだ宵の口ともいえる時間に執務を終えることができたのだった。

が、控えの間から寝室に入ろうとした瞬間、グインは普段と雰囲気が違っていることに気づいた。

（――灯りが消えている）

まだ時刻はイリスの三点鍾を過ぎたばかりである。にもかかわらず、扉のすき間から光がもれていないのだ。普段ならば、深更をまわってもなお、灯りを煌々とともしてヴァルーサが彼を待っているはずであるにもかかわらず、である。

（ヴァルーサはどこかにでかけているのか。それとも具合でも悪いのか）

グインはそっと扉を開け、中のようすをうかがった。

部屋の灯りはすべて消され、ぼんやりとした月の光だけが窓から差しこんでいた。グインはじっと暗闇に目が慣れるのを待った。すると次第に、グインに背を向けてベッドに腰かけているヴァルーサの姿が、薄闇のなかにぼんやりと浮かびあがってきた。ふんわりとガウンを羽織った背中は丸く、首はうなだれて何かを考えこんでいるようすだ。

グインはそっと声をかけた。

「――ヴァルーサ」

その声にびくっとした様子でヴァルーサが振りかえった。そして入口に立っているグインを認めると、慌てて立ちあがった。

「ああ、王さま。おかえりなさい。ごめんなさい、気づかなかった」

だが、そのヴァルーサの声にはどこか精気がなかった。やはりなにかがおかしい、とグインは思った。

「どうしたのだ。こんな時間に灯りもつけずに。――つけるぞ」

グインは火付け道具をとりあげると、次々と常夜灯のろうそくに火を灯していった。

ろうそくの炎の数が増えるにつれ、部屋が少しずつ明るくなってゆく。その灯りのなかでグインは改めてヴァルーサを見やった。ヴァルーサの目は充血し、鼻の頭は赤くなり、頬は涙で濡れていた。グインは驚いた。

「ヴァルーサ。大丈夫か」

グインはヴァルーサのもとへ歩みより、そっと抱きしめた。ヴァルーサはグインの胸に顔をうずめた。その肩がひくひくと、しゃくりあげるように揺れていた。

「どうした、なにがあった」

グインはヴァルーサをベッドに腰かけさせ、自分もその横に腰をおろすと、優しく問いかけた。だがヴァルーサはこたえようとせず、ただグインの腕にすがって泣くばかりであった。グインはヴァルーサを落ち着かせようと、その髪をそっとなでてやった。サルビオの香水がふわりと匂ったが、その香りもまた、どこか鮮烈さをかいているような気がした。

そのまま十タルザンほども泣いていただろうか。ようやくヴァルーサが顔をあげた。グインはその顔をのぞきこんだ。ヴァルーサもグインを見つめかえした。その瞳には、涙がいっぱいにたまっていた。

「――ごめんなさい」

ようやく発せられたヴァルーサの声は、泣き疲れた赤児のように弱々しかった。

「ごめんなさい、王さま。あたし……あたし……すごく、すごく考えて、とても悩んだんだけれど……」

ヴァルーサはグインの目をひたと見つめ、涙を流し、すすりあげながら絞り出すように云った。

「あたし……やっぱり、ここにはいられない。王宮から出ていくわ。ごめんなさい、王さま」

3

「……………」

ヴァルーサの突然の宣言に、グインは言葉を失った。グインは目を閉じ、ゆっくりと深く呼吸をした。

「――ヴァルーサ」

グインは努めて声を抑えて云った。

「やはり、なにかあったのだな。――やはり王宮は暮らしにくいか。誰かにお前の出自のことで嫌みでも云われたのか」

「ううん」

ヴァルーサはうつむいて首を振った。

「ううん。そんなことない。女官のひとたちもみんな親切だわ。もちろん、いろんなしきたりとかにまだ慣れないところがあるし、誰も友だちがいなくて寂しいっていうのはあるけれど、でもそれはあたしだって覚悟のうえだもの。あたしには、王さまがいれば十分。でも……」

「………」

「でも、あたしはやっぱり汚れた女なのよ。だって……やっぱり、どうしたってあたしは、まじない小路の踊り子なんだもの。王宮にふさわしい女ではないわ」

「ヴァルーサ」

グインは諭すように云った。

「それは気にするなと云っただろう。過去のことはどうでもいいと――」

「そうだけど」

ヴァルーサは激しくかぶりを振り、グインの目を見つめて云った。

「でも、王さまは知らないのよ。ほんとうは、まじない小路の踊り子がどんなものなのか……いいえ、あたしがまじない小路でほんとうは何をされたのか……だって……そんなこと、恐ろしくて、あたし、いえない……いえなかった……」

「………」

「――でも、いわなくちゃ駄目なんだわ」

ヴァルーサは目をふせ、まるで自分に云いきかせるかのようにつぶやいた。

「いえば、いくら王さまでもあたしを汚らわしい女だと思うだろうけど。でも……」

「そんなことはない」

グインは語気を強めて云った。

「お前に何があったのだとしても、俺はお前を愛している。ヴァルーサ、お前に対する俺の思いは、過去に何があったのだとしても決して変わることはない」

「うん……王さま、ありがと。本当にありがと。そういってくれるだけで、すごく嬉しい」

ヴァルーサは小さくため息をつき、両手でそっと涙をぬぐった。

「あのね、王さま。今朝、あたし、ちょっと気分を変えたくて、ルーン大庭園を散歩していたの。そしたら、ゼノン将軍に会って……」

「ゼノン」

グインはつぶやいた。

「まさか、ゼノンが何かおかしなことを云ったというのか」

「ううん、違う。ゼノン将軍はいつもとても親切だわ。今日もあたしを見かけたら、将軍のほうから笑って話しかけてくれた。あたしも将軍とお話ししていると楽しいから、少し話しこんでいたのだけれど――そのときにね、将軍がパロに遠征したときの話をしてくれたのよ」

「…………」

「ねえ、王さま――将軍がいっていたことはほんとう？　その……何年か前に、パロの王妃さまが魔道師に体を乗っとられて、怪物を産み落としたことがあるって——そしてその怪物のせいで、パロが滅びてしまいそうになったんだって……それはほんとうのことなの？」

「——そのように、聞いてはいる」

と、グインはおぼつかなげに答えた。

「というか……俺はどうやら、その怪物と闘ったことがあるらしいのだが——前にも話したとおり、その前後の記憶を俺は全て失ってしまっているのだ。むろん、その当時のパロの情勢については、同行したゼノンやディモス、あるいはパロのリンダ女王やヴァレリウス宰相などからも、あとから情報として断片的に聞いてはいるのだが」

「ふーん……じゃあ、それはやっぱりほんとうなんだね」

「であろうな。彼らがこぞって俺を騙そうとしているとは思えんからな」

グインは薄く笑った。ヴァルーサはなおもためらう様子を見せながら尋ねた。

「それで、王さま——そのパロの王妃さまは、どうしてそんな怪物を身ごもってしまったのかしら」

「うむ——これもヴァレリウスから聞いた話なのでさだかではないが……」

グインは記憶をたぐりながら云った。

「確か、最初に魔道師に体を乗っとられたのは、アルミナ王妃ではなくレムス王であった、とヴァレリウスは云っていたな。そしてその魔道師が王の体を利用して王妃の胎内に邪悪な怪物の種を植えつけたのだ、と……まあ、ヴァレリウスもしかとは判らぬらしいが、おそらくそういうことだろう、と云っていたと思う」

「そう……なんだ……」

それを聞くなり、ヴァルーサはまたうつむき、黙りこんでしまった。グインはヴァルーサをいぶかしく見つめた。決して明るくはない常夜灯のもとでも、ヴァルーサの顔は明らかに青ざめて見えた。

「どうした。そのパロの王妃の話がどうかしたのか。お前にはあまり関係のないことのように俺には思えるのだが」

「うん……ただね。あたし——それを聞いて思い出したの」

「なにをだ」

「ほら、前に魔道師のエイラハの話をしたことがあったでしょう？　あたしが、その——夜中に取り乱してしまったときに」

「ああ」

「あのとき、あたし……その、はじめて客を取らされたときに、エイラハとアラクネーにだまされて、ぜんぜん知らない男のことをガンダルおじさんだと思いこまされていた、っていったけど——ごめんなさい、王さま。あれ、ほんとうは嘘なの。知らないひとじゃないの」

「――知っていたのか。その相手を」

「そうじゃない」

ヴァルーサは首を弱々しく振った。

「相手はひとじゃなくて……《蜘蛛》だったの。アラクネーの蜘蛛」

「なんだと」

グインは驚愕した。

「――アラクネーの蜘蛛だと。それは、あの……」

「そう。王さまとはじめて会ったときに、王さまに助けてもらった、あの化け物。あたし、ほんとうはあいつ――あの汚らわしい闇の獣に陵辱されたのよ」

「…………」

グインは何も云う言葉が見つからず、ヴァルーサをそっと抱きしめた。ヴァルーサはグインの肩に頭をもたせかけた。

「それで、そのときにね……」

ヴァルーサの声が震えた。

「エイラハがアラクネーに、こんなことをいっていたのを思い出したのよ――これからわしとおぬしが行う術は、先だってパロの王妃にキタイの竜王が行った術と原理的には同じものだ、って。そして、こうもいったわ――この娘の胎内に、この《蜘蛛》が持つ闇の種子を産みつけさせる、って」

ヴァルーサの瞳からまた涙があふれだし、グインの肩を濡らした。

「その種子はたぶん、いまもあたしのここにいる」

ヴァルーサは両手でへその下あたりをそっと押さえた。

「あれからあたし、ここにずっとヘンな感じが残っているの。なんだか冷たい、固いものがここに潜んでいて、それがずっと脈打ってうずいているような、そんな感じが。――最初はあたし、それが別におかしいとも思わなかった。――こんなこと、王さまにいったら気を悪くするかもしれないけれど、それがガンダルおじさんとあたしとの深い絆のあかしのように勝手に思っていたのね。でも、違った。いま思えば、ほんとうに馬鹿みたいよね。もし、そうだったら、こんなに冷たくて、固くて、イヤな感じがするわけない」

「…………」

「だから、あたし、怖いの。このままだと、あたしもパロの王妃さまみたいに、きっと怪物を産み落としてしまう。そして、王さまに――ううん、王さまだけじゃない。サイロンやケイロニアに、きっと災いをもたらしてしまう。だから、あたし――もう、ここにはいられない。ここにいてはいけないの。どこか遠くへ――誰にも迷惑をかけることのない、どこか遠くへ行かなければ。だから、あたし、王宮を出ていくわ。ごめんなさい、王さま」

ヴァルーサはグインにしがみつき、嗚咽した。グインはじっとヴァルーサをあやすように抱きしめていたが、やがてためらいながら云った。

「ヴァルーサ――その、お前が感じているという妙な感覚のことだが……以前、マルスナの診察を受けたときにもそれを話したのか」

「うん」

ヴァルーサは泣きながら小さくうなずいた。

「話したわ。その――前からこのへんにそんな感じがあって、それがずっと続いているんですって。そしたらマルスナ先生はすごく丁寧に診てくれて、それで――その、おなかの大事なところに問題はありません、とてもきれいです、っていってくれたんだけれど――」

「うむ、思い出した。確かにマルスナはそのようなことを云っていたな」

「そう。でも、やっぱりそれからもずっとその感覚は消えなくて……それで、そのパロの王妃さまの話を聞いて……それで……あたし……」

「ふむ」

グインはじっと考えた。

「マルスナは腕のいい医者だ。彼女の診断に間違いはないとは思うが……しかし、お前の話を聞くと、ことは魔道の——それも黒魔道の関わる話のようだからな。マルスナにすべての事情を話してもういちど診察させるのもよいが、彼女も魔道のこととなるとどこまで判っているものか……」

グインはしばし考えこんだ。ヴァルーサは顔をあげ、思案するグインの顔を不安げに見つめた。

「——よし」

やがてグインは決意をかため、立ちあがった。

「こうして考えていても時が移るばかりだ。——ヴァルーサ、用意しろ。出かけるぞ」

「——えっ？」

ヴァルーサの目がまるくなった。

「でかけるって、いまから？　どこへ？」

「まじない小路だ」

「まじない小路ですって！」

ヴァルーサの声が悲鳴に近くなった。

「こんな——もうすぐ真夜中になろうかっていうときに、まじない小路に行くなんて……そんな、無茶だわ！　だいたい、なんでまじない小路に行くの？」

「決まっているだろう。お前に邪《よこしま》な魔道の影が残されていないか確かめるためだ」

グインはヴァルーサをひたとみつめた。

「お前の不安はよく判った。だが、俺はこんなことでお前を失うわけにはゆかぬ。いかなる意味でもな。お前はいまの俺にとって、なにものにも代えがたい大切な存在だ。王宮から出て行かれても困るし、むろん怪物を産み落とさせるわけにもゆかぬ。――まあ、マルスナがていねいに診て問題ないというのだから、お前がその妙なものを孕んでいるということはないだろうと俺は思っているが、それでも念を入れるに越したことはない。なにせ、ことは黒魔道がらみだからな」

「…………」

「いかにマルスナが名医とはいえ、魔道は専門外だろう。それについてはやはり、魔道師に尋ねんとならん。地獄のことはドールに聞け、というやつだ」

「――でも、王さま、だからって、こんな夜遅くに……」

「しかたがない」

グインは肩をすくめた。

「俺にはいましか時間がないのだ。明日になれば、また朝から会議だなんだと黄金宮につめておらねばならぬ。いまから出かければ、明日の朝までには戻れるだろう」

「…………」

ヴァルーサは軽くくちびるを噛み、じっと考えていた。が、やがて顔をあげて云った。

「――わかったわ、王さま。そうする」

ヴァルーサの目に力が戻った。その表情には決意があふれていた。グインはうなずいた。

「それで、まじない小路のどこへ行くの？」

「むろん、イェライシャを訪ねる」

グインはヴァルーサに急いで着替えるよう、うながしながら云った。

「イェライシャには先だっても働いてもらったばかりで申し訳ないが、まあ、あやつなら文句も云うまい。それに考えてみれば、イェライシャのおかげで俺とお前は結ばれたといっても過言ではない。いわば、われわれにとっては愛の神トートのようなものだな。ずいぶんと老いさらばえてしなびたトートだが。そうであれば、われわれ夫婦のためにもう一肌脱いでもらっても罰は当たらないだろう。この際だから勝手を云わせてもらうが、それがイェライシャの責任というものだ――準備はできたか」

「うん」

「ならば行くぞ。フェリア号を使う。お前は俺の前に乗れ」

グインはヴァルーサを伴い、後宮を出て愛馬の待つ厩舎へと向かった。厩舎はしんと静まりかえっていたが、フェリア号は主の訪れを敏感に察知したのだろう。グインが近づくと嬉しそうにぶるぶると唇をふるわせ、低くいなないた。グインはその鼻面を優しく叩いてやると、手際よくはみを噛ませて厩舎から引き出し、鞍を乗せてまたがり、用意してきた毛織の分厚い織物を前にかけた。そしてヴァルーサを引っ張りあげ、そこに座らせた。ヴァルーサはグインを振りかえり、にこりと笑った。

「ああ、なんだろう。あたし、なんだかわくわくしてきちゃった。さっきまであんなに不安で、ひとりで怖くてたまらなかったのに。王さまと一緒だったら、何があっても大丈夫。そんな気がしてきたわ」

「そうか」

グインは低く笑った。

「そうこなくてはな。それでこそ、俺が見こんだ女というものだ。俺もここのところ、お前と会うのは寝室ばかりだったからな。むろん、それはそれで嫌いではないが、やはりたまにはお前とともに、こうして冷たい空気にさらされながらの夜駆けも悪くない。

——よし、フェリア号、頼むぞ。ハイッ！」

グインの合図に草原の名馬の血を引く駿馬《しゅんめ》は敏感に反応し、たちまち風のように走り出した。王と愛妾と愛馬は、ルーン大庭園から黄金宮前の広場、さらには真実の塔のわきをぬけ、正門を一気に駆け抜けた。正門を預かる護衛兵が疾駆する王の姿を認めてあわてて声をかけたようだったが、そのときにはもう正門ははるか背後に遠ざかっていた。

一行は風ヶ丘をまたたくまに駆け下った。そして風の門から大王広場を走り抜け、さらには暁の女神通りへと入り――

天馬スレイプニルもかくやとばかりに、タリッドを目指してフェリア号は疾走した。顔に吹きつける風は刃のように冷たかったが、それでもヴァルーサは楽しそうに大きな声で笑っていた。グインも巨大なマントをたなびかせながら、それに応えて吼えるように笑った。

静かなサイロンの石畳に、軽やかな蹄の音が高らかに響いていた。昼間の曇天とはうってかわって空はきれいに冴え、満天の星とイリスが地上を照らしていた。夜目の利くグインにとっては、まじない小路への道案内としては十分に明るい夜であった。

だが、その月夜の明るさも、まじない小路の入口、タルム広場につくまでのことだった。

魔の巣窟たるまじない小路は、昼間にあってなお薄暗く、日の光など差しこむことはないのではないかと思わせる奇妙な通りだが、夜も深まってまもなく丑三つ時を迎えようかという時分はまさに《闇》そのものへと変貌する。空を見あげれば確かに月や星がみえるにもかかわらず、その姿はまるで中空に貼りつけられた素焼きの陶器のかけらのようにぼんやりとくすんでみえる。その光は完全に輝きを失って通りを照らすことはなく、まるで中途でどこかに吸い取られてしまったかのようだ。星々が織りなす星座のかたちも、ふだん目にするものと同じようでいて奇妙にゆがんでみえる。

広場までは軽快な駆け足をみせていたフェリア号も、通りに入るやいなや急に歩みが鈍くなり、落ち着きを失って盛んに首を振りはじめた。グインはフェリア号の首を叩いてなだめながらヴァルーサとともに馬を降り、用意してきた松明を片手に手綱を引いて歩きはじめた。馬上では高揚したようすで笑っていたヴァルーサもいまはおとなしく、少々警戒しながらグインの腕にしがみついている。その体からは明らかな緊張が伝わってくる。だがグインだけはいつものごとく剛胆に何もおそれることもなく、まるで真っ昼間に目抜き通りを歩くかのように、ゆったりと歩を進めていた。

「――ここだ」

グインは、ルーン文字の刻まれた一枚岩の扉の前で立ち止まった。そしてその脇の柱にフェリア号をつなぐと、黙って扉を押し開けた。重そうにみえた扉は、意外にも抵抗なくすうっと開き、ふたりをなかへと迎え入れた。

扉の向こうには、燐光のような青白い光に満たされた部屋が広がっていた。その中央にはテーブルが置かれ、その上では不思議な香りのする茶が三人分、温かい湯気を立てていた。テーブルの椅子のひとつには、長い白髪と白髭の老人が腰かけていた。老人は古びた道衣を身にまとい、首には祈り紐をかけ、額には銅製のいわゆる《魔道師の輪》

をはめていた。その皺ぶかい顔にはかすかに笑みが浮かび、白く長い眉のしたからは慈愛に満ちた目がのぞいていた。グインは老人に云った。

「相変わらず不用心だな、イェライシャ。扉に鍵くらいかけておかんのか」

「鍵などかけてどうする」

イェライシャは呵々と笑った。

「どうせ鍵などかけたところで、小うるさい使い魔すら防ぐことはできんよ。そもそも、ここはわしの結界だ。鍵などかけずとも、わしが望むもの以外は入ってくることはできん。王と王妃が入ってこられたのも、わしがそれを望んだからというだけのことだ」

「ということは、例によって俺とヴァルーサがここを訪れるのは判っていたというわけか」

「そういうことだ」

イェライシャはグインとヴァルーサを手招き、テーブルへと誘った。

「急なことゆえたいしたものは用意できなかったが、まずはこの異界の木の実を煎じた茶を飲むとよい。ここまでの道中、体も冷え切ったであろう。よく温まるし、疲れもとれるぞ」

「うむ。もらおう」

グインは腰の剣を外して椅子に立てかけると、イェライシャの招きに応じて清々しい香りのする湯気を嗅ぎながら茶をすすった。すこし舌にぴりっとする感じはあったが、たちまちのうちに爽やかな風味が口中に広がった。胃の腑がかっと熱くなり、それが全身に広がっていった。それと同時に体じゅうの筋肉がほぐれていった。

「おお、これはいい。確かに体は温まるし、疲れもとれるようだ」

グインはうなずいて云った。ヴァルーサも両手で茶の入った椀を持ち、嬉しそうに中身をすすっていた。

「それで、俺が訪れるのを判っていたと云うのならば、用向きも判っているのか」

「それは判らん」

イェライシャはそっけなく首を振った。

「わしには王の閨《ねや》でのむつみごとを盗み聞きする趣味はないからな」

「どうかな。あやしいものだ。そもそも閨での話だとどうして判る」

グインは低く笑った。

「まあいい——今日はヴァルーサのことでお前に相談がある」

「ほお。王妃がどうかしたか」

「実はな」

グインはヴァルーサから聞いた話をそのまま話した。イェライシャはその話にじっと耳を傾けた。

「――ふむ。なるほどの」

話を聞き終えたイェライシャは得心したように二、三度うなずいた。

「どう思う」

「話だけでは何とも云えんが……」

イェライシャは、あごに手をやって考えこむそぶりをみえた。

「これがアラクネーひとりでやったことであるなら、さほど心配はないと思うのだがな。あやつはまあ、占い師としてはそこそこの腕の持ち主ではあったが、そういった類の術についてはとんと疎かったはずだ。いかにかの《会》のちからを借りようとしたところで、そのようなことがアラクネーにできたとは思えん。しかし――」

「…………」

「エイラハが絡んでいるとなると、やはり少々慎重になる必要があるかもしれぬの。やつもかの竜王やわしにははるかに及ばんとはいえ、それなりに力のある魔道師ではあったからな。なにせ中途でしくじったとはいえ、地獄からグラックの馬どもを呼び出して操ってみせるほどのことはしてのけたのだ。決してあなどれはせぬ」

「ならば、どうすればいい」

「まずは王妃の体を診させてもらわんことには、どうにも」

「診ればわかるか」

「と、思うが。――王妃よ」

イェライシャはヴァルーサを見た。

「あたし、王妃じゃないわよ。イェライシャのおじいさん。さっきから思ってたんだけど」

ヴァルーサは照れたように笑った。イェライシャは口もとをほころばせた。

「なに、宮廷の人間どもがなんと云おうとわしにとってはおぬしが王妃だ。この、いささか老いさらばえてしなびたトートにとってはな」

「なんだ」

グインは呆れた。

「お前、やはり盗み聞きしていたのではないか、イェライシャ」

「しとらんよ」

イェライシャはとぼけた。

「だが、なぜか悪口というのはよく聞こえるものでな。――いや、そんなことはどうでもよい」

イェライシャはあらためてヴァルーサに向きなおった。

「王妃よ。そのようなわけで王妃の体を診させてもらわなければならん。これから奥に部屋を用意するでな。少々待たれよ」

「わかったわ」

「ただ、その、診させてもらうためにはその召し物を脱いでもらわねばならんのだが、かまわんか。こんなじじいの前で王妃にそんなことをさせるのはたいへん申し訳ないのだが」

「かまわないわよ」

ヴァルーサは肩をすくめた。

「なんたってあたし、ここで踊り子をやっていたんだもの。裸になるくらいどうってことないわ。そもそも初めておじいさんに会ったとき、あたし裸だったはずだし。全部脱ぐの？」

「いや、それにはおよばん。薄ものを用意するゆえ、それに着替えてくれればよい。医者のように直接診るわけではないからな。——王もそれでかまわんか」

イェライシャはグインを見た。グインは鷹揚にうなずいた。

「俺はどうすればいい。こちらの部屋で待っていたほうがよいか」

「それは好きにしてもらってかまわんが、王妃、どちらがよい」

「あたしは王さまにそばにいてほしい」

ヴァルーサはきっぱりと云った。イェライシャはうなずいた。

「そうであろうな。それでは急いで部屋を用意してくるとしよう。王妃もさぞかし不快なことであっただろうな。このようなことはもう、さっさと終わらせてしまうに限る」

イェライシャは、空中から絹の薄ものをひょいと取り出すとヴァルーサにわたし、奥の部屋へ引っこんだ。ヴァルーサはいわれたとおりに分厚く着こんできた服を脱ぎ、下着姿になって薄ものを羽織った。その豊かだが引き締まり、均整のとれたヴァルーサの体を見てグインはうなった。

「こうして改めて明るいところで見ると、お前の体はよく鍛えられているな。昼間、俺がいないあいだに何かやっているのか」

「うん。毎日必ず二ザンくらいは部屋で踊るようにしてる。そうしないと体がなまっちゃってしかたがないもの」

「そうか。しかしなかなか見事なものだ。お前が男なら、おそらくは父と同じ剣闘士になっていたのだろうな」

「あら、タイスには女剣闘士もいるのよ。あたしも小さいころは父さんに習って、ちょっと目指したこともあったんだから。レイピアくらいなら、いまでも多少は使えると思う」

「ほお、そうなのか。タイスでは女も闘うのか」

「そうよ。みんなごつくて、男だか女だかわかんないようなのが多いけど。ほら、あの、何年か前のいくさで亡くなったユラニアのなんとかって公女みたいな」

「ネリイ公女か」

「そう、それ。でも、去年の闘技会ではものすごく綺麗で、ものすごくスタイルのいい女剣闘士が優勝したのよ。そんなことはめったにないから、とにかくすごい人気だったわ。あれはあたしもみていて、ちょっと血が騒いだなあ」

「ふむ。まあ、剣闘はともかく、お前のレイピアは近いうちに見てみたいものだな」

そのとき奥の部屋の扉が開き、イェライシャが姿を見せた。

「ふたりとも待たせたな。こちらへ入ってくれ」

イェライシャはふたりを手招くと、再び奥へ戻った。グインはヴァルーサを先に立たせ、イェライシャの待つ部屋に入った。部屋の真ん中にはベッドが置かれ、隅の燭台には大きなろうそくが一本ともされていた。先ほどの部屋よりはだいぶ暗い。特に暖炉などはみえないものの、室内は十分に暖められ、これならば薄もの一枚のヴァルーサでも寒くはなさそうだ。少ししっとりとした空気には、気持ちを落ち着かせるような香の匂いがただよっていた。

「では、王妃よ。ここにあおむけに寝てくれるか」

イェライシャはベッドを指した。ヴァルーサは素直にイェライシャの指示に従った。グインは少し離れたところから、そのようすを見守ることにした。イェライシャはベッドの脇に立つと、両手を揃えてヴァルーサの上にかざした。

「それではじめようか。王妃よ、しばし目を閉じておられよ。術をかけているあいだは体を動かさぬように。なるべく力を抜いてな」

「うん」

「この術は、王妃のからだに直接なにかをするというものではない。基本的には王妃はなにも感じないはずだが、万が一なにかを感じたら、そのときにはすぐに教えてほしい」

「わかったわ」

「では、はじめるぞ。十タルザンほどで終わるはずだ」

イェライシャはかざした両手をヴァルーサの頭のうえに持ってゆき、目を閉じた。すると、ぶーんという低い羽音のような音が聞こえてきた。イェライシャは両手をヴァルーサから十タルスほど離し、その距離を保ったまま、両手をゆっくりと足先に向かって動かしていった。そのあいだ、ぶーんという音は微妙に強くなったり弱くなったりしながら続いていた。

「――ふむ」

両手を足先まで移動しおえると、イェライシャは軽く首をかしげ、両手をおろした。ぶーんという音がいったん消えた。イェライシャは考えるそぶりをしながら、もう一度ヴァルーサのへそのあたりに両手をかざした。再びぶーんという音がしはじめた。イェライシャはそのまま両手を少しずつヴァルーサの体に近づけていった。それにつれて音が徐々に大きくなり、最後には部屋じゅうに共鳴するほどの大きさになった。

「ふむ」

イェライシャはもう一度首をかしげ、手をはずした。響いていた音がいきなり消え、部屋は静寂につつまれた。グインはイェライシャの言葉を待ったが、老魔道師はそれきり難しい顔をして考えこんでしまった。グインは珍しくじれて、イェライシャに声をかけた。

「イェライシャ。どうした。何か判ったのか」

「ふむ……」

イェライシャはなおも考えこみながら云った。

「判ったといえば、判ったのだが……どうもおかしい」

「何がだ。何がおかしい」

「確かに王妃のいうとおり、このあたりに——」

イェライシャは、ヴァルーサのへそのあたりに右手をかざした。

「何やら魔の気配を感じる。感じるのだが、それがどのようなものなのか、どうも正体がはっきりしない。何か、バリヤーか封印のようなもので守られているようなのだが……」

イェライシャはまた難しい顔になった。ヴァルーサはそれを不安そうに見つめていた。グインはまたもじれて云った。

「それでどうするのだ。どうすればよいのだ。教えてくれ」

「――まあ、そうせかすな、王よ。いま考えておる」

イェライシャはグインをなだめるように軽く手をあげると、ヴァルーサに云った。

「王妃よ。恥ずかしい思いをさせてばかりでまことに申し訳ないのだが、やはり薄ものをとってもらってもよいだろうか。このあたりをもう少し、詳しく診てみたいのだが」

「もちろんよ。なんでもするから、徹底的に調べて」

ヴァルーサはうなずくと、ためらうことなく薄ものを脱ぎ、再びベッドに横たわった。

「すまんな。ちと明るくするぞ」

イェライシャは手のひらに明るく鬼火を灯し、ヴァルーサのへそのあたりに近づけた。ヴァルーサの引き締まったなめらかな肌が、鬼火の冷たく青白い光のなかに浮かびあがる。そこにイェライシャは顔を寄せ、つぶさに調べていった。ヴァルーサはくちびるをきゅっと締め、イェライシャのほうを見ようとはせずに鬼火から遠い暗闇のほうに顔を背けていた。やがてイェライシャが声をあげた。

「ほお、これだ。見つけたぞ。王よ、こちらへ来て、これを見てくれ」

イェライシャはグインを手招きし、ヴァルーサのへそのすぐ下あたりを指さした。グインは歩み寄り、イェライシャにならって顔を寄せた。

「ここに、タトゥーのような紋様が小さく入っているのが判るか。王妃の肌と同じような色が使われているので、とても判りにくいのだが」

グインは目をこらした。すると確かにイェライシャの云うとおり、まわりの肌に溶けこむような色合いで、文字のような紋様がその場所に刻まれているのが見てとれた。

「なるほど、確かに。――これはルーン文字だな」

「さよう、ルーン・ジェネリット。魔道師のみが使う最上級のルーン文字だ」

「何か意味はあるのか」

「ある」

「何だ」

「ドール。悪魔神だ」

イェライシャの声は低かった。それを聞いてヴァルーサはびくっと体をふるわせた。

「王妃、すまなかったの」

イェライシャはヴァルーサに優しく声をかけると、鬼火を消した。部屋は再び薄暗くなった。

「これが、さっきお前が云っていた封印とやらなのか」

グインが尋ねた。

「そのようだな」

イェライシャはうなずいた。

「なかなか巧妙に封じられているようだ。通常、このような術には施術者の特徴があらわれるものだ。それは封印を特定し、その種類を詳しく調べればたいがい判る。そして施術者が判れば、ある程度以上の力を持った魔道師であれば、その封印を外すことができる。例えば、この封印には一見してアラクネーの特徴がみてとれる。が――それは罠だ」

「罠だと」

「さよう」

イェライシャはうなずいた。

「この封印にはアラクネーの特徴が刻まれているが、それは巧みにアラクネーに似せられたものだ。ほんとうの施術者は彼女ではない。だから、アラクネーの封印だと思って外そうとすると、とんでもないことになりかねん」

「ならば、本当の施術者とやらは誰だ」

「むろん、エイラハだ。非常にかすかだが、やつの特徴が残っておる」

イェライシャは少し口もとをゆがませた。

「もっとも、わしも王から経緯を聞いていなければ、うかつにもアラクネーの封印だと思いこまされていたかもしれん。そのくらいよくできた罠であったよ」

「それで、これからどうする」

「まずは封印を外さねばならん。そうせんと、王妃から感じる魔の気配の正体をつきとめることはできん」

「外せるのか」

「むろん。まず問題あるまい。いくぶん面倒な作業にはなるが、そう難しくはなかろう。まあ、なかなか凝ったことをやりおったものだが――エイラハのやつめ、こういうところはほんとうにあざといやつよの」

イェライシャは、なかば感心したかのように云った。

「さて、さっそく外しにかかるとしよう。今度は少々不愉快な音がすると思う。また少し強い光が出るかもしれん。王も王妃もその光をあまり直視せんようにな。王妃にはもういちど目を閉じておいてもらったほうがよいだろう。王も先ほどよりもう少し離れていてくれ」

「うむ。わかった」

「王妃には、多少ちりちりとした感じがあるかもしれんが、体にさわりはないでな。辛抱してくれ」

「わかったわ。イェライシャのおじいさん」

ふたりがその通りにしたのを確認すると、イェライシャはおもむろに紋様の上に両手をかざした。

「では、始めるぞ。しばしの辛抱だからな、王妃よ」

ヴァルーサは目を閉じたまま、だまってうなずいた。イェライシャもまた静かに目を閉じた。すると今度は先ほどとは違い、きーんという金属どうしがこすれあうような甲高い音がしはじめた。そしてまもなく、ヴァルーサの肌に刻まれたルーン文字が青い光を放ちはじめた。

「──よし、かかった」

イェライシャがつぶやき、両手で小さく複雑な印を結んだ。音が少し低く変化し、光の色合いも緑に変わった。

「うむ。どうやらパターンが見えてきたようだ──ほれ」

イェライシャはまた別の印を結んだ。また音がいちだん低く変化し、光が黄色みを帯びた。

「よし」

イェライシャの口もとがかすかにほころんだように見えた。《ドールに追われる男》は目にもとまらぬ早さで次々と印を結んでいった。そのたびに音が低く穏やかになり、光も黄から橙《だいだい》、赤へと変化し、弱まっていった。イェライシャのひたいには汗が浮かんでいたが、その表情には自信があふれていた。

「あとひとつで封印が外れる。王妃、すぐ楽になるでな」

イェライシャが云い、また印のかたちを変えた――

その、ときだった。

がりっ、という妙な音がして、低くなりつつあった金属音が急にまた甲高くなった。それと同時に、ヴァルーサに刻まれた紋様から発していた光も急に強まり、色合いを激しく変化させながら脈打ちはじめた。

「むっ、いかん！」

突然の異変に、イェライシャが慌てたように叫んだ。

「どうした、イェライシャ！」

叫んで駆け寄ろうとするグインをイェライシャは制した。

「いかん、近づくな！　封印の――バリヤーのコントロールがきかん！　パターンがいきなり乱れてしまった！　くそっ、エイラハの魔道ごときに、このわしがなぜ――」

あせるイェライシャをあざ笑うかのように、きーんという音は、ときおりなにかが削れるような異音を伴いながらどんどん大きくなっていった。光は激しく明滅を繰り返しながら赤から黄へ、さらに緑へ、青へ、紫へと変化した。

「――痛い！　おなかが熱い！　いやあ、助けてっ！」

耳をつんざくような音の向こうから、ヴァルーサが苦悶する悲鳴がかすかに聞こえた。

「ヴァルーサ！」

グインは吼えた。

「ヴァルーサ！　大丈夫かっ！　イェライシャ、どうなっている！」

「すまない、王よ、これは――これは罠だ！　二重の罠だ！　わしはそれを見抜けなんだ……なんと情けない！　このイェライシャともあろうものが――」

「罠だと！　エイラハのか！」

「違う！　これはエイラハの罠ではない、あいつだ！　あいつの仕業だ！　あの……」

イェライシャが、その名を口にしかけたとき。

まるで星が爆発したかのような強烈な光がヴァルーサの体から放たれ、そのすさまじいエネルギーの奔流にイェライシャがはじき飛ばされた！

「イェライシャ！」

とっさに太い腕で光から目をかばいながらグインは叫んだ。

「ヴァルーサ！　いま助けに行くぞ！」

その強烈な光の中心にいるはずの愛妾のもとに、グインは走り寄ろうとした。しかし、彼の強靭な肉体をもってしても、その光の放つ圧倒的なエネルギーに抗することはできなかった。グインはもはやヴァルーサに近づくどころか、体を低くして立っているのがやっとであった。グインはつま先にぐっと力をこめ、光の圧力に必死で耐えた。しかし光はさらにその激しさを増していった。

（――くそっ）

グインはなおも抵抗した。が、ついに限界が訪れた。グインはおのれの両足が床から引きはがされてゆくのを感じた。奮闘もむなしく、その体はまるで風にあおられた羊皮紙のように軽々と浮き、舞い、吹き飛ばされ、部屋の壁に背中から激しくたたきつけられた。

（ヴァルーサ……）

グインの世界は暗転した。そして暗闇と静寂が全てを支配した。

4

ぽたり——

と、水滴がしたたり落ちる音がした。

ぽたり——

その音は、数秒《タル》ほどの間隔をおいて繰り返し鳴っているようだった。

どうやら、すぐそばに水たまりがあり、そこに水がはねているらしい——ぼんやりとかすんだグインの意識に、そんな思いがゆるりと忍びこんできた。

ぽたり——

また、水滴の音がした。その音はグインの耳もとで思いのほか強く響き、そのしぶきがグインの顔をかすかにぬらした。

その瞬間、グインの意識が焦点を結んだ。豹頭王ははっとして目を覚まし、がばっと身を起こした。そのとたん、背中がはげしく痛み、グインをうめかせた。

(俺は……いったいなにが起こったのだ)

グインはまだ少しぼおっとする頭を振った。ずきり、と頭の芯に痛みが走った。と、その脳裏に意識を失う直前の光景がよみがえってきた。

(そうだ——俺は、イェライシャの結界を訪ねたのだ)

(イェライシャは、ヴァルーサにかけられた術を解こうとしていた——そのとき、すさまじい光の爆発が起こり——その強烈なエネルギーにイェライシャと俺は吹き飛ばされ——俺は壁にたたきつけられたのだ)

(ヴァルーサは——)

グインは、愛妾の姿を求めて周囲をぐるりと見まわした。

あの光の奔流がまるで嘘のように、あたりはほぼ闇に閉ざされていた。そこはまるで動物の体内を思わせるように狭く、暗く、じめじめと湿った洞窟であった。その壁にはところどころにヒカリゴケがへばりつき、その光だけが周囲をうっすらと青白く照らしだしていた。洞窟の奥はそうとうに深く、闇のなかに溶けこんでおり、いったいどこまで続いているのか、グインが見透かしてもその距離を測ることはできなかった。

(ここは、どこだ)

少なくとも、意識を失う前までいたはずのイェライシャの結界ではないようだ。あたりにはヴァルーサの姿もイェライシャの姿も見えず、水滴のほかには何の音もせぬ。だが、空間に立ちこめているむうっとおしよせてくるような温気と、甘ったるい腐臭に血の臭いが混ざったような臭気には覚えがあった。

（イェライシャは、罠だ、と云っていた。あいつの仕業だ、と――）

そのあいつが誰を指すのか、グインにはほぼ見当がついていた。

（グラチウス――いや、ヤンダル・ゾッグか）

ドールの最高祭司にしてグインの宿敵たる〈闇の司祭〉か、あるいは東方のキタイの支配者たる竜頭人身の邪悪な魔王か。

おそらくは後者だ、とグインは思った。

なぜなら先日、サイロンを黒魔道師どもが襲った災厄の際、グインがその内部で死闘を繰り広げた空に浮かぶ巨大なモノリス――キタイの竜王の結界たるモノリスもまた、ここと同じような温気と臭気を漂わせていたからだ。

となれば、ここもまた竜王の結界に違いない。

（――くそっ）

グインはおのれの右手でこぶしをつくり、左手に打ちつけた。

（あのとき、光の剣でやつを倒し、少なくとも当面は立ち直れぬほどのダメージを与えたものと思ったが――）

まさか、これほど早くに再び竜王の罠に捕らわれることになろうとは想像もしていなかったのだ。

油断――

その二文字が、痛恨の思いとともにグインの脳裏をかすめていった。

（ともあれ、まずはヴァルーサを探さねばならぬ。そしてこの結界を抜け出すことだ）

グインはぐいと歯を食いしばると上体を伸ばし、慎重にあたりをみわたし、五感を研ぎすましてヴァルーサの気配を――あるいは魔の気配を探った。

すると――

（王さま……助けて……）

洞窟の奥からグインを呼ぶ声が聞こえた、ような気がした。グインははっとして息をひそめ、じっと耳を澄ませた。

（王さま……助けて……怖いよ……）

今度の声は先ほどよりもはっきりとグインの耳に届いた。グインは奥に向かって叫んだ。

「ヴァルーサ！　お前か！　どこにいる！」

（王さま……ここよ……助けて……苦しい……）

さらにはっきりとした声が届いた。間違いなくヴァルーサの声だ、とグインは確信した。

「いまゆくぞ！」

これもまた罠かもしれぬ、とは思わないでもなかった。しかし、それでもグインはそろそろと立ちあがり、声が聞こえた奥のほうへ、洞窟の壁を手で探りながら慎重に歩きはじめた。

壁は岩のように見えて岩ではなく、固いゼラチンのような感触がした。その表面はぬらぬらとした粘液に覆われていた。床にはいくつもの水たまりがあり、一歩ふみだすごとにぴちゃりと音をたてた。あたりにはヒカリゴケのほかに光はなく、まとわりつく温気と臭気は奥へ進むほどに強まっていった。グインは、ヒカリゴケのかすかな燐光だけをたよりにゆっくりと歩を進めていった。

そのうねうねと曲がりくねった洞窟を、おそらくは百タッドほども進んだときだった。グインの前方に、ゆらり、と大きな鬼火がひとつ灯った。ヒカリゴケを凝りかためたような青白い鬼火は、グインの目の前で二つ、三つと分裂していった。その数が増えるにつれ、その冷たい光は揺らめきながら、次第に明るさを増していった。その光のむこうから、不気味な影が徐々に浮かびあがってきた。そのかたちを見て、グインは息をのんだ。

（あれは……）

洞窟の奥でグインを待っていたのは――

赤く鈍い光を放つ獰猛な二つの複眼であった。

その複眼の上には、ぴくぴくと動く触角が生えていた。肉食の昆虫を思わせるくちばしからは、絶え間なく唾液がしたたり落ちていた。丸く膨れあがった胴体は凶々しい黒い剛毛に覆われ、その横からは左右に六本ずつ、くの字に折れ曲がった長い脚が伸びていた。その体からは、きしきし、かさかさ、という何かがこすれあうような音が絶えず聞こえ、ふっ、ふっという呼吸音が酸のような悪臭を伴って響いていた。

（——アラクネーの《蜘蛛》かっ！）

グインのうなじの毛がちりちりと逆だち、背筋に冷たいものが流れた。

アラクネーの《蜘蛛》。

グインがヴァルーサと出会ったとき、彼女を追って闇のなかから現れ、彼らを襲った怪物。

あのときは剣で前脚を切り飛ばし、さらに唯一の弱点とも云うべき両目を突いて視力を奪ったものの、ついに斃すことはできず、万事休したところを《黒き魔女》タミヤに心ならずも助けられ、その顎《あぎと》からかろうじて逃れたのであったが——

いま、その化け物がどうやら恐るべき生命力でもって前脚と視力を取り戻し、再びグインの前に姿を現したのだ。

グインはじっと《蜘蛛》のようすをうかがった。と、《蜘蛛》の巨大な黒い腹の下に、なにやら白っぽいものが見えた。それが何であるかに気づき、グインは息をのんだ。

（――ヴァルーサ！）

《蜘蛛》は、ぐったりとなかば意識を失っているようすのヴァルーサを、まるで子を抱く母のように前脚にかかえこみ、その巨大な体の下にほぼ覆い隠していたのだ。

（くそっ）

グインは反射的に右手で腰を探った。が、そこに剣はなかった。イェライシャの結界に入った際に腰から外し、その椅子に立てかけたままであったのだ。グインは自らの迂《う》闊《かつ》を呪った。が、すぐさま思いなおし、右手を高く掲げて、最後の生命線ともいうべき魔剣を呼び出そうとした。

（スナフキンの剣よ！）

かつて、遠くキタイまで及んだ冒険行へ向から際、北の小人が鍛えてグインに献上した、魔のものを斬るスナフキンの魔剣――

グインが呼べば、その手にいつも現れるはずのその剣はしかし、召還の呪文に応える気配すらみせず、その頼もしい姿を見せようとはしなかった。

（――くそっ）

グインは、高くかかげた右手を虚しくおろし、ぐっと歯をかみしめた。その口もとから豹の鋭い牙が悔しげにのぞいた。

（スナフキンの剣も封じられたか）

そういえば、腰の隠し袋にいれていつも身につけているユーライカの瑠璃――普段であれば、魔の者が近づけば警告を発してくれるはずの宝玉も、いまは冷たく沈黙を守っている。

思えば、かのモノリスでもスナフキンの剣やユーライカの瑠璃が活躍することはなかったのだ。おそらく、ヤンダル・ゾッグの結界では、魔剣や瑠璃の力は封じられてしまうのだろう。グインはまたしてもみずからの油断とヤンダル・ゾッグの奸知を呪い、竜王の魔力の強大さに改めて戦慄した。

（ということは、俺はこの化け物と丸腰で対峙せねばならぬのか）

グインの背中をまた大量の冷たい汗が流れた。

愛用の剣はなく、魔剣も呼び出しに応えず、イェライシャも先ほどの爆発の際に、どこへ吹き飛ばされたのか姿が見えない。ヴァルーサは怪物のあぎとのもとに捕らえられ、その鋭い牙でいつ咬み裂かれてもおかしくない状態だ。絶体絶命、とはまさにこのことかもしれぬ。

（それに、こいつのとげには毒があるとヴァルーサが云っていたはずだ）

もしそうだとすれば、素手で闘うこともかなわない。怪物の体の内側、腹のほうにはとげはないようだが、鋼のような硬いキチン質で覆われており、いかにグインの力をもってしても、その拳や蹴りが通用するとは思えない。

まるでがんじがらめに縛られて身動きが取れぬまま、深い海の底に沈められたかのような絶望感がグインの心に忍びこんできた。

そうする間にも、《蜘蛛》はヴァルーサをその懐にしっかりと抱きかかえ、触角を盛んにうごめかし、異様な臭いのする息を吐きながら、こちらへ近づいてこようとしていた。グインは、油断なく《蜘蛛》の動きをうかがいながら、何か武器になるものはないかとあたりを手で探ったが、じめじめと湿った床の冷たさが伝わってくるばかりで、それ以外には石ころひとつ手に触れてこない。

と、そのときだった。

それまでこちらの気配をうかがっていたようすだった《蜘蛛》が、いきなり猛烈な勢いでグインに襲いかかってきた！

「ガアアァァッ！」

たちまちのうちにグインの身内で豹の本能が目覚めた。グインは咆吼し、身を投げ出すようにして、その突進をひらりと避けた。しかし《蜘蛛》はすぐさま体勢を立て直すと、くるりと反転して再びグインに襲いかかった。グインはなおも避けるとみせておいて体を翻し、《蜘蛛》の攻撃を巧みにかいくぐってその懐に飛びこんだ。《蜘蛛》はあわてたようにグインに向かって長い脚を振りおろした。グインはとっさに左腕で頭をかばい、その攻撃を受けとめた。《蜘蛛》の鋭い爪が、グインの二の腕を深々と切り裂いた。しかしグインはかまうことなく、さらに深く踏みこむと、拳闘士のごとく鋭く拳を繰り出し、その太い右腕に全ての体重を乗せて怪物の左の複眼をたたきつぶした。グインの拳に、ぐしゃりという確かな手応えが伝わってきた。

——ギイイィィィィィッ！

《蜘蛛》は怒りと苦悶の入り混じった甲高い声を発した。怪物は苦しそうに脚をばたつかせ、頭を大きく振りながら後脚で立ちあがった。

そこに一瞬の隙が生まれた。それまで《蜘蛛》の体のしたに隠れていたヴァルーサの姿がはっきりと見えたのだ。グインはその隙を見逃さなかった。

「ヴァルーサ！」

グインはとっさに分厚いマントを外した。そしてなおも苦悶の声をあげている怪物の体のしたに素早く潜りこみ、朦朧としてぐったりとしているヴァルーサをマントでつつみこむと、《蜘蛛》の緩んだ前脚から愛妾を取り戻した。

だが、ヴァルーサを腕の中にしっかりと抱きかかえた一瞬、今度はグインに隙が生まれた。ヴァルーサを《蜘蛛》から守ろうとしたがために、グインの背中が無防備になったのだ。そこに《蜘蛛》が、巨大な鞭を振り下ろすかのように長い脚を力まかせにたたきつけた。上衣を通して細く硬いとげが何本もグインに突き刺さった。グインの背中に激痛が走った。

「ぐおおおぉっ！」

あまりの衝撃にグインの呼吸はいっしゅん止まった。グインはその場に倒れこみそうになったが、かろうじて踏みとどまると、ヴァルーサをふところに抱きかかえ、半ば床を這うようにして必死に逃れた。

殴られたグインの背中は、焼けるように激しく痛んでいた。その痛みの中から、じわじわと痺れるような感覚が拡がりつつあった。そしてその痺れは、徐々にグインの両腕をも侵しはじめていた。

（くそっ、毒にやられたか……）

グインはぎりっと歯がみをし、すばやく体の感触を確かめた。上半身、特に肩から二の腕のほうにかけては痺れが拡がっているが、脚のほうには特に違和感はない。グインは床に片膝をついたまま《蜘蛛》のほうへと向きなおり、ヴァルーサをかばって自分の背後に押しやった。そして威嚇するように牙をむき出すと、固い革のブーツの底を《蜘蛛》に向け、防御の姿勢を取った。

だが、もはやグインに《蜘蛛》を攻撃する手だては残されていなかった。両脚で怪物との距離を取りながら防御に専念し、何らかの隙を探すしかないが、なにしろ敵は視力や脚を失いながらも、底知れぬ生命力で回復してきた闇の獣である。ただひとつ攻撃する場所があるとすれば残った右目だろうが、それをつぶしたとしても相手には鋭い嗅覚もあるようだ。しかも、ここは逃げ場とてない竜王の結界のなかである。

（——万事休すか）

グインの心に、再び絶望感がじわじわと忍びこんできた。もしかしたら、駄目かもしれぬ——そんな思いが珍しく、豹頭王の脳裏をよぎった。

（だが、ヴァルーサを死なせるわけにはゆかぬ！）

グインは、次第に動きが鈍くなってゆく自分の体とも闘いながら、もう一度ヴァルーサをしっかりと背中にかばった。そしてその輝くトパーズの瞳で蜘蛛を激しくにらみつけ、自らの闘争心を再びかきたてた。《蜘蛛》はつぶされた左目から青く透明な体液をだらだらと流しながら、残った右目を赤く燃やし、長い脚を振りまわしてグインに襲いかかってきた。

「ガアアァァッ！」

グインは再び豹のごとくに吼えた。覆いかぶさるように迫る《蜘蛛》に対してタイミングをはかると、両ひじで体を支え、勢いよく反動をつけて《蜘蛛》のあごの下をしたたかに蹴りあげた。ブーツの固いかかとが、確実に《蜘蛛》の喉もとに食いこんだ。化け物はまたしても甲高い悲鳴をあげてのけぞった。その顎から酸を含む唾液がグインの上衣に飛び散り、焦げくさい臭いを発した。《蜘蛛》は怒り狂ったように頭と脚を激しく振りまわし、再びグインに襲いかかってきた。

だが、グインの体からは徐々に抵抗する力が失われはじめていた。背中の傷から拡がる痺れはいまや手の先まで達し、さらに腰から両脚に向けて拡がろうとしていた。グインは、ヴァルーサだけは守らねばならぬという必死の思いに衝き動かされ、次第に重くなる腕と脚をふるい、二度、三度と向かってくる蜘蛛の脚を払いのけた。が、そのたびに毒のあるとげがグインの体に少なからぬ傷を残していった。それとともに、グインの全身を襲う痺れは急速に強まり、その自由と五感を奪っていった。

（もはや、これまでか――）

グインの体力はもはや尽き、その不屈の気力さえも失われようとしていた。無敵の英雄と謳われた豹頭王に、ついに最期のときが訪れようとしているのは明らかであった。その瞳から放たれていた強い光は弱まりはじめ、その焦点を結ぶのさえもおぼつかなくなっていた。

わずかな抵抗すらできなくなったグインを前に、《蜘蛛》は勝ち誇っているかのように見えた。かつて黄泉から呼び出された獣は、自らの巨体を誇示するようにグインの前に大きく立ちはだかった。そして耳をつんざく奇声をあげ、その頑丈な鋼のくちばしをグインの喉笛めがけて振りおろした。グインはなおも腕をあげて喉を守ろうとしたが、体はもうぴくりとも動かなかった。グインは毒にかすむ目で、自らにとどめを刺そうとするくちばしをただにらみつけていた。

と、まさにその瞬間――

グインの背後から突然、まばゆい金色の光が放たれ、《蜘蛛》のただひとつ残った赤い右目に鋭く反射した！

そのあまりの眩しさに目がくらんだのか、《蜘蛛》はたじろいだように一、二歩後ろへと下がった。グインは朦朧としたまま身動きが取れず、何が起こったのかもよく判らずに、その眩しい光を背中に浴びていた。そのグインを守るように、彼と《蜘蛛》とのあいだに何者かがゆらりと割って入ってきた。その姿を見て、グインは驚愕した。

(――ヴァルーサ！)

踊り子らしく引き締まった足首、豊かだが張りのある尻とくびれた腰、しなやかな背中に流れる艶やかな黒髪――

それはまぎれもなく、つい先ほどまで意識を失っていたはずのヴァルーサであった。一糸まとわぬその美しい体は、神々しい黄金の光に包まれていた。グインは呆然と目を見開き、ただ声もなくその姿を見つめていた。

驚くグインを背中でかばうようにしながら、ヴァルーサはおもむろに口を開いた。だがその声は、普段のヴァルーサとはまるで違う、殷々と響く低い声であった。それは何かに憑依されたものを思わせるようにどこか無機質であった。

「――汝《なれ》、闇より生まれ来たりし不浄なる者よ」

ヴァルーサは淡々とした、しかし力のこもった声で《蜘蛛》に語りかけた。

「再び我らが前に姿を現せし理由や如何に。汝を操る者は何者ぞ。〈闇の司祭〉を名乗りし者か。東方の妖しき竜王か。汚穢《おわい》に塗《まみ》れし侏儒か。哀れなる蜘蛛使いの死霊か。はたまた闇ヶ丘に住まいし后《きさき》の生霊なるか」

《蜘蛛》はその動きを完全に止めていた。闇の獣はヴァルーサから発せられる眩い光を嫌ってか、かなりの距離を取って頭を低く下げ、ふっ、ふっ、と荒い息をついていた。

「我は黄金の盾にして、我が背を守らんが為に宿命を背負いし者。我が背に害を成さんとせし者は、何人《なんぴと》たりとも許すこと能わず」

ヴァルーサはゆっくりと両手を前に伸ばし、その手のひらを《蜘蛛》に向けた。彼女の全身を覆っていた黄金の光が、徐々に彼女の手のひらへと収斂《しゅうれん》してゆく。

「汝が我を辱めしこと、我が友を弑《しい》せしこと、此の次元を侵さんが為に我が肉体に拠りしこと、まこと許し難し。我らが次元は汝が在るべき世に非ず。我が守護神たる月神の名に於いて、生まれ来たる闇の次元へと還るがよい！」

裂帛《れっぱく》の気合とともに——

ヴァルーサの両の手のひらから、《蜘蛛》に向かって強烈な光線が放たれた！

——ギイイイイエエエエェッ！

黄金の光線に眉間を直撃された《蜘蛛》は、激しい苦悶の声をあげ、のたうちまわった。ヴァルーサはその体になおも容赦なく、光線を浴びせかけた。

鋼のように硬く、何をもってしても突き破ることができぬかに思えたキチン質の皮膚が、光線の直撃を受けた部分からふつふつといびつに膨れはじめた。そして膨れた部分にぷつり、ぷつりと穴が開き、そこから蒸気が激しく噴き出しはじめた。

「去ね！　穢《けが》れし闇の獣よ！　汝が故郷たる黄泉へ永遠に去れ！」

ヴァルーサの言葉とともに、光線の輝きがひときわ増した。《蜘蛛》の体から噴き出る蒸気の量が急激に増した。そして――

――ギイイイイイイィィィィ！

断末魔の悲鳴とともに、《蜘蛛》の巨体が一瞬、赤々と激しく燃えあがり――

大きな爆発音とともに、煙だけを残して蒸発した。そのあとには、甲のかけらすらも残っていなかった。

グインはその様子を呆然として見つめていた。その目の前で、全身から光が消えたヴァルーサが、ふらりと全ての力を失ったように崩れ落ち、気絶した。グインはヴァルーサのそばへ寄ろうとしたが、すでに毒が全身に回っており、もはや指先さえも動かすことはできなかった。

ヴァルーサに触れることさえできぬまま、グインはついに力尽きた。そしてその肉体と精神は、闇の安息に覆いつくされた。

5

グインはうっすらと目を開いた。

ぼんやりとしたもやのような景色が、次第に焦点を結んできた。白っぽく見えているのは石造りの天井のようだ。どうやら寝台の上に仰向けに寝かされているらしい。体じゅうがちりちりと痛み、全身に膏薬が塗られ、左腕には太い包帯が巻かれているが、手足はどうにか動かせるようだ。まわりはしんと静まりかえっているものの、すぐ近くには人の気配がした。

「気がついたか、王よ」

耳もとでしわがれた声が聞こえた。

「どうやら、毒消しがうまく効いてくれたようじゃな。まことによかった」

グインはゆっくりと声の主に顔を向けた。そこには長い白髪と白髭の老人が、申し訳なさそうな顔をして座っていた。

「――イェライシャ」

グインは云った。

「そうか。俺は、助かったのだな……ヴァルーサはどうした」

「王妃はよく眠っておるよ。ほれ、おぬしの隣でな」

グインは左を見た。そこにはもうひとつ寝台がならべられていた。その上ではイェライシャの言葉どおりに、ヴァルーサが深い眠りについていた。その寝息はやすらかであった。

「しかし、またしても面目ないことであった。大きな口を叩いておきながら、あれしきの罠に気づかぬとはな。ついこの間も危うい目にあわせたばかりだというに、またもや王と王妃を敵に奪われてしまうところであった。このイェライシャ、一生の不覚といってもよいほどの不覚であった。まことと、未熟で恥ずかしい。王妃に救われたの。いまさら詫びても詮ないことだが、まことに申し訳なかった」

イェライシャはグインに向かって白髪頭を深々と下げた。グインは首を横にふった。

「気にするな、イェライシャ。油断したのは俺も同じだ。——だが」

「なんだ」

「あれは、本当に起こったことだったのか？」

あの時のヴァルーサの姿を思い出しながら、グインはぼんやりと云った。

「そもそもこれはどういうことだったのだ？　罠だ、と云ったな。しかし、エイラハの仕業ではない、とお前は叫んでいたようだったが。やはり、ヤンダル・ゾッグの罠か」

「その通り。もっとも、エイラハやアラクネーも関わってはいるのだがな。」

イェライシャは云った。

「今となっては、わしの推測に過ぎぬが――エイラハとアラクネーが謀り、王妃の胎内に闇の獣の種子を植えつけ、繁殖させようとしたのは確かだと思う。竜王の術をまねてな。だが、やはりあやつらの魔力では、それを孵化させるには至らなかったのであろう。種子はそのまま活動を停止し、深い眠りについたようだが、その闇の気配が――なんというか、澱《おり》のようになって王妃の胎内に色濃くただよっていたようだ。それが王妃を長らく悩ませていたのだろう」

「ふむ……」

「ヤンダル・ゾッグは、それを利用したのであろうな。なにせ、やつはかの騒動の折り、しばらく正体を隠して王妃と行動をともにしておったでな。その際にすきを見て、アラクネーやエイラハのパターンに似せた魔道の封印を王妃に密かに刻んだのであろう。その封印を誰かが解こうとすると、爆発的なエネルギーを発して結界を張るようにし、さらにはやつらの術が王妃に残した闇の気配を回廊として使い、かの《蜘蛛》を結界に呼び出すという罠を仕掛けたうえでな」

「それは、やはり俺を狙ったものだったのか？」

「当然だ。実に周到な罠であったよ。いずれ、おぬしがあの気配に気付き、それを取り除こうとするであろうというところまでやつは読んでおったのだな。わしが結界からはじき飛ばされてしまったのも、王が結界に閉じこめられ、魔剣を封じられてしまったのも、悔しいがやつの計算通りであった。そもそも、王妃がエイラハに封じられていたはずの記憶——あの《蜘蛛》に陵辱された記憶を取り戻したことですら、やつがこのために用意した布石であったのかもしれぬ。実に竜王らしい、いやらしい置き土産だな。ヤンダル・ゾッグにとっての唯一の誤算は、やつが罠に使った王妃自身であったということだ」

イェライシャは、寝台でこんこんと眠るヴァルーサに目を向けた。グインも上半身を起こしてヴァルーサを見つめた。

「この娘が、あんな力を秘めておったとはの」

イェライシャがしみじみとつぶやいた。

「お前も、あのヴァルーサの姿を見たのか」

「見た。結界に入ることはできなんだが、なかの様子はよく見えておった」

「あれは、本当にヴァルーサだったのか？」

グインは、毒の作用が薄まり、だいぶ動くようになってきた自らの体の動作を確かめながらたずねた。

「俺にはまるで、ヴァルーサがなにかに憑依されているように見えたのだが——」

「その通りであろう」

イェライシャはうなずいた。

「おそらく——王妃も、選ばれし《神の道具》であるのだろう。ほれ、パロのリンダ女王が神の言葉を予言として伝える《神の道具》であるようにな。王妃はリンダ女王のそれとは性質が違うようだが。王妃ももとは踊り子。踊り子は巫女に通じるもの。そのようなことがあっても、おかしくはないのかもしれぬ」

「ならば、あれは神のなせる業だったというのか」

「かもしれぬな」

イェライシャはつと立ちあがり、グインを手招いた。

「王よ。もし動けるようであれば、こちらへ来るがよい」

イェライシャは、眠ったままのヴァルーサのところへ行った。グインもあちらこちらの筋肉の動きを確かめながら起きあがると、そろそろとイェライシャに続いた。

「王妃の手のひらをよく見てみよ」

イェライシャは、ヴァルーサを起こさぬようにそっと彼女の右手を取ると、手のひらを上に向けた。グインはその手のひらに目を凝らした。すると、そこにうっすらと、何かの紋様が小さく浮き出ているのが判った。

「これは何だ？　これも何かの封印なのか？」

「そうではない。が――」

イェライシャは感嘆したように首を小さく振りながら云った。

「これもまた、神を表すルーン文字であることは確かだ」

「神、だと？」

「さよう」

イェライシャは、ヴァルーサの手のひらの紋様をなぞりながら云った。

「これは月の女神イリスを表すルーン文字だ」

「イリス？」

グインははっとなった。

「そういえば、あのときヴァルーサは、わが守護神たる月神の名において、といっていたな」

「まっこと、不思議なことがあるものよ」

イェライシャは嘆息した。

「失礼して、王妃の体を調べさせてもらったが、例のドールの封印はきれいに消えておった。魔の気配も完全に消え失せておる。そして、その代わりにイリスの刻印が王妃の手のひらに現れた、ということのようだな」

「それは――要するにどういうことなのだ？　あの時、イリスがヴァルーサの体に宿った、と？」

「判らん」

イェライシャは首を振った。

「だが、これだけははっきりと云えよう。王妃はただならぬ宿命を背負って生まれてきた娘だ。そしてやはり、王にとってなくてはならぬ得がたい女性だ。わしが云うまでもないだろうが、大事にせねばならぬぞ、王よ。今回のこと、おそらく王妃は覚えておらぬだろうが、何があったのか、のちほどおぬしの口から語って聞かせるのもよいかもしれぬ」

イェライシャは、グインを見あげた。

「さ、もし王の体の痺れがとれたのであれば、そろそろ王宮へ王妃を連れて戻られたほうがよかろう。傷は痛まぬか？　その左腕の傷はだいぶ深かったでな。開かぬように縫っておいたのだが」

「――ああ、問題ないようだ」

グインは左腕を二度、三度と上下に動かしながら云った。

「そもそも、この程度の傷は俺にとってはどうということのない傷だ。なにせガンダルと闘ったときには、この腕を骨ごと切り落とされそうに――」

云いかけて、グインははっとなった。

(俺は――)

グインは愕然とした。

(俺は、いまなんと云った?)

(ガンダルと闘ったときには――だと?)

(俺はガンダルと闘ったことがあるのか? だとすれば、それはいつ、そしてどこでだ)

自らの意外な言葉に呆然とするグインの脳裏に、巨大な男の姿が浮かびあがってきた。記憶のなかでその男はグインと対峙し、白砂の闘技場、その中央にある小高い丘の上に立っていた。その周囲は高い観客席にかこまれており、大勢の観客がひしめき合って口々に歓声をあげていた。

グインよりもはるかに年長であるにもかかわらず、その体はグインよりひとまわりも大きく、しかも無駄ひとつなく極限まで鍛えあげられていた偉大なる剣闘士。

その落ちくぼんだ眼窩からグインを見つめる目は落ち着きはらい、しかしかぎりない闘志を秘めて爛々と輝いていた。

(――ガンダル!)

グインは小さくあえいだ。

（そうだ。俺は確かにガンダルと闘ったことがある。――あれはいつ、どこでのことだったのか……）

グインは慎重にみずからの失われた記憶をさぐった。するとふいに、ガンダルとの闘いのすべてがよみがえってきた。グインの胸にガンダルの言葉が響きわたった。

（さあ、来い。このときを待っていたぞ――お前ならば、俺の相手とするにふさわしい。お前にならば、よし敗れたとしてさえ、恥にはならぬ。だが、俺は負けぬ――俺は負けるわけにはゆかぬのだ。さあ、来い、豹頭王グイン！）

その高らかな宣言と同時に、これまでのグインの生涯で最強の剣士との闘いが始まったのだった。

その凄まじい剣勢、その強靭な腕力、まるで舞踊のようにもみえた巧みな剣さばき。それをグインは闘いが始まってすぐに身をもって体感した。そしてガンダルが稀代の剣士であることをたちまち悟った。だからグインはガンダルにこういったのだった。

（そこもとと対戦できたことは、俺の一生の最大の誇りのひとつになるだろう）

――と。

その闘いは、剣士としてのグインにとっては生涯の好敵手を得た、まさに至福のときであったかもしれぬ。だが、それが至福であればこそ、その結末は残酷なものであった。

その熾烈な闘いにかろうじて勝利したのはグインであった。ガンダルの脇腹に深々と剣を突き刺し、その喉を切り裂き、その命を奪ったのだ。だがグインもまた、その代償として左腕をほぼ切断する重傷を負ったのだった。

むろん、ガンダルの命を奪うことはグインの本意ではなかった。それでも、片腕を犠牲にしてまで容赦なく相手の命を奪う以外に――文字どおり、肉を切らせて骨を断つ以外にグインが生き残る道はなかったのだ。

その最期、ガンダルはグインが抱えおこそうと添えた右腕のなかでグインを讃え、みずからの剣闘士としての生を振りかえりながら息絶えたのだった。そしてグインもまた、腕のなかのガンダルにたむけの言葉を贈ったのだ。

(おぬしはまことの勇者だった。たとえその身は闘技場に……闘技大会の競技に果てるとも――おぬしこそ、まことに世界最強の戦士だったことに何の違いがあろう。――おぬしと剣をまじえることを得た、ルアーのはからいに――心から感謝を――やすらかに眠れ。ガンダル)

グインの頭には、そのときにガンダルとかわした言葉の一字一句がすべてよみがえっていた。そして、その闘いの一部始終がグインの脳裏を駆け抜けていった。グインはその闘いの何もかもを思い出した。自らが大道芸人のグンドを名乗っていたことも。そして自分の正体を瀕死のガンダルに明かしたことも――

グインは無意識に左腕を押さえながら、身じろぎひとつせずにただ立ちつくしていた。

「――王よ。思い出したのだな」

グインのうしろから静かに声がかかった。その声音には、深い憂慮にも似た響きがあった。グインはふりかえった。そこにはイェライシャの慈愛に満ちた視線があった。

「ああ、思い出した」

グインはぼそりと云った。

「俺はガンダルと闘ったのだな。そして、ガンダルの命をこの手で奪ったのだな。――そのことをお前は知っていたのか、イェライシャ」

「知っていた」

イェライシャはそっと目を閉じ、小さくため息をつきながらうなずいた。

「わしは王が放浪しているあいだも、絶えず観相しておったからな」

「ということは――あれは俺が行方知れずになっていたあいだのことなのだな」

「そうだ」

イェライシャは、うなずいた。グインはなかば呆然として横の寝台を見た。そこではまだなにも知らないヴァルーサが静かに眠っていた。

「俺は……」

グインの声は珍しく震えていた。

「俺は、知らぬうちにヴァルーサの恋人をこの手で殺してしまっていたというのか。俺はヴァルーサの——俺の愛する女の仇だというのか」

　俺は負けるわけにはゆかぬのだ——と語ったガンダルの言葉に隠された意味が、いまやグインに重くのしかかっていた。

「そのことはあまり深く考えるな、王よ」

　イェライシャは小さく首を振った。

「ともあれ、王妃はそのことには気づいておらぬ。タイスでは、グンドは死んだことになっているからな。少し疑ったこともあったようだが、いまではグンドと王は別人だと信じておるよ。だから王がいま思い出したことは、王の心に秘めておいてもかまわんのだろう、とわしは思う。だが——」

　云いかけてイェライシャはまた首を振った。

「——いや、これは王と王妃との問題だからな。わしはもう口をはさむまい。——さあ、王よ。もう夜明けが近い。そろそろ戻ったほうがよい。やはり王妃には、まじない小路の粗末な寝台よりも王宮の絹のしとねがふさわしい。あまり遅くなると、家臣どもも騒がしいだろう。王妃はしばらく眠ったままかもしれぬが、わしの診たてでは夕方には目を覚ますよ。すぐに馬車を用意するでな。しばし待たれよ」

「——すまぬな、イェライシャ」

　グインはよみがえった記憶の衝撃にまだ打ちのめされていたが、どうにか気を取り直して云った。

「そうだな。お前の云うとおりにするとしよう。まずはヴァルーサを王宮にて十分に休ませ――それから俺は、失われていた俺の過去と決着をつけることにしよう。それがどのような結果を生むにせよな」

グインはイェライシャに右手を差しだした。

「世話になったな、イェライシャ。礼をいう」

「わしはなにもしとらんよ」

イェライシャは苦笑しながら握手に応えた。

「礼なら王妃にいうがよい。――それからな、王よ。ともかく王妃を信じることだ。王妃も云っていたとおり、なんといっても王妃は王にとっての《黄金の盾》なのだからな」

ヴァルーサが目覚めたのは、イェライシャの診たてどおり、その日の夕方遅くのことだった。

それまで夢さえ見ることもなく深く眠り続けていた彼女は、いつのまにか自分が後宮に戻っていたことに気づいたとき、狐につままれたような気分におそわれたのだった。

なにしろ、夜中にグインとともにまじない小路に出かけたはずなのに、気がつくとひとり、もとの寝台に寝ていたのだ。しかも窓のそとを見てみれば日はすっかり西にかたむき、もう薄暗くなっていたものだから、ヴァルーサはますますびっくりしてしまったのだった。

（あたし、なんでここにいるんだろう。しかも、もう夕方じゃないの。——昨日の夜、なにがあったのかしら）

ヴァルーサは、暮れかかる空を呆然と見あげながら、必死に記憶をたどろうとした。むろん、真夜中にグインとともにフェリア号の背に乗ってイェライシャのもとを訪れたことは覚えている。そしてイェライシャに体を調べてもらったことも、その途中で異変が起こり、体から強烈な光が発せられ、激しい痛みを感じたことも。

だが——

（それからあたし、どうしたのかしら……）

そのあと、自分がどうやって後宮に戻り、こうしていつもの寝台で眠ることになったのか、ヴァルーサにはどんなに考えても思い出せなかった。ヴァルーサはしばらく記憶を引きだそうと頑張ったが、とうとうあきらめた。

（——まあ、なにしろ夜中にまじない小路に行ったんだものね）

ヴァルーサは小さくため息をつき、肩をすくめた。

（いつの間にか王宮に帰っていた、なんてことは驚くほどのことではないのかも。それ

に、まじない小路でおこったことをあまりあれこれ考えても、どうせろくなことはなさそうだもの）

　それきりヴァルーサは、そのことについては深く考えないことにした。いずれにせよ、もうしばらくすればグインが戻ってくるはずだ。そのときに何があったか尋ねればいい、とヴァルーサは思ったのだ。

　それでヴァルーサは、ベッドの脇に用意してあった軽食をつまみ、とりあえず腹ごしらえをすると、いまや日課となっているダンスの基本練習を繰り返しながら、グインを待つことにしたのだった。

　グインが後宮に戻ってきたのは、イリスの二点鐘をすぎてまもなくのころだった。ヴァルーサはダンスの練習を終え、ちょうど軽く湯浴みをして汗を流したところだった。ヴァルーサは小さく歓声をあげ、グインに小走りで駆けよった。

「おかえりなさい、王さま」

「おお、戻ったぞ、ヴァルーサ」

　グインはヴァルーサに微笑みかけた。

「昨夜はたいへんだったな。――どうだ、よく眠れたか」

「よく眠れたもなにも」

　ヴァルーサは目をぐるりとまわした。

「あたし、目が覚めたら夕方になっていたのよ。もうびっくりしちゃった。しかも、イエライシャのおじいさんのところにいたはずなのに、いつのまにか王宮に戻ってるし。――ねえ、王さま。ゆうべはなにがあったの？」

「覚えていないのか」

「あんまりね。途中までは覚えているわ。おじいさんに体を調べてもらって、それでヘンな光があたしの体から出てきて、すごくおなかが痛くなって……ってところまでは覚えてる。でも、そのあとどうなったのか、どうしても思い出せないの」

「そうか」

グインは小さくうなずいた。

「まあ、なにがあったかはおいおい話してやろう。――それよりも体の調子はどうだ。その、うずくといっていた腹の具合は」

「――あ！」

云われてヴァルーサはふいに気づいた。

「そういえば、すっかりなんともないわ！　ヘンな冷たいしこりみたいな感じも、うずくような感じも、きれいに消えてる！」

「そうか」

グインの表情に安堵の色が浮かんだ。

「イェライシャも、お前の体から魔の気配は完全に消えたと云っていた。やはり、それがお前の不調の原因だったのだな。まだしばらく様子を見ねばならぬし、念のためマルスナにも診せたほうがいいだろうが、しかしもう大丈夫だろう。まじない小路まででかけた甲斐があったというものだな」

グインは云いながら、部屋着に着替えるために上半身の服を脱いだ。そのグインの体を見て、ヴァルーサは息をのんだ。

「――王さま！」

ヴァルーサは小さく叫んだ。

「どうしたの、その体！　ひどい傷だらけじゃないの！　それに、その左腕の包帯――どうしたの？　ねえ、いったい、なにがあったの？」

「これか」

グインはあらためて自分の体の傷を確かめながら云った。

「これはあいつにやられたのだ。あのアラクネーの《蜘蛛》にな」

「アラクネーの《蜘蛛》ですって！」

ヴァルーサは悲鳴をあげ、口もとを両手で押さえた。

「王さま、また《蜘蛛》と闘ったの？　イェライシャのおじいさんのところで？　いったいどうして？」

「うむ。まあ、あれからいろいろなことが起こったのだ」

グインは昨夜、ヴァルーサの記憶が途絶えたあとの出来事を話しはじめた。

ヴァルーサを襲った異変は、ヤンダル・ゾッグが仕掛けた罠であったこと。グインはその罠にはまり、竜王の結界に閉じこめられたこと。そこにヴァルーサを捉えた《蜘蛛》があらわれ、その化け物と素手で闘わなければならなかったこと。かろうじてヴァルーサを取り戻したものの、毒にやられて絶体絶命の危地に陥ったこと。そのとき、ヴァルーサが《蜘蛛》の前に立ちはだかり、グインを助けたこと――

そのグインの話を、ヴァルーサは呆然として聞いていた。

「――信じられない」

ヴァルーサはゆっくりと首を横にふった。

「あたしがあの《蜘蛛》と闘って倒しただなんて……とてもじゃないけど、冗談だとしか思えないわ」

「だが、そうなのだ。信じられないのも無理はないが」

グインはまじめな顔で云った。

「目の前で見ていた俺でさえも、とても信じられない気分なのだからな。が、イェライシャもその様子を確かに見ていたというし、お前が《蜘蛛》を倒したことは間違いない。――そう、お前がいなければ、俺はなすすべもなく、あの化け物の餌食になっていただろう。ヴァルーサ、お前は確かに俺の命を救ってくれたのだ」

「………」

ヴァルーサは、まだとても信じられずに無意識に首を振っていた。が、やがて思いなおして云った。

「まあ、そうよね」

ヴァルーサは小さくため息をついた。

「あそこは、まじない小路なのだものね。なにが起こってもおかしくない、って思っていなくちゃいけないんだわ。正直、なんだか気持ち悪い感じもするけど……でも、この王さまの傷をみれば、たいへんなことが起こったことだけは間違いないのね。だから――

――」

ヴァルーサは、《蜘蛛》のとげに傷つけられたグインの胸をそっとなでた。

「とにかく、王さまが助かってよかった……なんであれ、あたしが王さまを助けることができたのなら、こんなに嬉しいことはないわ」

「ああ、ヴァルーサ。俺がいま、ここにいるのはお前のおかげだ」

グインの言葉に、ヴァルーサは嬉しくなってまたグインの胴にしがみついた。が、いつもなら抱きかかえしてくれるはずのグインの腕は、そのときばかりはぴくりとも動かず、だらりと体の横にたらされたままだった。ヴァルーサはいぶかしく思い、グインの顔を見あげた。グインは少しうつむき、遠くをみるような目つきでなんか考えこんでいるようだった。その表情には、どこか影があるように見えた。

「――王さま？」

ヴァルーサはおずおずと話しかけた。

「どうしたの？　もしかして、傷が痛むの？」

「――いや、そうではない」

グインはふっとため息をつき、ヴァルーサから身を離すとベッドに腰かけた。その表情はとても沈んでいるようにみえた。ヴァルーサは少し不安になり、その隣に腰をかけた。

「実はな、ヴァルーサ。お前に確かめたいことがあるのだ」

「なあに？」

「もしかしたら、お前には少々話しづらいことかもしれんし、辛いことを思い出させてしまうかもしれないのだが――」

グインはためらうように云った。

「その――お前の恋人だったというガンダルだが……かまわなければその最後の試合のことを教えてほしいのだ」

「――うん」

「ガンダルの最後の相手——は、どのような男だった。もしかして、俺のような豹頭ではなかったか」

「そうよ」

ヴァルーサは少し驚いていった。

「モンゴールのグンドっていう、大道芸人あがりの剣闘士だったわ。魔道師にわざわざ豹頭にしてもらって、王さまのまねをしてあちこちまわって稼いでいたっていう噂だったけれど」

「俺に似ていたか」

「そりゃあ、もう」

ヴァルーサは肩をすくめた。

「あたし、王さまにはじめて会ったとき、グンドにあんまりそっくりなんでびっくりしたもの。頭だけじゃなくて、体つきも、剣さばきも、何もかもそっくりだったわ。ほんとうは、王さまがグンドに似ていたんじゃなくて、グンドが王さまに似ていたんでしょうけど。ガンダルおじさんなんか、グンドは絶対にただの大道芸人なんかじゃない、グインだって——王さまだって言い張ってたわ。だからもし、グンドが死んだって聞いてなかったら、あたしも王さまのことをグンドだと思いこんでいたかも。じっさい、少しだけそうじゃないかとも思ったし」

「そうか」

グインはますます深く沈みこんだようにみえた。

「——それで、グンドはなぜ死んだのだ」

「あたしも詳しいことは知らないの。でもたぶん、腕に大けがを負ったせいだと思う。ガンダルおじさんが——」

ヴァルーサの声が震えた。その脳裏に、あの試合の最後の光景が浮かんだ。ヴァルーサの鼻の奥がつんと痛んだ。

「ガンダルおじさんが、グンドの腕をほとんど切り落とすくらいの傷を負わせたのよ……それでものすごい量の血があふれて……それが原因だったんだと思う」

「そのグンドが切られた腕というのはどっちだ。左か」

「そう、左よ」

「そうか」

グインはふっとため息をつき、包帯が巻かれた自分の左腕に目をやった。

「——やはり、どうやら間違いはないようだな」

グインはヴァルーサをひたと見つめた。その目には深い哀しみと苦悩の色があった。

「ヴァルーサ。俺は、お前に謝らねばならぬ。——いや、謝ってすむことではないのだが……」

「…………」

「そのグンド――ガンダルを斃したというグンドは、死んではおらぬ」

「――え？」

「グンドは、俺だ。俺なのだ、ヴァルーサ」

「なんですって？」

ヴァルーサは驚いてグインを見つめた。

「思い出したのだ」

グインは苦しそうに声を絞り出していた。

「俺は先年、長いこと行方知れずになっていたことがある。そのことは話したな。そして、そのあいだの記憶を失っていることも」

「――うん」

「そのあいだに、どうやら俺はガンダルと闘ったらしいのだ。お前の云うとおり、大道芸人のグンド――モンゴールのグンドを名乗ってな。そのことを思い出したのだ。ガンダルとの闘いの一部始終を。もっとも――」

グインはため息をついた。

「なぜ、俺がグンドなどと名乗り、ガンダルと闘うことになったのかは判らん。そして、その死んだはずのグンド――つまり俺がなぜこうして生きているのか、それほどにひどい重傷を負ったはずの左腕がなぜその痕も判らぬほどに回復していたのか、その理由はまったく思い出せん。だが、俺は確かにガンダルと闘ったのだ。そのことだけはすっかり思い出した。イェライシャもそのことは知っていた。そしていま、お前に聞いた話も俺が思い出した記憶の正しさを裏付けてくれた。つまり――」

グインは苦痛に満ちた目でヴァルーサを見つめた。

「俺は、お前の恋人を殺した。知らぬ間に殺してしまっていたのだ。俺は――お前から最愛の恋人を奪ってしまった仇なのだ、ヴァルーサ」

「…………」

ヴァルーサはあまりの衝撃に言葉を失った。グインはうつむき、膝にひじをついて両手で顔を覆った。その手は細かく震えていた。

「俺は、このようなことを恐れていた。――失われた俺の過去が、こうして俺に刃を向けてくることを。俺は、お前になんといって詫びればよいのか判らぬ。許してくれ、などとはとても云えぬ。だが――俺は……」

「――王さま」

ヴァルーサは静かにため息をつくと、そっとグインの言葉をさえぎった。

「少し落ち着いて。もう少し話を聞かせて。その――ガンダルおじさんと闘ったときのことを、もっと詳しく」

「――わかった」

グインはガンダルとの試合のことを、順を追って細かく話しはじめた。たがいに巨大な大平剣を振りまわし、交えたことだけではなく、そのあいまに交わした会話も。そして、闘ううちにガンダルが剣技だけではなく、人品骨柄《じんぴんこつがら》にも優れた不世出の戦士であることを知ったことも。その闘いのなかで、グインとガンダルとのあいだには、互いに最高の好敵手を得たことへの歓びと、相手への確かな敬意が生まれていたことも――

ヴァルーサはそのあいだ、いっさい口をはさむことなく、その話にじっと耳を傾けていた。そしてグインの話が終わると、しばしじっと目をつむり、ガンダルとの思い出に少しだけ浸った。その目からは、ひとすじ、ふたすじと涙が流れてきた。

「――わかったわ、王さま。ありがと」

ヴァルーサは手でそっと涙をぬぐった。そしてグインの両手を取り、その目を見つめて云った。

「聞いて、王さま――剣闘士は、ただ強いだけでは駄目だ。相手に敬意を持って、ルールを守り、正々堂々と闘わなければならない。そして勝っても相手を蔑《さげす》まず、負けても相手を恨まず、互いに称えあわなければならない。そういう誇り高い男たちにしか剣闘士になる資格はない」

「…………」

「王さま、これはね。剣闘士だった父さんがいつも、あたしにいっていた言葉よ。そしてガンダルおじさんも、二人の師匠だったピュロス先生も同じことをいっていた。――正直、子供だったころのあたしは、その意味がよく判らなかった。父さんが試合で命を落としたときも、相手のことを恨んだわ。父さんには相手を恨むな、って遺言のように云われたのにね。でも、いまは判るわ――というより、いま初めて本当に判ったような気がする」

「…………」

「王さまは、ガンダルおじさんと正々堂々と闘ってくれた。王さまとおじさんは互いに敬意をもって、ルールを守り、試合が終わったあとも互いに称えあってくれた。だから――あたしは何も云うことはないわ。王さまは、剣闘士として堂々と闘っただけ。だからあたしの仇なんかじゃない。あたしは王さまを恨んでないし、ガンダルおじさんだって王さまのことを絶対に恨んでなんかいない。それが剣闘士――誇り高い真の剣闘士というものなの。そしてあたしもそんな剣闘士の娘で、恋人だった。だから、たとえ王さまがいまあたしの愛する人でなかったとしても、あたしが王さまを恨むすじあいなんかこれっぽっちもないのよ」

ヴァルーサはグインの鼻面にそっとキスをした。

「王さま。あたしはね、いま嬉しいの」

　ヴァルーサの目からまた涙があふれた。

「ガンダルおじさんが負けた相手がただの大道芸人じゃなくて、王さまだったってことが判って。だってガンダルおじさんは王さまと——誰もが認める英雄の豹頭王グインと闘うことを、とても楽しみにしていたんだもの。おじさんが負けたのが王さまで、あたし本当によかった。いまは心からそう思えるわ。——それにね」

　ヴァルーサはグインに泣きながら微笑みかけた。

「王さまはあたしに云ってくれたわ。俺にとって常に重要なのは過去ではない、現在《いま》だ、って。あたしにとってもそう。あたしにとって大事なのはいまの王さま。あたしと出会う前の王さまがどんなひとであったとしても、あたしにはたいして関係ないわ。あたしは、そうしていろんな過去をたどってきた王さまを愛しているのだもの」

「ヴァルーサ……」

　グインはそれきり言葉を失っているようだった。そんなグインに、ヴァルーサは少しいたずらっぽく問いかけた。

「ねえ、王さま。ひとつ聞いてもいい？」

「なんだ」

「王さまと闘ったとき、ガンダルおじさんはあたしのこと、なんかいってた？」

「——いや」

グインは少し考えて首を振った。

「お前のことは話していなかったようだ」

「やっぱりね」

ヴァルーサは苦笑いして肩をすくめた。

「おじさんは、ほんとにもう、腹立つくらいに根っからの剣闘士なのよね。試合のことになると、もうそれだけに夢中になって、他のことはなにも目に入らなくなるんだもの。あたし、そのおかげでどれだけ寂しい思いをしてきたことか。――それでも、結婚の約束まで交わしていたのだから、あたしの名前くらい、最後に呼んでくれてもよかったのにね」

ヴァルーサの目からまた涙があふれ出した。グインはヴァルーサをそっと抱き寄せた。ヴァルーサはグインの胸に顔をうずめ、しばらくむせび泣いていた。

「――そういえば……」

ヴァルーサは、ふと思い出して涙をぬぐいながら云った。

「けっきょく、予言はあたったことになるのかしら」

「予言だと？」

グインがいぶかしげに云った。

「予言とはなんだ」

「うん。昔ね、ガンダルおじさんの夢に魔道師が出てきて、予言したことがあったんだって。いずれ、おじさんの前に獣のように猛々しい戦士が現れて、おじさんはその男に敗れるだろうって。そしてその男に、あたしを奪われるだろうって」

「そんな予言があったのか」

「ええ。ガンダルおじさんはそういっていたわ。もっとも、そんな予言は信じない、俺は自分の力で運命を変えてみせる、とは云っていたんだけれど」

「………」

「あたし、グンドが死んだと聞いたから、その予言はあたらなかったんだと思っていたんだけれど――グンドが王さまなら、あたし……」

ヴァルーサはグインの顔を見あげた。

「あたし、おじさんを倒した相手に、見事に奪われてしまったんだわ。その予言のいうとおりに、体も――そして心も」

ヴァルーサはそっとため息をつき、グインの胸に頬をよせた。グインは黙ってじっと考えこんでいるようすだったが、やがておもむろに口を開いた。

「そうか。それで判った」

「判ったって、なにが？」

「闘ったときのガンダルのふるまいの理由がだ」

「ふるまいの理由……」

「俺はあのとき、ガンダルの脇腹に深い傷を負わせた。それはおそらく——残念ながら致命傷になるだろうと思うほどの重傷であったし、誰よりもガンダルがそれを判っているようだった。しかし、ガンダルはそれでも闘いをやめようとはしなかった。俺は死ぬ、だが一人では死なぬ、と叫び、俺を道連れにしようとした。俺にはそれがなぜか判らなかったのだ。むろん、不敗の大闘王としての誇りと意地もあっただろうが、それにしても、そこまでしてガンダルが俺の命を取ろうとした、その理由がな。だが——」

「…………」

「そのような予言がなされていたのであれば判る。ガンダルは——お前の恋人はどうしても俺を生かしておくわけにはゆかなかったのだ。ガンダルを倒した男がお前を奪うという、その予言を成就させないために。お前を俺の手から守るために」

ヴァルーサははっとしてグインを見つめた。グインはヴァルーサにうなずきかけた。

「ガンダルが最後までお前の名を口にしなかったのも、おそらくはそれが理由だったのだろう。俺の前でお前の名を口にすれば、俺にお前の存在が知られてしまうかもしれぬ。そうすれば、お前を俺に奪われてしまうおそれがまたいちだんと強くなる。——そういうことをガンダルは危惧したのではないかな」

グインはヴァルーサを優しく見つめた。ヴァルーサは目を大きく見開き、グインを見つめていた。その目からまたしても、今度は滂沱《ぼうだ》の涙があふれだした。

「ガンダルは、やはりお前のことを深く愛していたのだと思うぞ」

グインはヴァルーサを抱きしめて静かに云った。

「俺との闘いのさなかでも、決してお前のことをかたときも忘れることなどなかったのだ。ガンダルは、お前を守るためにこそお前の名を口にせず、あれほどの重傷を負いながらも最後まで捨て身で俺を斃そうとしたのだろう。――お前の恋人は、やはり凄い男だったのだな、ヴァルーサ」

「王さま――あたし……あたし……ガンダルおじさん……」

ヴァルーサはついに大声で泣き出した。まるで小さな子供のように声をはりあげて泣いた。ガンダルの思慕を思い、グインの寛容を思い、懐かしい父フロルスの慈愛を思って泣いた。そして、そのような強くて優しい男たちに、これほどまでに愛されてきた自分の幸福を思って泣いた。

（あたしは、なんて幸せなんだろう……）

泣きながらヴァルーサは、グインの温かなぬくもりを全身で感じていた。そのぬくもりは、いまも、これまでも、これからもお前はひとりではないのだ、と彼女に優しく告げているかのようであった。

エピローグ

そして、その翌日——

ヴァルーサはとても満ち足りた気分のなかで目覚めたのだった。

さすがに前の日のように夕方まで、というわけではなかったが、それでもいつもよりはだいぶ寝すごしてしまった。寝室の天窓からは、ルアーの光が明るく差しこんでいた。おかげで寝室も、この季節にしてはずいぶんと暖まっているようだ。ヴァルーサは素肌にガウンをはおってベッドを抜け出し、部屋の窓を開けた。空は雲ひとつなく気持ちよく晴れわたり、ひんやりと冷たい朝の空気とともに、早くも春のおとずれを待ちこがれたかのような小鳥の声が流れこんでくる。ヴァルーサは庭の木々に向かって長々と伸びをした。背中のすじが一気にほぐれ、体じゅうに精気がみなぎってくるかのようだ。

ヴァルーサが目を覚ましたときにはもちろん、もうグインの姿はベッドにはなかった。

なにしろグインの朝は早い。とうに王としての務めを果たしに謁見の間へ向かったのだろう。一昨日の夜はまじない小路にでかけたのだし、昨夜は遅くまでヴァルーサと睦みあいながらよしなしごとを語りあっていたから、さほど睡眠を取っていないのではないかと思うのだが、そんなところはみじんも感じさせない体力にはいつも感心させられる。

グインが寝ていたはずの場所は少しへこんでいたが、すでに冷えており、最近グインが好んで付けるようになったマンネンロウの香りだけがシーツに染みこんで、部屋のなかにかすかにただよっていた。ヴァルーサは深呼吸をし、小さなころから大好きなその香りを胸いっぱいに吸いこんだ。

ふと気づくと、ベッドの横の台の上には軽焼きのビスケットとカラム水が用意してあった。おそらくはグインが女官に命じて、用意させてくれていたのだろう。そんな気づかいもとても嬉しくて、ヴァルーサはベッドに腰かけてビスケットをかじりながら、またしてもなんともいえない幸福感を味わっていた。

（それにしても――）

この数日、なんとめまぐるしい日々だったのだろう、とヴァルーサは思った。

おとといの晩のまじない小路での再びの冒険も、昨夜のグインの告白も、どれもヴァルーサにはにわかには信じられないことばかりだった。それでも長らくヴァルーサを悩ませていたおなかの冷たい違和感はきれいになくなったし、ガンダルの最後の闘いに隠されていた真実もあきらかになったのだから、結果としてはとても良かったのだろう。そして何よりも、ヴァルーサがグインの命を救うことができたのだということがとても嬉しかった。とにかく、これまでヴァルーサは、弟のヴィマルや父フロルス、それにガンダルも、ドゥエラも、大切なひとたちが彼女をおいて逝ってしまうのを、ただなすすべもなく見送ることしかできなかったのだから。

（大事なひとを守ることができるって、なんて幸せなことなのかしら）

グインへの深い愛情をしみじみと感じながら、ヴァルーサはひとり微笑んだ。これまでの生のなかで、何度も孤独と絶望にくじけそうになったときもあったが、それでもほんとうに生きてきてよかった――とヴァルーサは改めて思った。

（さて、気分もいいし――）

ヴァルーサはまた思いっきり伸びをした。

（天気もいいから、少し散歩でもしてこようかしら）

そんなことを考えながら、ヴァルーサがベッドから立ちあがった、そのときだった。

（――えっ？）

ヴァルーサはぎくりとして体を震わせた。

（なに、これ――）

ヴァルーサはかすかに震える手でおなかをおさえた。とつぜん、へそのしたあたりに妙な違和感を覚えたのだ。それはちょうどおとといまで、冷たく、固く、うずくような不気味な感触が残っていた場所と同じところであった。

（まさか――）

ヴァルーサの背中に冷たいものが走った。

エイラハとアラクネーが彼女にしかけた闇の種子の魔道――

イェライシャが解いてくれたはずのあの魔道は、まだ解けていなかったのだろうか。

たったいままで感じていた幸福感はまたたく間に消え去った。ヴァルーサの頭は恐怖でまっしろになった。その胸の動悸が激しくなり、両脚の力が抜け、ヴァルーサは崩れるように床に座りこんでしまった。

だが――

（――あれ？）

ヴァルーサはふいに気づいた。

（これ……前のとは違う……）

そう、その感触はこのあいだまでのものとはまるで違っていた。それは、これまでずっと悩まされていた冷たく、固く、うずきながら闇へと引きずりこもうとするかのような不快感ではなかったのだ。むしろ、それとはまるで正反対に温もりに満ちて、内側からじわじわと全身に光が満ちてゆくかのような優しさと喜びを感じさせる感触がそこには息づいていた。

（これは……前のとはまるで違うわ。まるでおなかの中から、何かがあたしに微笑みかけているような、そんな感じがする……あったかくて、嬉しくて、なんだか早く会いたくてたまらない、っていってくれているような――あっ）

　ヴァルーサは天啓のように悟った。

（これって――これって、もしかして……赤ちゃん……）

　ヴァルーサの手の震えはふいに止まった。ヴァルーサはおずおずと自分のおなかを両手で包みこみ、そっとなでた。その手のひらの温もりが体のなかにじんわりと伝わっていった。すると、その温もりに応えるかのように、おなかのなかでなにかが嬉しそうに微笑んでいるような気がした。

（そうだ、あたし、赤ちゃんができたんだ。王さまと、あたしとの、赤ちゃんが……）

　ヴァルーサの顔にゆっくりと笑みが広がっていった。

　もしかしたら医者に診せても、まだ妊娠したとは判らないかもしれない。気のせいだと云われてしまうかもしれない。だがヴァルーサはもう、自らが子を宿したこと、まもなく母となることを確信していた。

（あたしの赤ちゃん――）

（ああ、また、守りたいものが――守らなくちゃいけないものができた……）

そして、まだまだ生きていたい理由も。生きていなくてはいけない理由も。

ヴァルーサの頬に温かい涙がつたった。涙を流しながら、ヴァルーサは微笑んでいた。

（あたしには大好きな王さまが……あたしを愛してくれる王さまがいる。そして、あたしはもうすぐ、お母さんになる……）

グインに話したら、どんな顔をするだろう。喜ぶだろうか。とまどうだろうか。そういえば、以前に将来の話をしたときには、豹頭の子供が生まれたらどうする、となかばいまから心配したってしょうがないのに、生まれてみなければわからないのだから、本気で心配していたようだった。そんなもの生まれてみなければわからないのだから、しかたがなかったものだ。グインほどの英雄でさえもそうなのだから、そういうことになるとあんがい男というのは気が小さいものなのかもしれない。ヴァルーサは、そんなグインの反応がいまから楽しみでしかたなかった。

（そうだ、リー・メイにもいまのあたしのことを教えたいなあ。いきなりタイスからいなくなっちゃったから、すごく心配しているだろうし――いま、あたしがケイロニアにいて、王宮で暮らしていて、しかも王さまの子供を身ごもってるって聞いたら、びっくりするだろうなあ……）

リー・メイの可愛らしい子供たちも、もうだいぶ大きくなっただろう。幼なじみの親友と会うことはもう難しいかもしれないが、文《ふみ》のやりとりくらいなら許してもらえるかもしれない。あとでグインに頼んでみよう、とヴァルーサは思った。

（それにしても――あたしにまさか、こんなに幸せなことが訪れるなんて……）

ヴァルーサはしみじみと思い、深くため息をついた。そして改めて心に固く誓った。

もう、けっして過去を嘆きはしまい。そしてもう、けっして未来を怖れはしまい。

――と。

むろん、これから先、どんな運命が自分に待っているのかはわからない。あるいはこの幸せは、短いあいだで終わってしまうかもしれない。だが、たとえそれでもかまわない、とヴァルーサは思った。

こんな自分でも、守ってくれる男と、守らなければならない子供に――愛すべき家族に囲まれることができるのだから。

これからどんな未来を歩むことになろうとも、もう決して悔いはしまい。愛する男とともに、愛する子供を守り、自分で選んだこの人生を、誰に恥じることもなく全うしてみせる――

冬の朝の柔らかな光を浴びながら、誰よりも強い決意と、誰よりも満ち足りた幸福を、ヴァルーサはその両手のなかにいつまでも優しく包みこんでいた。

あとがき

ぼくはいま、とてもとまどっている。

なにしろこれから、人生初のあとがきを書かなければならないのだ。それも他人の書いた小説の解説や評論ではない。ほかならぬ自分が書いた小説のあとがきを、である。そもそもぼくが小説を書くことがあろうとは、想像も――してはいたかな。まあ、書いてみたいと思ってはいた。が、そんなことは自分には無理だと思っていたのもほんとうのことだ。

そしてその思いは、こうして小説を書いてしまったいまでも――しかも、それが出版されることになってしまったいまでも実はそんなに変わっていない。ほんとうにぼくがこの小説を書いたのだろうか、とまだどこかで不思議に思っているところがある。だけれど、この『黄金の盾』という物語をとにもかくにも書けてしまった理由がぼく自身にあるのだとすれば、それはひたむきな「愛」の力だったのだと思う。いや、まじめに。

いまから五年前、ぼくがいまでも誰よりも敬愛してやまない栗本薫先生が亡くなった。そしてそれと同時に、栗本先生が生み出したグイン・サーガの世界に通じる扉も閉ざされてしまった。栗本先生のファン、グイン・サーガのファンのかたならきっと誰でもそうだったと思うけれど、そのときの喪失感たるやハンパなものではなかった。

もう栗本薫さんの声を（もちろん中島梓さんの声も）聞くことができないという寂しさ。そしてずっとぼくのそばにあったグイン・サーガの世界で暮らす人々の消息をもう知ることができなくなってしまったという虚しさ。それは当時、プライベートでも大きな転機を迎え、てんやわんやしていたぼくの心を、ボディブローのような衝撃でくじけさせかけたものだった。グイン・サーガには、詩人オルフェオの想像力が生み出した幻の国フェイ――オルフェオの死とともに何十万もの住民もろとも消滅してしまった王国のエピソードをリンダが語る場面があるけれど、まさにそのときのリンダの言葉のように、これでグイン・サーガの世界は消え去ってしまった――かつてnut-brownや薫の会といったサークルの友人たちと熱く語りあっていたグイン・サーガの「これから」をぼくはもう決してみることはできない、とそう思ったのだ。

だが、それが間違いだったことをまもなくぼくは知ることになった。栗本先生が生み出したグイン・サーガは、そう簡単に滅びてしまうようなやわな世界ではなかったのだ。

それを教えてくれたのが、『グイン・サーガ・ワールド』に連載された久美沙織先生、牧野修先生、宵野ゆめ先生による三つの外伝だった。

あのとき、わくわくするような期待と、どきどきするような不安のなかで、久美先生の『星降る草原』を読みはじめたとたん、ぼくのまわりには間違いなく、あの懐かしいグイン・サーガの風が吹きはじめたのだった。ぼくはあっという間に、もう帰れないと思っていた世界に帰り、その広大な草原のなかに立ちつくしていた。あのときの「ああ、またこの世界に帰ってこれた――」という感覚をぼくは一生忘れることはないだろう。

そして牧野先生のノスフェラスの砂漠でも、宵野先生の沿海州の海でも、まったく同じ感覚をぼくは味わった。先生がたが描かれたお話は、もちろん栗本先生の描くグイン・サーガではなかったけれど、でもまぎれもなくグイン・サーガの世界の物語だったのだ。そのとき、ぼくははじめて理解したのだった――グイン・サーガの世界はいまでも存在しているのだということを。帰ろうと思えば、いつでもそこへ帰れるのだということを。

それを理解したぼくにとって、『グイン・サーガ・ワールド5』で告知された「グイン・サーガ　トリビュート・コンテスト」の開催は、目の前に挑戦状を突きつけられたようなものだった。その告知文を目にしたとき、ぼくはまるで「こんどはお前がグイン・サーガの世界への扉を開けてみろ」といわれているような気がしたからだ。そしてなによりも挑戦的だったのは、そこに書かれていた「あなたのグイン・サーガへの愛を形あるものにする、またとないチャンスです」という一文だった。

グイン・サーガへの愛！　そう、まったく根拠はないけれど、それだけは誰にも負けないという自信がぼくにはあった。それまで小説とよべるものなど書いたことはなかったし、書けるとも思っていなかったが、しかし「グイン・サーガへの愛」を試されるというのなら、それを受けて立たないわけにはいかないではないか。

むろん、ぼくは小説の書き方なんてちっとも知らない。しかし、グイン・サーガのことなら、この現実世界のことよりもぼくはよく知っている。そして心強いことに、机の横の本棚には最高のお手本が百五十冊以上も並んでいるのだ！　やってやれないことはない。そうでしょう？

そうしてぼくの挑戦ははじまった。むろん、それは簡単なものではなかったが、それでも一本の短篇をどうにか書きあげることができた。そのときにはもう、正直いってコンテストの結果などはどうでもよくなっていた。われながらなかなかよく書けたと思ったし、とにかくぼくの「グイン・サーガへの愛」を形にしたというだけで、突きつけられた挑戦に勝ったような気分になれたからだ。

幸い、その「アムブラの休日」という作品はコンテストの優秀作に選ばれた。それはぼくにとっては望外の喜びというもので、それが掲載された『グイン・サーガ・ワールド８』をなんども眺めながら、嬉しくてずっとにやにやしていたものだった。だが、そんなことを繰り返しているうちに、ぼくはだんだんといごこちの悪さを感じるようになった。なぜなら、ぼく自身が生み出した作品そのものに「お前の愛はこんなものか？　これで終わりなのか？」といわれているような気分におそわれてきたからだ。

　それは予想もしていなかった新たな挑戦状だった。それでぼくはやむにやまれず、次なる挑戦に取りかかることにした。それは「グイン・サーガ外伝の長篇を書く」という、さらに無謀な挑戦だった。

　無謀、とはいってもなんとなくあてはあった。というのは、コンテストのときに紙数が足りずにボツにした短篇のなかに「これは長篇の一部になりそうだ」と予感させるものがあったからだ。そこでぼくはそれを中心にすえたプロットを新たにたてなおした。そうして書きはじめたのが、この『黄金の盾』であるというわけだ。

　もちろん、その道のりは長く険しいものになることはわかっていた。自分の筆の遅さももう十分にわかっている。だから挑戦を始めるにあたって、ひとつだけ自分に制約を課した。それは「一日に一枚でもいいから、とにかく毎日書きすすめる」ということだ。書いてみて、気に入らなければ戻って書きなおせばいいのだ。別に締め切りがあるわけじゃなし――というのがぼくの開きなおりだった。

　それからゆうに一年かかったが、それでもこうして『黄金の盾』は完成した。そして完成した原稿を前にしばし逡巡したあと、ぼくはまた自分でもあきれるような行動に出た。早川書房にいきなりメールを送ってしまったのだ。「グイン・サーガの外伝を書かせていただけないでしょうか」というメールを。簡単なプロットと、コンテストで優秀作に選んでいただいてからの思いと、グイン・サーガへの愛を書きそえて。

どきどきする間もないほどすぐに、担当の阿部さんからお返事をいただいた。もし原稿ができているのなら、ぜひ読ませてほしいというありがたいお返事を。それでさっそく原稿をお送りして読んでいただき、なんどかやりとりをさせていただいた。そうしているうちに、なんと『黄金の盾』を出版していただくことが決まってしまったのである。

というわけで――

ぼくはこれから人生初のあとがきを書かなければならなくなったのだ。

さて、蛇足とは思うが、この物語と正篇との関係について少し補足をしておく。

第一話と第二話は正篇とさほど深い関係はないが、第三話と第四話はおおいに関係がある。特に第三話の前半は第百十三巻『もう一つの王国』から第百十七巻『暁の脱出』までのエピソードと深くかかわっている。そして第三話と第四話の間には、外伝一巻『七人の魔道師』がすっぽりと収まることになる。また作中で、グインがある事件で負った重い傷あとがきれいに治っているという話が出てくるが、その理由については第百十九巻『ランドックの刻印』に描かれている。

と、さりげなく「あとがき」を書いたところで（え？　と思ったひとは二行ほど前をよくみてほしい）、本書を執筆し、出版していただくにあたってお世話になった方々にお礼を申し上げたい。

早川書房の阿部毅さん、天狼プロダクションの今岡清さんには、この物語を執筆するきっかけをいただき、具体的なアドバイスをいただくとともに、外伝としての出版をご快諾いただいた。アドバイザーの田中勝義さんには、このややこしい物語をていねいにチェックしていただき、鋭いご指摘をいただいた。心より御礼申し上げる。

さらに、グイン・サーガの世界がいまでも存在することを、そしてその時がいまでも流れ続けていることを教えてくださった久美沙織先生、牧野修先生、宵野ゆめ先生、五代ゆう先生にも深く感謝申し上げる。宵野先生にはストーリーと設定のご確認もいただいた。

またぼくがなにかに挑戦するたびに、いつも背中を押して応援してくれる、たったひとりの大切な家族に。ぼくがいまこうしてあるのは、すべてあなたのおかげです。ありがとう。

そして――

そう、ぼくはひとつ嘘をついた。グイン・サーガへの愛は誰にも負けない、と書いたが、ひとりだけどう逆立ちをしてもかなわないひとがいる。

栗本薫先生へ。

あなたがいらっしゃらなければ、ぼくの人生はとても味気ないものになっていたでしょう。だから、ありったけの思いをこめて尊敬と感謝とこの作品を先生に捧げます。どうか笑って、この物語を楽しんでいただけますように。

著者略歴　東京生まれ。東京大学大学院工学系研究科博士課程修了。「グイン・サーガ　トリビュート・コンテスト」優秀作を経て、グイン・サーガ外伝『黄金の盾』でデビュー

HM=Hayakawa Mystery
SF=Science Fiction
JA=Japanese Author
NV=Novel
NF=Nonfiction
FT=Fantasy

グイン・サーガ外伝㉖

黄金《おうごん》の盾《たて》

〈JA1177〉

二〇一四年十二月二十五日　発行
二〇一五年　四　月　十五　日　二刷

（定価はカバーに表示してあります）

著者　円《えん》城《じょう》寺《じ》　忍《しのぶ》
監修者　天狼《てんろう》プロダクション
発行者　早川　浩
発行所　株式会社　早川書房
郵便番号　一〇一 - 〇〇四六
東京都千代田区神田多町二ノ二
電話　〇三 - 三二五二 - 三一一一（大代表）
振替　〇〇一六〇 - 三 - 四七七九九
http://www.hayakawa-online.co.jp

乱丁・落丁本は小社制作部宛お送り下さい。
送料小社負担にてお取りかえいたします。

印刷・株式会社亨有堂印刷所　製本・大口製本印刷株式会社

Printed and bound in Japan
ISBN978-4-15-031177-3 C0193